Ian Fleming

007 James Bond
Goldfinger

Jubiläums-Edition

Scherz
Bern – München – Wien

Sonderausgabe 1992
Einzig berechtigte Übertragung aus dem Englischen
von Willy Thaler und Friedrich Polakovics
Titel des Originals: »Goldfinger«

ERSTER TEIL

1

James Bond saß in der Halle von Miami Airport und wartete auf den Abflug seiner Maschine. Er trank einen doppelten Bourbon und sann über Leben und Tod nach.
Töten gehörte zu seinem Beruf. Er hatte es nie gemocht, doch wenn es sein mußte, tat er's, so gut er konnte – und dachte nicht mehr daran. Als Geheimagent mit der seltenen 007-Anfangsnummer – der Secret-Service-Tötungslizenz – hatte er den Tod so kühl zu nehmen wie ein Chirurg.
Dennoch – der Tod dieses Mexikaners ... Gewiß, er war fällig gewesen. Aber als Bond ihn vor kaum vierundzwanzig Stunden erledigt hatte, war dieses Leben so rasch, so gründlich aus dem Körper gewichen, daß Bond zu sehen meinte, wie es dem Mund entflog, als Vogel, wie in den Märchen auf Haiti.
Bonds rechte Handkante, jetzt noch rot und geschwollen, würde bald blau werden. Er massierte sie mit der Linken, wie er das auf dem Herflug schon getan hatte. Vielleicht würde er diese Waffe sehr bald wieder brauchen.
»Durchsage: National Airlines Flug 106 nach La Guardia New York fliegt ab. Bitte, alle Passagiere Ausgang sieben!«
Ein Knacks, und der Lautsprecher schwieg. Bond sah auf die Uhr. Da es noch gut zehn Minuten bis zum Ausruf von Transamerican dauern würde, bestellte er noch einen doppelten Whisky mit Eis. Er trank die Hälfte, drückte seine Zigarette aus, stützte das Kinn in die Linke und sah über die flimmernde Rollbahn, hinter der die Sonne eben ins Meer glitt.

Das Ende des Mexikaners war auch das eines scheußlichen Auftrags, eines der ärgsten bisher, schmutzig und gefährlich. Gut war daran nur gewesen, so weit vom Headquarter zu sein.

Irgendein reicher Mexikaner besaß da ein paar Mohnfelder, deren Mohn nicht nur zur Zierde diente. Das Opium daraus wurde rasch und relativ billig in Mexico City an den Mann gebracht, im *Madre de Cacao*, einem kleinen Café. Man bestellte es einfach mit dem Drink beim Kellner, und an der Kasse hängte dann der Kassierer die entsprechende Nullenzahl an den Getränkepreis: ein glattes Geschäft, das außerhalb Mexikos niemanden etwas anging. Aber dann, im Zuge der Anti-Rauschgift-Kampagne der Vereinten Nationen, erließ die englische Regierung ihr Heroinverbot. Nicht nur in Soho war man bestürzt, auch angesehene Ärzte waren es, die ihren Patienten die Schmerzen ersparen wollten. Die üblichen Schmuggelkanäle aus China, der Türkei und Italien waren sehr bald durch die illegale Hortung in England trockengelegt. Nun saß da in Mexico City ein Import-Export-Kaufmann namens Blackwell, der eine heroinsüchtige Schwester in England hatte. Als diese ihm schrieb, sie müsse ohne seine Hilfe sterben, nahm er das für bare Münze und begann, sich für den Rauschgifthandel zu interessieren. Über Freunde von Freunden kam er schließlich auf die *Madre de Cacao* und von dort zu dem mexikanischen Großproduzenten. Bald erkannte er die wirtschaftlichen Möglichkeiten eines solchen Handels und meinte allen Ernstes, die ideale Lösung gefunden zu haben, ein Vermögen zu verdienen und gleichzeitig der leidenden Menschheit zu helfen. Da er als Düngemittelhändler über ein Lagerhaus und einen kleinen Betrieb mit drei Leuten für Bodenanalyse und Pflanzenforschung verfügte, war der Mexikaner leicht zu überzeugen, wie gut hinter solcher Fassade sich aus Opium Heroin gewinnen ließe. Die Transportfrage war rasch gelöst, denn für tausend Pfund pro Reise nahm ein diplomatischer Kurier monatlich einen zusätzlichen Koffer nach London mit. Dieser Preis war durchaus angemessen, denn der Inhalt des Koffers, den der Kurier jedesmal in der Gepäckaufbewahrung des Victoria-Bahnhofs unter der Adresse eines Mr. Schwab hinterlegte, belief sich auf zwanzigtausend Pfund.

Unglücklicherweise hegte Schwab keinerlei Gefühle für die leidende Menschheit. Er überlegte anders: Wenn Amerikas Halbstarke jährlich Heroin für Millionen Dollar konsumierten, warum sollten das Englands Teddyboys und -girls nicht auch können? Deshalb mischten seine Leute irgendwo in Pimlico das Heroin mit Speisepulver und vertrieben diese Mischung in Tanzlokalen und Vergnügungsstätten.

Als die CID-»Geisterbrigade« ihm auf die Schliche kam, hatte Schwab bereits ein Vermögen verdient, doch Scotland Yard beschloß, ihn vorläufig weiterverdienen zu lassen, um die Bezugsquelle zu ermitteln. So kam man über den Victoria-Bahnhof auf den mexikanischen Kurier, und damit mußte der Geheimdienst eingreifen, der Bond beauftragte, die Bezugsquelle des Kuriers aufzuspüren und zu vernichten.

Auftragsgemäß flog Bond nach Mexiko und begab sich als Londoner Aufkäufer in die *Madre de Cacao*. Dort nahm er Kontakt mit dem mexikanischen Großproduzenten auf, der ihn freundlich aufnahm und an Blackwell weiterverwies. Von diesem war Bond eher eingenommen. Zwar wußte er nichts von dessen Schwester, doch schien die Verbitterung dieses offensichtlichen Amateurs über das Londoner Verbot echt zu sein. In einer der folgenden Nächte brach Bond in Blackwells Lagerhaus ein und hinterließ eine Bombe. Dann betrachtete er aus einem Café, zwei Kilometer vom Tatort, den Feuerschein am Himmel und lauschte dem Gebimmel der Löschzüge. Am nächsten Morgen rief er Blackwell an.

»Zu dumm, daß Sie Ihren Betrieb verloren haben! Ich fürchte nur, die Versicherung wird Ihr Lager nicht decken.«

»Wer ist dort? Wer spricht?«

»Ach, ich komme aus England, wo Ihr Zeug schweren Schaden angerichtet hat. Santos wird mit seinen Diplomatenkoffern nicht mehr bei uns einreisen, und Schwab sitzt hinter Schloß und Riegel. Auch dieser Bond, Sie kennen ihn ja, geht uns nicht durch die Lappen, wir sind schon hinter ihm her.« Damit hängte Bond auf.

Blackwell hätte das Spiel nicht durchschaut. Es war der Mexikaner; denn obwohl Bond das Hotel gewechselt hatte, trat ihm auf dem Heimweg am Abend ein Mann in schmutzigweißem Leinenzeug in den Weg. Unter einer zu großen

Chauffeurkappe blitzte ein Paar nadelscharfer Marihuana-Augen; die Backenknochen zeigten blauschwarze Schatten.
»Mögen Frau? Machen hopphopp?«
»Nein.«
»Farbiges Mädchen? Feine Urwaldkatze?«
»Nein.«
»Vielleicht pikante Foto?«
Der Griff zur Rocktasche war Bond so altbekannt, daß ihn der blitzende Messerstoß gegen seine Kehle nicht überraschte.
Ganz mechanisch konterte er mit der »Parry-Abwehr gegen heimtückischen Dolchstoß«: Sein rechter Arm fing den Stoß auf, schlug die Messerhand des Mexikaners aus ihrer Zielrichtung und beraubte diesen für den Moment eines krachenden, kurzen Kinnhakens seiner Deckung. Der Schlag warf den Mann beinahe vom Gehsteig. Als er zurücktaumelte, sauste Bonds tödlicher Handkantenschlag gegen den Adamsapfel – die letzte Waffe aller Kommandotruppen. Der Mexikaner schlug als Toter auf dem Boden auf.
Sekundenlang sah Bond schwer atmend auf den Knäuel Staub und billige Kleider nieder. Dann blickte er die Straße entlang. Autos fuhren vorbei. Der Kampf hatte sich im Schatten abgespielt. Bond kniete neben dem Körper nieder: kein Puls; die eben noch blitzenden Augen schon glasig; das Haus, aus dem der Mexikaner gekommen war, leer. Bond zerrte die Leiche zur Mauer im tieferen Schatten, klopfte sich den Staub vom Anzug und setzte den Weg zum Hotel fort.
Früh am Morgen hatte er sich rasiert und war zum Flugplatz gefahren, um mit der erstbesten Maschine das Land zu verlassen. Da sie Caracas anflog, hatte er im Transit-Wartesaal von Caracas auf den Start der Transamerican Constellation nach Miami gewartet, die ihn noch diesen Abend nach New York bringen würde.
Wieder summte es im Lautsprecher. »Transamerican bedauert wegen Maschinenschadens die Verschiebung ihres Fluges TR 618 nach New York. Neue Abflugzeit morgen, acht Uhr früh. Alle Passagiere wollen bitte zum Kartenschalter von Transamerican kommen, um die Übernachtungsarrangements zu treffen. Vielen Dank.«
Auch das noch! Was tun? Umbuchen oder die Nacht in Miami

verbringen? Bond griff nach dem vergessenen Drink und stürzte den Rest hinunter. Auch gut! So würde er die Nacht in Miami bleiben und sich besaufen, so sehr, daß das Luder, das er sich anlachte, ihn würde ins Bett schleppen müssen! Diese zusätzliche Nacht, er würde sie nützen, würde sich endlich einmal gehenlassen. Teufel auch, warum brütete er über den Tod dieses Mexikaners? Töten oder getötet werden, das war die Losung, immer und überall. Das letzte Tageslicht war geschwunden. Unter dem nachtblauen Himmel spiegelten sich die grün-gelben Blinklichter auf der öligen Betonfläche. Mit Donnergetöse brauste eben eine DC 7 die grüne Hauptbahn entlang. Die Fenster des Wartesaals erklirrten leise.
Bonds Mund verzog sich. Nach so viel Tod braucht der Mensch ein bißchen Leben, leicht, angenehm. Er sah auf, als jemand neben ihm stehenblieb: Da stand ein gepflegter, nach Geld aussehender Mann mittleren Alters, leicht verlegen.
»Verzeihung, aber Sie sind doch Mr. Bond, Mr. James Bond?«

2

Bond liebte es, anonym zu bleiben. Sein Ja klang abweisend. Der Fremde streckte ihm die Hand hin: »So ein Zufall!«
Bond erhob sich und ergriff die Hand flüchtig. Sie war fleischig und wirkte wie ein aufgeblasener Gummihandschuh.
»Du Pont. Junius Du Pont. Wir kennen uns von früher. Darf ich mich setzen?«
Wohin mit dem Mann? Irgendwie hatte er ihn kennengelernt, aber das mußte lange her sein. Nicht in Amerika. Etwa fünfzig Jahre alt, rosiger Teint, glatt rasiert, in der üblichen Aufmachung von Brooks Brothers, dem Herrenausstatter der amerikanischen Millionäre – dunkelbrauner, einreihiger Tropical, weißes Seidenhemd, Manschettenvorstoß mit Kristallknöpfen, gestreifte Krawatte, anthrazitgraue Socken, mahagonibraune Schuhe. Dazu ein schmalkrempiger Stroh-Homburger mit bordeauxrotem Band.
Mr. Du Pont nahm Platz und zog Zigaretten sowie ein massivgoldenes Feuerzeug heraus. Offensichtlich war er das, was er schien: ein schwerreicher, leicht verlegener Amerikaner.

»Zigarette?«
»Danke.« Bond übersah das angebotene Feuerzeug und nahm sein eigenes.
»Frankreich, 1951, Royale-les-Eaux.« Mr. Du Pont sah Bond erwartungsvoll an. »Im Kasino. Meine Frau und ich saßen neben Ihnen, als Sie den Franzosen fertigmachten.«
Natürlich! Die Du Ponts waren Nummer vier und fünf am Baccarat-Tisch gewesen, als er Le Chiffre zur Strecke brachte. Bond sah alles vor sich. War das eine Nacht gewesen! Lächelnd blickte er Mr. Du Pont an: »Ja, jetzt erinnere ich mich wieder. Aber ich dachte damals nur an die Karten.«
Mr. Du Pont grinste erleichtert: »Das kann ich verstehen, bei Gott! Aber ich hoffe wirklich, Sie entschuldigen, daß ich mich hier so aufdränge. Sehen Sie ...« Er schnalzte mit den Fingern, um sich bei der Kellnerin bemerkbar zu machen. »Aber zuerst begießen wir das. Was darf es denn sein?«
»Danke, Bourbon auf Eis.«
»Und einen Haig mit Wasser.« Die Kellnerin ging. Mr. Du Pont beugte sich vor. »Ich erkannte Sie gleich, aber ich dachte mir, Junius, wir wollen sichergehen! Ich wollte nämlich heute mit Transamerican fliegen, und als die Verschiebung ausgerufen wurde, sah ich Ihnen an, daß auch Sie auf Transamerican warteten.« Bond nickte, und Mr. Du Pont sprach weiter. »Ich lief also zum Kartenschalter, warf einen Blick in die Passagierliste, und richtig, da stand ›J. Bond‹.« Zufrieden mit seinem Scharfsinn, lehnte Mr. Du Pont sich zurück. Die Drinks kamen, er hob sein Glas. »Auf Ihr Wohl! Heute hab' ich Glück!«
Bond trank mit unverbindlichem Lächeln.
Abermals beugte Mr. Du Pont sich vor und sah sich um. An dem Nachbartisch saß niemand, dennoch senkte er die Stimme: »Also, ich hoffe, Sie werden mir verzeihen, Mr. Bond. Es ist sonst nicht meine Art, mich in die Angelegenheiten anderer einzumischen, aber damals in Royale, nach diesem Spiel, hörte ich, daß Sie nicht nur ein Meister im Kartenspiel seien, sondern auch – wie soll ich sagen – eine Art – also, im Geheimdienst gewissermaßen.« Feuerrot wegen seiner Indiskretion lehnte Mr. Du Pont sich zurück und trocknete die Stirn.

Bond hob die Schultern. Seine graublauen Augen zeigten Offenheit, während Du Ponts Blick bei aller Verlegenheit hart und wachsam geworden war. »Ja, so nebenbei. Ein Überbleibsel aus dem Krieg, wissen Sie! So eine Art Indianerspiel. Aber jetzt im Frieden hat das keine Zukunft.«
»Zweifellos!« Mr. Du Pont machte eine wegwerfende Geste. Als er seine nächste Frage stellte, die nächste Lüge erwartete, wich er Bonds Blicken aus. »Darf man fragen, was für eine Tätigkeit Sie gewählt haben?«
»Import-Export. Universal, falls Sie die Firma kennen.«
Du Pont spielte mit. »Universal – lassen Sie mich nachdenken. Ja, sicher, von der habe ich gehört. Ob ich je mit ihr in Geschäftsverbindung war, kann ich nicht sagen, aber dazu ist es ja nie zu spät.« Er lachte.
Bond sagte nichts, sondern blickte auf die Uhr, damit Mr. Du Pont sein Blatt rascher aufdeckte. Mit seinen eigenen Karten würde er vorsichtiger sein. Er ließ sich durch Mr. Du Ponts zur Schau getragene Harmlosigkeit nicht täuschen.
Auch Du Pont blickte auf die Uhr. »O weh, sieben Uhr schon, und ich rede daher, ohne zur Sache zu kommen! Sehen Sie, Mr. Bond, ich habe da ein Problem, das ich Ihnen gerne anvertraut hätte. Ich würde Sie bitten, für diese Nacht mein Gast zu sein.« Du Pont hob die Hand. »Sie würden sich wohl fühlen. Zufällig bin ich am *Floridiana* beteiligt, zu Weihnachten haben wir eröffnet. Es geht alles bestens, muß ich sagen. Was meinen Sie, Mr. Bond? Sie sollen das beste Appartement haben, und wenn ich dafür zahlende Gäste an die Luft setzen muß. Sie würden mir den größten Gefallen tun!«
Bond war entschlossen anzunehmen. Was konnte es denn sein: Erpressung, Gangster, Frauen, jedenfalls typische Reicheleutesorgen. Gleichviel, da war ja jenes angenehme Leben, das er sich gewünscht hatte. Bond begann also mit höflicher Ablehnung, die Mr. Du Pont sofort unterbrach: »Bitte, bitte, Mr. Bond! Und, glauben Sie, ich wäre Ihnen wirklich dankbar!« Er winkte der Kellnerin und wandte sich, während er die Rechnung beglich, von Bond ab. Wie viele reiche Leute hielt er das Zeigen von Geld und Trinkgeld für ungehörig. Danach faßte er Bond am Arm, ließ aber sofort los, als er Widerstand spürte. Sie gingen die Treppe zur Haupthalle hinunter.

»Zuerst wollen wir noch Ihre Reservierung erledigen.« Mr. Du Pont trat an den Kartenschalter von Transamerican und bewies in wenigen Sätzen, was er hier in Amerika galt.
»Jawohl, Mr. Du Pont.« – »Aber sicher, Mr. Du Pont.« – »Wird erledigt, Mr. Du Pont!«
Draußen fuhr ein blitzender Chrysler Imperial vor. Ein drahtiger Chauffeur in hellbrauner Uniform riß den Wagenschlag auf. Bond stieg ein und ließ sich in die weichen Polster sinken. Das Wageninnere war wundervoll kühl, fast kalt. Ein Transamerican-Angestellter hastete mit Bonds Koffer herbei und übergab ihn dem Fahrer. »Bill's on the Beach«, befahl Mr. Du Pont, und schon glitt der große Wagen durch die Menge parkender Autos auf die Promenade hinaus.
Mr. Du Pont lehnte sich zurück: »Hoffentlich mögen Sie Steinkrabben, Mr. Bond! Schon versucht?«
Mr. Du Pont sprach über Bill's on the Beach und wog die Vorzüge von Steinkrabben- und Alaskakrabbenfleisch gegeneinander ab, während sie rasch durch die Innenstadt, den Biscayne Boulevard entlang und über die Biscayne-Bucht zur Douglas-MacArthur-Dammstraße fuhren. Bond machte passende Einwürfe und ließ sich's in der angenehmen Atmosphäre von Komfort und müßigem Geplauder wohl sein. Sie hielten vor »Bill's on the Beach«. Während des Aussteigens hörte Bond Mr. Du Pont sagen: »Das Aloha-Appartement. Wenn's Schwierigkeiten gibt, soll Mr. Fairlie mich anrufen, ja?«
Der Saal war ganz in Weiß gehalten, die Fenster mit rosa Musselin drapiert. Auch die Tischlampen waren rosa. Es war voll, lauter sonnengebräunte Gäste in teurer Tropenaufmachung, schimmernden Hemden, mit blitzenden Armreifen, juwelenbesetzten Sonnenbrillen, modischen Strohhüten. Und über allem der Duft von Speisen und Badestrand.
Bill, ein rundlicher Italiener, eilte herbei. »Nein, Mr. Du Pont, das freut mich aber! Ein bißchen voll heute, gleich werde ich etwas für Sie finden. Hier entlang, bitte!« Die ledergebundene Speisekarte über sich schwenkend, wand er sich durch bis zum besten Tisch im Saal, rückte zwei Stühle zurecht, winkte den Maître d'hôtel und den Weinkellner heran und wechselte noch einige höfliche Worte mit Mr. Du Pont, ehe er ging.

Mr. Du Pont schlug die Karte zu. »Wollen Sie das nicht mir überlassen? Was Ihnen nicht schmeckt, schicken Sie zurück.« Und zum Oberkellner: »Steinkrabben, aber frische, in zerlassener Butter, mit dickem Toast, ja?«
»Sehr wohl, Mr. Du Pont.« Händereibend trat der Weinkellner heran. »Zwei Halbe, rosa Champagner, Pommery 50, in Silberkannen, ja?«
»Sofort, Mr. Du Pont. Einen Cocktail vorher?«
Lächelnd wandte Du Pont sich an Bond.
»Wodka Martini, bitte, mit einem Stück Zitronenschale«, sagte Bond.
»Also dann zwei«, sagte Mr. Du Pont. »Doppelte!« Der Weinkellner eilte davon. Du Pont nahm, den Saal überschauend und einige Grüße austauschend, Zigaretten und Feuerzeug heraus und rückte näher. »Nichts zu machen gegen den Lärm. Ich komme nur wegen der Krabben hierher, sie sind himmlisch. Hoffentlich sind Sie nicht allergisch dagegen, wie damals das Mädchen, dem hinterher die Lippen anschwollen wie Radreifen!«
Bond amüsierte dieser ausgewechselte Mr. Du Pont. Jetzt, da er dachte, ihn am Haken zu haben, gab er sich ganz anders als jener scheue, verlegene Bittsteller, der er noch am Flugplatz gewesen war. Was aber wollte er eigentlich? Jedenfalls erwiderte Bond, er sei nicht allergisch.
»Na, dann ist's ja gut.«
In der nun folgenden Pause betätigte Du Pont ein paarmal sein Feuerzeug, legte es aber weg, sobald er merkte, daß das störte. Nach einigem Überlegen begann er zu sprechen, indem er seine auf dem Tisch liegenden Hände betrachtete.
»Haben Sie je Canasta gespielt, Mr. Bond?«
»Ja, ein nettes Spiel. Ich spiele es gern.«
»Auch zu zweit?«
»Auch das. Ist aber nicht so unterhaltend. Wenn jeder richtig aufpaßt, steht es am Ende gewöhnlich für beide gleich. Man kann da nicht viel herausholen.«
Du Pont nickte nachdrücklich. »Das hab' ich mir auch gesagt. Nach hundert Spielen müssen zwei gleichwertige Spieler immer noch gleich sein. Nicht so wie beim Gin-Rummy oder beim Oklahoma. Irgendwie gefällt mir gerade das daran. Man

schlägt die Zeit tot, hat eine Menge Karten, ist einmal oben, einmal unten, und keinem schadet es. Finden Sie nicht?«

Die Martinis kamen, Du Pont bestellte gleich noch einmal zwei. Sie tranken.

»Was würden Sie sagen ... also, ich habe beim Canasta zu zweit in einer Woche fünfundzwanzigtausend Dollar verloren. Dabei kenne ich mich am Kartentisch aus!«

»Immer mit demselben Partner? Dann hat er Sie angeschmiert!«

»Genau!« Mr. Du Pont schlug aufs Tischtuch und lehnte sich zurück. »Genau dasselbe hab' ich mir auch gesagt, nachdem ich vier Tage lang verloren hatte. Ich sagte mir, dieser Schuft schmiert mich an, aber ich werd' ihm auf die Schliche kommen und ihn aus Miami hinausjagen lassen! Zweimal verdoppelte ich den Einsatz. Ihm war's ganz recht. Ich paßte auf jede Karte auf, die er spielte, auf jede Bewegung! Nichts! Nicht die Spur eines Zeichens, und ein neues Kartenpaket, wann immer ich wollte. Und er gewann wieder und wieder, auch heute noch. Schließlich wurde es mir zu dumm! Natürlich ließ ich mir nichts anmerken, sondern habe höflich bezahlt. Dann habe ich gepackt, bin zum Flugplatz gefahren und habe für die erste Maschine nach New York gebucht.« Du Pont hob die Hände. »Ausgerissen bin ich! Aber fünfundzwanzig Tausender sind fünfundzwanzig Tausender. Ich sah schon fünfzig und hundert daraus werden, ohne den Kerl erwischt zu haben! Was sagen Sie jetzt?«

Bond brummelte mitfühlend. Karten interessierten ihn immer. Er sagte: »Fünfundzwanzigtausend sind eine Menge Geld. Wie hoch haben Sie gespielt?«

»Einen Vierteldollar den Punkt, schließlich einen Dollar: Bei dauerndem Verlieren ist das der Ruin.«

»Aber manchmal müssen Sie doch gewonnen haben.«

»Ja, sicher, aber jedesmal, wenn's darauf ankam, legte er nieder. Sie wissen ja, beim Canasta muß man richtig abwerfen. Er schien telepathisch veranlagt zu sein. Es war, als wüßte er jede Karte in meinem Blatt.«

»Waren Spiegel im Zimmer?«

»Aber nein, wir spielten immer im Freien! Er wollte braun werden, spielte nur vor- und nachmittags. Spiele er abends,

dann könne er nicht schlafen, sagte er.«
»Wer ist es eigentlich? Wie heißt er?«
»Goldfinger. Auric Goldfinger. Auric – das heißt doch ›golden‹, nicht? Und das ist er, mit seinem feuerroten Haar.«
»Was für ein Landsmann?«
»Sie werden's nicht glauben bei dem Namen, aber er ist Brite. Lebt in Nassau, nach seinem Paß. Zweiundvierzig, ledig, von Beruf Makler. Der Hausdetektiv hat den Paß eingesehen, als ich mit ihm zu spielen begann.«
»Welche Art Makler?«
Mr. Du Pont lächelte grimmig. »Hab' ich ihn auch gefragt. Er sagte: ›Oh, alles, was sich gerade ergibt.‹ Der Kerl ist schwer zu fassen; bei jeder direkten Frage weicht er aus. Aber sonst ein angenehmer Plauderer.«
»Vermögen?«
»Ha! Das ist das Tollste! Steinreich! Ich ließ durch meine Bank Erkundigungen einziehen. In Nassau wimmelt es ja von Millionären, aber er ist dort einer der reichsten. Hat sein Geld in Goldbarren angelegt, die er überall herumschickt, um an den Differenzen des Goldkurses zu verdienen. Muß was dran sein an diesem System. Wenn er so reich ist, weshalb will er mir lumpige fünfundzwanzig Tausender abnehmen?«
Die Geschäftigkeit der Kellner ersparte Bond eine Antwort. Zeremoniös wurde eine große Silberplatte mit Krabben, deren Schalen und Scheren gebrochen waren, auf den Tisch gesetzt. Ihr folgten eine Silbersaucière mit der zerlassenen Butter, zwei lange Toastständer und die Champagnerkannen, in denen es rosig schäumte. Mit verbindlichem Schmunzeln trat der Oberkellner hinter ihre Stühle und band Mr. Du Pont und Mr. Bond lange, weißseidene Servietten um . . .
Mit sanftem Rülpsen wischte sich Mr. Du Pont die Butter vom Kinn und lehnte sich behaglich zurück. Dann sagte er: »Mr. Bond, ich weiß nicht, ob irgend jemand in der Welt heute so gut zu Abend gegessen hat. Was meinen Sie?«
Was sage ich nun? dachte Bond. Da habe ich nach dem angenehmen Leben verlangt, und mein Wunsch ist mir mehr als erfüllt worden. Gefällt es mir wirklich, mich voll zu essen und dann solche Bemerkungen mit anzuhören? Aber er sagte nur: »Das weiß ich nicht, aber es war bestimmt ausgezeichnet.«

Mr. Du Pont war's zufrieden und bestellte Kaffee. Zigarre und Likör lehnte Bond ab. Er nahm eine Zigarette und harrte interessiert des Kommenden. Denn daß bisher alles nur Vorspiel gewesen war, wußte er.
Mr. Du Pont räusperte sich. »Und jetzt, Mr. Bond, möchte ich Ihnen einen Vorschlag machen.«
»Ja?«
»Es war gewiß Fügung, Sie so auf dem Flugplatz zu treffen.« Du Ponts Stimme klang ernst und aufrichtig. »Unsere erste Begegnung damals in Royale-les-Eaux, Ihre Kaltblütigkeit, Ihr Wagemut, Ihre Geschicklichkeit ... kurz, Mr. Bond, ich zahle Ihnen zehntausend Dollar, wenn Sie als mein Gast diesem Goldfinger auf die Schliche kommen!«
Bond blickte Mr. Du Pont in die Augen. »Das ist ein großzügiges Angebot, aber ich muß nach London. In achtundvierzig Stunden muß ich von New York abfliegen. Wenn Sie morgen vor- und nachmittag Ihre normalen Partien spielen, sollte das für mich genügen. Morgen abend muß ich hier weg, ob ich Ihnen geholfen habe oder nicht. Abgemacht?«
»Abgemacht!« sagte Mr. Du Pont.

3

Das Flattern der Vorhänge weckte Bond. Er schlug das Bettuch zurück, trat auf dem dicken Veloursteppich an das Aussichtsfenster und hinaus auf den sonnenbeschienenen Balkon. Obwohl es noch nicht acht Uhr sein konnte, fühlten die Fliesen in der Sonne sich schon fast heiß an. Eine frische Brise von See her straffte die Nationalflaggen auf dem Privatjachtenpier. Die Luft war feucht und roch stark nach Meer. Zwölf Etagen tiefer erstreckte sich die fade Pracht der Gartenanlagen. Auf den Wegen zwischen Palmen und freundlichen Blumenbeeten harkten Gärtner den Kies, säuberten ihn von Laub. Zwei mähten das Gras, zwei besprengten den Rasen.
Gerade unterhalb von Bonds Standpunkt schwang in elegantem Bogen das Flachdach des *Cabana Clubs* uferwärts, mit Stühlen, Tischen und gelegentlich einem rot-weiß gestreiften Sonnenschirm besetzt. Innerhalb dieses Bogens lag das smaragdgrüne Schwimmbassin, dessen Rand von Deckstühlen um-

säumt war, auf deren Matratzen die Benützer in Kürze ihre tägliche Fünfzigdollarbräune erwerben würden. Noch ordneten weißbejackte Männer die Stuhlreihen, wendeten Matratzen und entfernten Zigarettenreste vom Vortag. Auch der Badestrand wurde eben gesäubert und mit Matratzen und Sonnenschirmen versehen. Kein Wunder, daß das Aloha-Appartement zweihundert Dollar den Tag kostete. Rasch überschlug Bond, daß sein Jahresgehalt für drei Wochen reichen würde. Gut gelaunt ging er ans Telefon und bestellte ein ausgiebiges Frühstück, eine Stange *Chesterfields* und Zeitungen.

Um acht Uhr hatte er geduscht, war rasiert und angezogen. Nebenan in dem eleganten Salon trug ein blau-goldener Kellner das Frühstück auf. Die Titelseite des bereitliegenden *Miami Herald* befaßte sich mit dem gestrigen Fehlstart einer Interkontinentalrakete auf dem nahen Cap Canaveral sowie mit einem bösen Sturz beim Rennen in Hialeah. Bond ließ die Zeitung zu Boden gleiten und begann, während er frühstückte, über Mr. Du Pont und Mr. Goldfinger nachzudenken. Er war sich nicht schlüssig. Entweder war Du Pont ein viel schlechterer Spieler, als er vorgab – was unwahrscheinlich schien –, oder Goldfinger betrog. Spielte dieser aber ohne Not falsch, so beruhte sein Reichtum gewiß auf noch größerer Gaunerei. Da derlei Burschen Bond besonders interessierten, brannte er nachgerade darauf, Mr. Goldfinger und seine geheimnisvolle Erfolgsmethode näher kennenzulernen. Es stand also ein unterhaltsamer Tag bevor.

Laut Plan würde er Mr. Du Pont um zehn im Garten treffen, um ihm den englischen Aktienanteil an einem kanadischen Erdgasvorkommen zu verkaufen. Er wäre dazu eigens von New York gekommen. Die Vertraulichkeit solchen Handels würde Goldfinger keine näheren Fragen erlauben. Man würde sich dann aufs Dach des *Cabana Clubs* begeben, um dort zu spielen, und Bond würde dabei seine Zeitung lesen und zusehen. Nach dem Essen, bei dem Bond und Mr. Du Pont das »Geschäftliche« zu besprechen hätten, würde man weitermachen. Bond hatte sich von Du Pont Goldfingers Zimmernummer geben lassen und einen Hauptschlüssel verlangt, den er im Garten erhalten sollte. Entspannt blickte Bond aufs Meer hinaus. Das war genau die Art Auftrag, die er brauchte, um

diesen mexikanischen Nachgeschmack loszuwerden.
Um halb zehn verließ Bond seine Zimmer, schlenderte durch die Korridore und prägte sich, scheinbar den Lift suchend, den Hotelgrundriß ein. Unten sah er sich unauffällig um und trat dann, wie verabredet, in den Garten hinaus. Mr. Du Pont, jetzt in Strandaufmachung von Abercrombie & Fitch, dem Geschäft für exklusive Sportartikel, steckte ihm den Schlüssel zu, wonach beide zum *Cabana Club* hinüberpromenierten und die zwei kurzen Treppen zum Flachdach hinaufstiegen.
Der Anblick, den Mr. Goldfinger bot, machte Bond staunen. Ganz hinten auf dem Dach, gerade unter dem Hotelmassiv, lag, die Beine auf einem Deckstuhl, ein nur mit gelbem Satinslip bekleideter Mann mit Sonnenbrille und einem Paar großer Blechflügel unterm Kinn. Diese ragten in Form einer Halskrause über die Schultern hinaus und waren an ihren runden Enden leicht aufgebogen.
»Was hat denn der um den Hals?« fragte Bond.
»Noch nie gesehen?« Mr. Du Pont war überrascht. »Es hilft beim Braunwerden. Das Blech reflektiert die Sonne unters Kinn und hinter die Ohren, wo man sonst nie braun wird.«
Sobald sie bis auf wenige Meter heran waren, rief Mr. Du Pont fröhlich und mit überlauter Stimme: »Hallo, Sie da!«
Aber Mr. Goldfinger regte sich nicht.
»Er ist schwerhörig«, sagte Du Pont erklärend. Sie standen nun direkt vor ihm, und Du Pont wiederholte seinen Ruf.
Goldfinger fuhr in die Höhe und riß die Sonnenbrille vom Kopf: »Was ist? Ach, Sie sind's!« Er nahm die Flügel ab, legte sie vorsichtig hin und stand schwerfällig auf. Dann blickte er Bond prüfend an.
»Ich möchte Ihnen hier Mr. James Bond vorstellen, einen Freund aus New York und Landsmann von Ihnen. Ist extra hergekommen, um mir ein Geschäftchen einzureden.«
Mr. Goldfinger streckte die Hand aus: »Freut mich, Sie zu sehen, Mr. Bond.«
Die Hand war hart und trocken und wurde sofort wieder zurückgezogen. Für einen Moment weiteten sich die hellblauen Augen zu einem so harten Blick, daß er durch das Gesicht in Bonds Hinterkopf einzudringen schien. Gleich darauf schirmten die Lider diesen Röntgenblick wieder ab.

»Dann spielen wir heute nicht.« Die Stimme war flach und ausdruckslos, der Satz eher Feststellung als Frage.
»Was heißt das?« protestierte Mr. Du Pont. »Glauben Sie, ich verzichte so leicht auf mein Geld? Wie soll ich denn sonst fortkommen aus diesem verdammten Hotel!« Er lachte. »Sam wird den Tisch gleich aufstellen, und überdies möchte James das Spiel erlernen, er versteht nicht viel von Karten, nicht wahr, James? Ihnen genügen ja die Zeitung und die Sonne!«
»Nur zu gern«, sagte Bond. »Nach dieser Reise –«
Wieder der bohrende Blick, der sich aber gleich wieder senkte: »Ich will nur etwas anziehen. Hatte eigentlich vor, heute nachmittag im *Boca Raton* bei Mr. Armour eine Golfstunde zu nehmen, aber die Karten sind mir lieber. Meine Unart, die Handgelenke beim Gebrauch der leichten Schläger zu früh zu entspannen, wird sich gedulden.« Dann, mit einem gleichgültigen Blick auf Bond: »Spielen Sie Golf, Mr. Bomb?«
»Gelegentlich, in England.«
»Und wo?«
»Huntercombe.«
»Ah – kenn' ich. Hübsch dort. Ich bin neulich dem Royal St. Marks beigetreten. Bin unweit von Sandwich an einem Unternehmen beteiligt. Kennen Sie den Klub?«
»Hab' schon dort gespielt.«
»Nein, so was! Wir müssen mal spielen.« Mr. Goldfinger bückte sich nach seinen Blechflügeln. »In fünf Minuten bin ich wieder da«, sagte er und ging langsam auf die Treppe zu.
Ein Steward in weißer Jacke nahm Mr. Du Ponts Anweisungen entgegen, zwei weitere waren dabei, den Kartentisch aufzuschlagen. Bond blickte in den Garten und überlegte. Der Mann hatte ihn beeindruckt. Das war einer der ausgeglichensten Menschen, die er je getroffen hatte. Maßvoll in den Bewegungen, in der Sprache, im Ausdruck. Keinerlei Vergeudung von Energie. Und doch: Als Goldfinger sich erhoben hatte, war Bond sogleich aufgefallen, wie an diesem Mann nichts zueinander paßte. Er war höchstens einssechzig. Auf dem dicken Rumpf mit den plumpen, bäurischen Beinen saß nahezu halslos ein übergroßer, kugelrunder Kopf. Als hätten die einzelnen Körperpartien früher verschiedenen Männern gehört, so wenig fügte sich eine zur anderen. Ob der Mann

seine Häßlichkeit unter einem Übermaß an Sonnenbräune zu verbergen hoffte? Das Gesicht unter dem karottenfarbenen Bürstenhaarschnitt, nicht so häßlich, aber ebenso auffallend wie der Körper, wirkte mondförmig. Im ganzen wohl das Gesicht eines Denkers, eines Wissenschaftlers. Rücksichtslos, sinnlich und hart in einem: eine seltsame Mischung.
Und sonst? Im allgemeinen mißtraute Bond kleinen Menschen. Das waren doch nur personifizierte Minderwertigkeitskomplexe! Stets wollten sie groß sein, größer als die anderen, wie Napoleon oder Hitler. Von wem kam denn die Unruhe in der Welt? Auf welche Weise Goldfinger wohl zu einem der reichsten Männer geworden war? Doch das würde erst später von Interesse sein. Jetzt galt es, seine Spielmethode zu durchschauen.
»Fertig?« rief Mr. Du Pont dem sich nähernden Goldfinger entgegen. Im bequemen, dunkelblauen Anzug mit offenem Hemd machte er beinahe eine gute Figur. Aber der große, rotbraune Kugelkopf blieb, und der fleischfarbene Hörapparat im Ohr machte ihn auch nicht schöner. Du Pont saß mit dem Rücken zum Hotel. Goldfinger setzte sich ihm gegenüber und hob ab. Du Pont schob die Karten Goldfinger hin, schlug drauf, und Goldfinger begann zu geben. Nun erst schlenderte Bond heran, zog einen Stuhl an Du Ponts Seite, ließ sich darauffallen, entfaltete umständlich die Sportseite seiner Zeitung und sah beim Geben zu. Fast hatte er es erwartet: Das war kein Falschspieler. Goldfinger gab rasch und gut, aber mit keinerlei Anzeichen eines berufsmäßigen Handgriffs. Nichts von der gewissen Fingerhaltung, die es ermöglicht, nach Belieben vom unteren oder vom zweiten Paket zu geben. Auch kein Siegelring am Finger, um die Karten zu zinken, kein Pflaster, um sie zu markieren.
Du Pont wandte sich Bond zu: »Man gibt fünfzehn Karten«, erklärte er. »Dann kauft man zwei und wirft eine dafür ab. Ansonsten strenge Regeln. Keine europäischen Mätzchen.«
Du Pont nahm seine Karten auf. Er steckte sie fachmännisch, reihte sie nicht nach ihrem Wert, teilte auch die Joker, von denen er zwei hatte, nicht links ein, weil alles Schablonenhafte einem wachsamen Gegner hilft. Er hielt vielmehr die guten Karten in der Mitte seines Blattes und steckte die Einzelkarten

und Paare rechts und links.
Das Spiel begann. Du Pont kaufte zuerst und hatte Glück: zwei Joker. Mit undurchdringlicher Miene warf er ab. Noch zwei passende Karten, und er konnte glatt auslegen. Allerdings erhöhte das Kaufen von zwei Karten auch die Gefahr, nutzlose zu bekommen. Goldfinger spielte betont überlegt, ja aufreizend langsam. Immer wieder ordnete er seine Karten neu, ehe er sich entschied, abzuwerfen.
Nach dem dritten Kauf brauchte Du Pont nur mehr eine von fünf Karten, um auszumachen und seinen Gegner mit dem gesamten Blatt sitzenzulassen. Doch als ob dieser es gespürt hätte, kam er Du Pont zuvor, legte mit fünfzig heraus und machte ein Canasta mit drei Jokern und vier Fünfern. Dann kamen noch etliche Drillinge, so daß Goldfinger nur vier Karten im Blatt blieben. Normalerweise wäre das herzlich schlecht gespielt gewesen, so aber machte das vierhundert Pluspunkte statt eines Verlustes von über hundert, denn beim nächsten Kauf hatte Du Pont, was er brauchte, und machte mit den nötigen zwei Canastas glatt aus.
»Donnerwetter, diesmal hätt' ich Sie beinahe erwischt!« Du Ponts Stimme klang ärgerlich. »Was, zum Teufel, hat Sie bewogen, so rasch auszukneifen?«
»Ich rieche die Gefahr.« Unbewegt addierte Goldfinger seine Punkte, sagte sie an, notierte sie und wartete, daß Du Pont das gleiche tat. Dann hob er ab, lehnte sich zurück und blickte Bond mit höflichem Interesse an.
»Bleiben Sie längere Zeit, Mr. Bomb?«
Bond lächelte. »Ich heiße Bond, B – O – N – D. Nein, ich muß noch heute abend nach New York zurück.«
»Schade.« Mit höflichem Bedauern wandte Goldfinger sich wieder den Karten zu. Bond nahm die Zeitung zur Hand und starrte, ohne zu lesen, auf die Baseball-Resultate, während er dem Spielablauf zuhörte. Goldfinger gewann dieses Blatt und die beiden nächsten auch. Er gewann die Partie. Fünfzehnhundert Punkte – fünfzehnhundert Dollar für Mr. Goldfinger.
»Jetzt geht es schon wieder los!«
Bond ließ seine Zeitung sinken. »Gewinnt er für gewöhnlich?«
»Was heißt ›gewöhnlich‹!« schnaubte Du Pont zurück. Wieder hoben sie ab. Goldfinger machte sich ans Geben.

»Warum wechseln Sie nicht die Sitze? Oft hilft das, man zeigt sozusagen dem Unglück die Kehrseite.«
Goldfinger hielt inne und blickte Bond ernst an. »Das geht leider nicht, Mr. Bond. Ich könnte dann nicht spielen. Wie ich Mr. Du Pont schon sagte, leide ich an Platzangst. Agoraphobie, Angst vor weiten Räumen. Ich ertrage den leeren Horizont nicht, ich muß das Hotel vor Augen haben.« Er gab weiter.
»Oh, wie bedauerlich.« Bonds Stimme war voll ernsten Interesses. »Eine höchst seltene Veranlagung. Klaustrophobie, das kann ich verstehen, aber das Gegenteil? Woher kommt so etwas?«
Goldfinger nahm seine Karten auf und ordnete sie. »Keine Ahnung«, sagte er gleichmütig.
Bond erhob sich. »Nun, ich glaube, ich werde mir ein wenig die Beine vertreten. Mal sehen, was am Bassin los ist.«
»Tun Sie das nur«, sagte Mr. Du Pont aufgeräumt. »Wir können das Geschäftliche immer noch beim Essen besprechen. Ich möchte doch sehen, ob ich Freund Goldfinger nicht diesmal kriegen kann. Also, bis nachher!«
Goldfinger blickte nicht von den Karten auf. Bond begab sich an das andere Ende des Daches und sah in das Schwimmbecken hinab. Eine Zeitlang folgte er dem Betrieb da unten. Rosa, braune und weiße Körper in den Deckstühlen, Geruch von Sonnenöl, im Wasser ein paar Kinder und junge Leute, auf dem Sprungturm ein Springer, vielleicht der Schwimmlehrer. Jetzt sprang er, schlug auf – und schwamm langsam das Bassin hinunter. Da und dort klang Händeklatschen auf.
Blond blickte zurück auf die beiden Canastaspieler unter dem Hotelmassiv. Dieser Goldfinger mußte also das Hotel vor Augen haben. Oder – sollte Mr. Du Pont das Hotel im Rücken haben? Und wenn, aus welchem Grund? Wie war doch gleich die Nummer von Goldfingers Appartement? Nr. 200, das Hawaii-Appartement! Er, Bond, hatte Nr. 1200. Da mußten ja Goldfingers Räume genau unter den seinen liegen, nur zehn Etagen tiefer, keine zwanzig Meter über dem Dach des *Cabana Clubs* – keine zwanzig Meter über dem Kartentisch! Bond zählte die Fensterreihen der Fassade von oben nach unten ab und musterte eingehend die Fensterfront, die

zu Goldfingers Zimmern gehören mußten. Nichts. Nur ein leerer Sonnenbalkon und eine offene Tür in das dunkle Innere der Zimmersuite. Bond schätzte die Entfernung und die möglichen Blickwinkel ab.

4

Während der Siesta bestätigte Du Pont, der inzwischen um weitere zehntausend Dollar erleichtert worden war, daß Goldfinger eine Sekretärin mitgebracht habe. »Sie läßt sich nie sehen, bleibt auf dem Zimmer. Wahrscheinlich so ein Flittchen für den täglichen Ritt.« Er lachte schmutzig. »Warum? Haben Sie einen Verdacht?«

Bond wollte sich nicht festlegen. »Ich weiß noch nicht. Möglicherweise komm' ich heute nachmittag gar nicht hinunter. Sagen Sie dann einfach, ich hätte genug vom Zusehen und sei in die Stadt gegangen.« Er überlegte. »Was auch geschieht, Sie dürfen nicht überrascht sein. Bleiben Sie ruhig, auch wenn er sich komisch benimmt! Behalten Sie ihn im Auge. Ich kann nichts versprechen, aber ich glaube, ich hab' ihn.«

Mr. Du Pont war begeistert. »Großartig, alter Junge!« rief er überschwenglich. »Hätt' ich den Schuft nur schon im Visier: ab, und zur Hölle mit ihm!«

Bond fuhr zu seiner Suite hinauf. Dort entnahm er seinem Koffer eine Leica, Belichtungsmesser, Filter und Blitz. Er schraubte eine Lampe in den Halter und machte die Kamera schußfertig. Wo würde die Sonne um halb vier stehen? Neben der offenen Balkontür stellte er den Belichtungsmesser ein: Belichtung eine Hundertstelsekunde. Jetzt noch Blende 11, Distanz vier Meter, Probeaufnahme. In Ordnung. Er steckte den Blitzlichthalter an und legte die Kamera weg.

Nochmals ging er zum Koffer, entnahm ihm ein dickes Buch, *Die Bibel, einmal anders,* schlug es auf und zog den Berns-Martin-Halfter mit der Walther-PPK heraus. Er schob den Halfter links unter den Hosenbund, prüfte jede Einzelheit seines Appartements, in der Annahme, es gleiche dem unteren. Er überzeugte sich, daß der Hauptschlüssel in jedes Schloß paßte, übte mehrmals lautloses Türöffnen und setzte sich schließlich mit einem bequemen Stuhl vor die offene Balkon-

tür, um sein weiteres Vorgehen zu überdenken.
Spielbeginn war drei Uhr. Um drei Uhr fünfzehn trat Bond an die Brüstung und spähte hinab auf die zwei kleinen Gestalten an dem grünen Filzquadrat. Dann ging er ins Zimmer zurück, schlüpfte in seine dunkelblaue Tropen-Kammgarnjacke, rückte die Krawatte zurecht, hängte sich die Leica um den Hals, trat auf den Korridor und begab sich zum Lift. Er fuhr bis zum Erdgeschoß und betrachtete dort die Auslagen im Foyer. Als der Lift wieder oben war, ging er zur Treppe und stieg langsam zur zweiten Etage hinauf. Sie entsprach in allem der zwölften, auch Tür Nr. 200 entsprach seiner eigenen. Er nahm den Hauptschlüssel heraus, öffnete, trat ein und schloß die Tür geräuschlos hinter sich. Ein kleiner Vorraum, zwei Mäntel und ein Hut an der Hakenwand. Die Leica eng ans Gesicht gehoben, probierte Bond, die Zimmertür zu öffnen. Sie gab nach. Noch bevor er sah, was er schon wußte, hörte er die tiefe, angenehme Frauenstimme. »... kauft Fünf und Vier ... komplettiert Fünfercanasta mit zwei Zweiern ... wirft die Vier ab ... hat an Einzelkarten: König, Buben, Neuner, Siebener.«
Bond glitt ins Zimmer.
Das Mädchen saß auf dem Tisch innerhalb des Zimmers, einen Meter von der geöffneten Balkontür entfernt. Zwei Kissen gaben ihr die nötige Augenhöhe. Wegen der großen Hitze trug sie nur Büstenhalter und Schlüpfer, beide schwarz. Sie ließ gelangweilt die Beine baumeln, während sie ihre Fingernägel lackierte. Vor sich hatte sie ein Stativ mit Feldstecher und Mikrophon, von dem ein Kabel zu einem plattenspielergroßen Kasten unterm Tisch lief. Von dort führten weitere Kabel zur Innenantenne auf einem Wandregal.
Der Schlüpfer spannte sich, als sie sich vorbeugte, um durch den Feldstecher zu blicken: »Kauft Dame und König ... Damendrilling ... Kann Könige mit Joker verbinden ... wirft Siebener ab.« Sie schaltete das Mikrophon aus.
Während sie weiter konzentriert durch das Glas blickte, trat Bond lautlos hinter sie. Jetzt hatte er alles im Sucher: ihren Kopf, den Feldstecher, das Mikrophon – und zwanzig Meter tiefer den Tisch mit beiden Spielern und Mr. Du Ponts Kartenblatt, Rot und Schwarz gut unterscheidbar. Er drückte ab. Ein knallender Blitz – ein Aufschrei. Sie wirbelte herum.

»Wer sind – was wollen Sie?« Ihre Hand war am Mund.
»Was ich will, hab' ich. Keine Sorge, alles schon vorbei. Bond mein Name, James Bond.«
Behutsam legte er die Kamera auf den Stuhl und trat in den Bereich ihres Parfüms. Sie war sehr schön mit ihrem blonden, auf die Schultern fallenden Haar, tiefblauen Augen in dem leichtgebräunten Gesicht und dem kecken Mund.
Jetzt glitt sie vom Tisch, nahm die Hand vom Mund. Die Brust straffte den Halter.
»Was haben Sie vor?« Die Stimme klang fest, in den Augen war keine Angst mehr.
»Mit Ihnen gar nichts. Ich will nur Goldfinger ein wenig ärgern. Bitte, lassen Sie mich sehen!«
Bond trat an ihre Stelle und blickte durchs Glas. Das Spiel war im Gang, Goldfinger war nichts anzumerken.
»Hört er auf, wenn er keine Anweisungen bekommt?«
Sie zögerte. »Manchmal fällt ein Stecker heraus. Dann wartet er ab, bis ich mich wieder melde.«
Bond lächelte ihr zu. »Dann lassen wir ihn jetzt ein bißchen schmoren. Da!« Er streckte ihr die Chesterfieldpackung hin. »Außerdem sind Ihre Fingernägel noch nicht fertiglackiert.«
Sie lächelte flüchtig, nahm eine Zigarette: »Wie lange sind Sie schon hier drin? Das war vielleicht ein Schock!«
»Goldfinger versetzt dem armen Mr. Du Pont seit einer Woche Schock um Schock.«
»Ja«, meinte sie unsicher. »Das ist wohl ziemlich gemein! Aber Du Pont ist doch furchtbar reich, nicht?«
»Das schon, seinetwegen mach' ich mir auch keine Sorgen. Aber wenn Goldfinger einen Ärmeren erwischt? Warum tut er das überhaupt? Er ist doch selbst ein vielfacher Millionär?«
Ihr Gesicht belebte sich. »Ich versteh' das auch nicht. Einfach eine Manie von ihm. Er sagt immer, ein Narr, wer nicht Geld macht, wenn die Chancen günstig sind. Und er ist nur darauf aus, günstige Chancen zu schaffen. Als er mich hierzu überredete« – sie wies auf das Fernglas – »und ich ihm das Risiko vorhielt, meinte er nur: ›Merken Sie sich eines: sind die Chancen nicht günstig, dann macht man sie günstig.‹«
»Sein Glück, daß ich nicht von der Polizei bin!«
Sie hob die Schultern. »Ach, da würde er sich schon loskaufen!

Der kauft sich jeden. Dem Gold widersteht keiner.«
»Gold?«
»Ja, er führt immer eine Million in Gold mit sich, außer beim Zoll natürlich, da hat er nur den Gürtel voll Goldmünzen. Aber sonst ist es in dünnen Platten in den Kofferwänden. Eigentlich sind es lederüberzogene Goldkoffer.«
»Die müssen ja furchtbar schwer sein!«
»Sein Wagen hat Spezialfederung, und sein Chauffeur ist ein Athlet. Ein anderer darf nicht an die Koffer heran.«
»Und warum schleppt er das Zeug mit sich herum?«
»Für den Notfall, sagt er. Es könnte ihm alles erkaufen. Außerdem liebt er das Gold um des Goldes willen, wie andere Juwelen oder Briefmarken oder Frauen.« Sie lächelte.
Bond lächelte zurück. »Liebt er Sie?«
Sie wurde rot und sagte entrüstet: »Aber nein!« Dann, überlegter: »Denken Sie, was Sie wollen, aber er tut's wirklich nicht. Das heißt – er möchte schon, daß die Leute glauben, daß es eine Liebesbeziehung ist, wissen Sie. Er ist nicht sehr anziehend. Ich vermute, es ist eher Eitelkeit.«
»Verstehe. Sie sind also nur eine Art Sekretärin?«
»Begleiterin. Ich muß nicht maschineschreiben.« Sie fuhr sich an den Mund. »Aber Sie werden ihm doch nichts erzählen? Er entläßt mich fristlos oder tut sonst etwas!«
»Nein, nein, ich sage nichts. Aber das ist doch kein Leben! Warum tun Sie das?«
Ihr Ton wurde bitter. »Hundert Pfund die Woche und all dies« – sie wies auf das Zimmer –, »das kommt nicht von nichts. Wenn ich genug gespart habe, werde ich gehen.«
Gehen? Würde Goldfinger das zulassen? Wußte sie nicht zuviel? Forschend blickte Bond ihr ins Gesicht. War ihr bewußt, wie gefährlich Goldfinger ihr werden konnte?
Verlegen lachend sagte sie: »Mir scheint, ich bin nicht sehr passend angezogen. Darf ich mir etwas umnehmen?«
Bond traute der Sache nicht recht. Schließlich zahlte nicht er ihr hundert Pfund pro Woche. So meinte er nur leichthin: »Sie sehen so korrekt aus wie die unten am Strand. Aber jetzt wollen wir Mr. Goldfinger aufs Korn nehmen!«
Während der Unterhaltung hatte Bond immer wieder durch das Glas gesehen. Alles hatte normal geschienen. Als er aber

jetzt hinunterblickte, schien Du Pont völlig verändert, lebhaft, überschwenglich. Eben legte er eine ganze Handvoll Karten auf ein Königscanasta aus. Jetzt einen Zoll höher: Goldfingers rotbraunes Mondgesicht. Es war ungerührt, wartete geduldig. Eben drückte die Hand das Hörgerät fester ins Ohr.
Bond trat zurück. »Hübscher kleiner Apparat! Auf welcher Frequenz senden Sie?«
Sie verdrehte die Augen. »Einhundertsiebzig Mega . . .«
»Megahertz? Möglich. Würde mich wundern, wenn er nicht eine Menge Taxi- und Polizeirufe draufhätte. Muß sich unerhört konzentrieren können!« Er grinste. »Fertig? Dann wollen wir ihm kurz den Sessel wegziehen!«
Eine Hand lag plötzlich auf seinem Ärmel: »Muß das sein? Können Sie ihn nicht in Ruhe lassen?« Ihre Stimme vibrierte. »Bitte!« Sie zögerte, wurde rot. »Ich . . . ich würde alles tun, alles, was Sie wollen . . .« Sie blickte zu Boden.
Lächelnd löste Bond ihre Hand von seinem Arm und drückte sie. »Tut mir leid, aber ich werde dafür bezahlt. Ich muß es tun, und ich tu es auch! Höchste Zeit, daß man diesen Mr. Goldfinger staucht. Kann's losgehen?«
Ohne die Antwort abzuwarten, sah er wieder durch das Glas in Goldfingers Gesicht. Dann drückte er den Schalter.
Goldfinger mußte es gehört haben. Zwar blieb sein Ausdruck derselbe, doch der Kopf hob und senkte sich langsam.
Leise sprach Bond ins Mikrophon. »Hören Sie mir jetzt gut zu, Goldfinger.« Pause. Kein Mienenspiel, nur eine leichte Kopfneigung, als studierte er eifrig die Karten.
»Hier spricht James Bond. Sie wissen, Ihr Spiel ist aus, jetzt bezahlen Sie. Ich habe hier ein Foto mit allem drauf, Blondine, Feldstecher, Mikrophon und Sie mit Ihrem Hörgerät. Dieses Foto wird weder dem FBI noch Scotland Yord vorgelegt, wenn Sie jetzt tun, was ich sage. Nicken Sie!«
Unbewegten Gesichts beugte der Kopf sich vor.
»Legen Sie die Karten offen auf den Tisch!« Es geschah.
»Ziehen Sie Ihr Scheckbuch. Stellen Sie einen Barscheck auf fünfzigtausend aus: fünfunddreißig für Mr. Du Pont, zehn für mein Honorar, fünf für die kostbare Zeit, die Sie Mr. Du Pont gestohlen haben.«
Bond sah, wie sein Befehl ausgeführt wurde. Er stellte auf Mr.

Du Pont ein. Der schien nach Luft zu schnappen.
Langsam trennte Goldfinger den Scheck ab und unterschrieb auf der Rückseite.
»In Ordnung. Drehen Sie jetzt Ihr Scheckbuch um und notieren Sie: Sie reservieren mir für heute abend ein Abteil im Silver Meteor nach New York. Sie lassen eine Flasche erstklassigen Champagner einkühlen und mit ausreichend Kaviar-Sandwiches ins Abteil stellen. Und Sie bleiben mir vom Leib! Das Foto geht jetzt mit genauem Bericht zur Post. Bin ich morgen nicht wohlbehalten in New York, wird der Brief geöffnet und sein Inhalt behandelt. Nicken Sie!«
Abermals neigte der große Kopf sich langsam. Die Stirn war jetzt schweißnaß.
»Schön. Jetzt reichen Sie den Scheck Mr. Du Pont. Sagen Sie: ›Bitte vielmals um Entschuldigung, ich habe Sie betrogen.‹ Dann können Sie gehen.«
Bond beobachtete die Übergabe. Der Mund öffnete sich, sprach. Goldfinger hatte sich in der Hand. Es war nur Geld, mit dem er seinen Abgang erkaufte.
»Moment, wir sind noch nicht fertig!« Bond blickte auf das Mädchen. Sie sah ihn an in einer Mischung aus Angst, Schmerz, Unterwerfung und Verlangen. »Wie heißen Sie?«
»Jill Masterton.«
Goldfinger hatte sich erhoben, wandte sich zum Gehen.
»Halt!«
Er stand still, sah jetzt zum Balkon hinauf. Das bleibt unvergessen, Mr. Bond, schien dieser Blick zu sagen.
Bond sagte leise: »Eines hatte ich vergessen, Mr. Goldfinger: Für die Reise nach New York nehme ich als Geisel Miss Masterton mit. Sehen Sie zu, daß sie im Zug ist. Ach, und natürlich ein Salonabteil! Das ist alles.«

5

Eine Woche später stand Bond im siebenten Stock des Secret Service Headquarters in Regent's Park am offenen Fenster seines Dienstraums. Der Vollmond schien über dem schlafenden London dahinzujagen. Vom Big Ben schlug es drei. Drinnen begann ein Telefon zu läuten. Bond trat an den Schreib-

tisch und hob den Hörer des schwarzen Apparats ab.
»Beamter vom Dienst.«
»Anruf von Station H, Sir.«
»Verbinden Sie!«
Man hörte die Nebengeräusche der schlechten Funkverbindung mit Hongkong. Immer diese Sonnenflecken über China! Eine singende Stimme fragte: »Universal Export?«
Ganz nah und tief sprach jemand dazwischen: »Hongkong meldet sich, bitte, sprechen.«
»Gehen Sie aus der Leitung!« sagte Bond ungeduldig.
Wieder die singende Stimme von vorhin: »London ist da, bitte, sprechen!«
»Hallo! Hallo! Universal Export?«
»Jawohl«, sagte Bond.
»Hier spricht Dickson. Es ist wegen des Telegramms über den Mango-Transport. Obst. Sie wissen davon?«
»Ja, ich hab's hier.« Bond griff nach dem Ordner. Er wußte Bescheid. Das Obst waren Haftminen für Station H. Sie wollten damit drei Dschunken des rotchinesischen Spionagedienstes versenken, die vor Macao britische Frachter anhielten und nach Flüchtlingen durchsuchten.
»Bis zum zehnten muß die Zahlung erfolgt sein!«
Also würden nach diesem Datum die Dschunken abgezogen oder ihre Wachen verdoppelt sein. Irgend etwas Ernstes jedenfalls.
»Wird erledigt«, sagte Bond kurz.
»Danke! Und auf Wiederhören!«
Bond legte auf und nahm den grünen Hörer. Er wählte Abteilung Q und sprach mit dem Diensthabenden. Morgen ging eine BOAC Britannia ab. Das Obst würde zur Stelle sein.
Bond lehnte sich zurück. Zigarette. Er dachte an das kleine heiße Büro am Kai von Hongkong. Nr. 279, der sich eben Dickson genannt hatte, würde nicht schlecht schwitzen. Vielleicht sagte er soeben zu seinem Kollegen: »Alles okay, London macht es. Gehen wir jetzt den Einsatzplan nochmals durch.«
Als M ihn vor drei Tagen zum Nachtdienst beordert hatte, war Bond nicht entzückt gewesen. Er hatte geltend gemacht, daß sechs Jahre 00-Außendienst ihn der verantwortungsvollen

Büroroutine entfremdet hätten.
»Ach, Sie sind bald wieder auf dem laufenden!« hatte M ungerührt erwidert. »Und bei Schwierigkeiten wenden Sie sich an die Sektionsdiensthabenden, den Leiter des Stabes – oder im Notfall an mich. Aber ich bin dafür, daß die dienstälteren Beamten eine Zeitlang Innendienst machen.« M hatte Bond kühl angesehen. »Neulich hat das Schatzamt interveniert. Der Verbindungsmann dort sieht die 00-Abteilung für überflüssig an. Ich konnte mich natürlich nicht auf einen Streit einlassen, sagte ihm nur, er sei im Irrtum. Jedenfalls wird es Ihnen nicht schaden, einigen Extradienst zu leisten. Da rosten Sie wenigstens nicht ein.«
Bond war's gleich. In dieser halben Woche hatte ihm sein gesunder Menschenverstand durchaus genügt. Es gab nur Routinesachen weiterzuleiten. Ihm gefiel es ganz gut, in diesem stillen Raum jedermanns Geheimnisse zu erfahren und dabei durch ein hübsches Kantinenmädchen mit Kaffee und Sandwiches versorgt zu werden. Er mochte keinen Tee.
Der zweite Grund dafür, daß Bond die Stille des Nachtdienstes zusagte, war eine Arbeit, die er zu schreiben vorhatte – ein Handbuch über die Geheimdienstmethoden des Kampfes ohne Waffe. Unter dem Titel »Bleib leben!« sollte das Beste zusammengefaßt sein, was innerhalb aller Geheimdienste zu diesem Thema je erschienen war. Bond hoffte, das Buch nach seiner Fertigstellung und mit Ms Einverständnis der kleinen Zahl von Secret-Service-Diensthandbüchern einzugliedern.
Bond hatte sich die Originale beziehungsweise die Archivübersetzungen zusammengeborgt. Meist waren es Beutestücke von feindlichen Agenten, einige stammten von Schwesterorganisationen wie der amerikanischen OSS und CIA sowie vom französischen Deuxième. Das Buch, das er gerade studierte, war ein besonders wertvolles Stück, der übersetzte Titel lautete »Verteidigung«, bestimmt für die Agenten von SMERSH, der sowjetischen Mordorganisation.
Heute nacht war er bis zu Kapitel zwei gekommen: »Mitnahme- und Gewahrsamsgriffe.« Nun nahm er sich die Abschnitte »Handgelenksmitnahme«, »Armfesselmitnahme«, »Unterarmfessel«, »Kopffessel« und »Druckpunkte am Hals« vor.

Nach einer halben Stunde hatte er genug, trat ans Fenster und sah hinaus. Die plumpe Ausdrucksweise der Russen war ekelhaft. Er empfand ebensolchen Abscheu wie vor zehn Tagen in Miami Airport. Was war mit ihm los? Hielt er es nicht mehr durch? Machte er schlapp, oder war er nur überdreht? Eine Weile sah er den unterm Mond dahinjagenden Wolken zu. Wieder am Schreibtisch, entschied er, daß er von all den Arten körperlicher Gewaltanwendung ebenso genug hatte wie ein Psychoanalytiker von den Komplexen seiner Patienten.

Nochmals las er die widerliche Stelle: »Mit einer Betrunkenen wird man leicht fertig, wenn man ihre Unterlippe zwischen Daumen und Zeigefinger nimmt und umdreht. Sie wird dem Zug gehorchen und mitkommen.«

Bond steckte sich eine Zigarette an, starrte ins Licht und wünschte einen Anruf herbei, um auf andere Gedanken zu kommen. Noch fünf Stunden bis zum Neun-Uhr-Bericht beim Leiter des Stabes oder bei M, falls der so früh da sein sollte. Irgend etwas ließ ihm keine Ruhe mehr. Was war es nur? Daumen, Zeigefinger – Goldfinger! Mal sehen, ob das Archiv irgend etwas über ihn hatte!

Er hob den grünen Hörer ab, wählte »Archiv« und gab seinen Wunsch durch.

»Im Moment sagt mir der Name nichts. Ich rufe zurück.«

Bond legte auf.

Die Bahnfahrt war herrlich gewesen. Erst die Sandwiches und der Champagner, dann die Liebe: lang und ausgiebig auf dem schmalen Lager, zum Rhythmus der gewaltigen, meilenfressenden Diesel. Hungrig nach körperlicher Liebe, hatte sie in jener Nacht noch zweimal zart und schweigend nach ihm verlangt und tags darauf zweimal den Rollvorhang herabgezogen, seine Hand genommen und um Liebe gebettelt. Noch jetzt hatte Bond das helle Läuten der vorübersausenden Bahnübergänge im Ohr, das tiefe Geheul des Signalhorns weit vorne, den verworrenen Lärm, der vom Bahnsteig hereindrang.

Goldfinger habe seine Niederlage ruhig hingenommen, hatte Jill berichtet; er lasse Bond durch sie lediglich bestellen, daß er innerhalb einer Woche in England sein und dann in Sandwich gern die vereinbarte Golfpartie austragen würde. Sonst nichts, weder Drohungen noch Flüche. Jill erwarte er mit dem nächsten Zug zurück, und sie werde fahren. Bond wollte es nicht zulassen, doch sie hatte keine Angst. Was konnte Goldfinger ihr schon anhaben? Und die Stellung war gut.

Bond schenkte ihr die zehntausend Dollar, die der freudestammelnde Du Pont ihm aufgezwungen hatte. Sie wollte nicht annehmen, doch er hatte sie überredet, das Geld für den Notfall zurückzulegen. Dann hatte er sie zur Bahn gebracht, noch einmal heftig geküßt und war gegangen. Es war nicht Liebe gewesen. Sünde? Bond mußte lächeln. Wie hieß es bei Augustinus? »Herr, gib mir Keuschheit. Doch gib sie nicht sofort.«

Der grüne Apparat klingelte. »Wir haben da drei Goldfingers, Sir, zwei davon tot. Der dritte ist ein russischer Agent in Genf. Betreibt einen Friseursalon und steckt den Kunden die Nachrichten in die Manteltasche. Verlor bei Stalingrad ein Bein. Ist er das, Sir? Es steht noch eine Menge über ihn da.«

»Danke, aber der kann's nicht sein.«

»Wir könnten morgen früh noch im CID-Archiv nachsehen lassen. Haben Sie ein Foto von ihm, Sir?«

Bond erinnerte sich an seine Leica. Er hatte den Film noch nicht einmal entwickeln lassen. »Ist der Identicast-Raum frei?« fragte er. So würde es schneller gehen.

»Ja, Sir. Ich kann den Apparat für Sie bedienen.«

»Danke, ich komme gleich hinunter.«

Nachdem er der Vermittlung Bescheid gegeben hatte, fuhr Bond ins Archiv hinunter. Der Bau war erfüllt vom Gesumm der Nacht: gedämpftes Maschineschreiben, ein an- und abschwellender Radioton und über allem das leise Singen der Ventilation. Wie ein Schlachtschiff im Hafen, dachte Bond.

Der Archivmann erwartete ihn im Projektionsraum am Bedienungspult des Identicast. »Die Hauptzüge, bitte. Ich kann dann alles ausscheiden, was nicht in Frage kommt.«

Bond beschrieb sie kurz, während er Platz nahm und das Lichtviereck an der Wand betrachtete.

Der Identicast, ein Apparat zur Gesichtsrekonstruktion aus dem Gedächtnis, arbeitete nach dem Prinzip der Laterna magica. Man projizierte verschiedene Kopfgrößen und -formen an die Wand. Was entsprach, blieb stehen. Dann kamen verschiedene Haarschnitte an die Reihe, hernach weitere Einzel-

heiten nach demselben Schema: Augen, Nase, Kinn, Mund, Augenbrauen, Wangen, Ohren. Schließlich erhielt man ein Gesamtbild, das sich mit der Erinnerung weitgehend deckte. Das Foto davon kam ins Archiv.
Es dauerte seine Zeit, Goldfingers ungewöhnliches Gesicht zusammenzusetzen, doch schien das Schwarzweißbild ähnlich. Bond diktierte noch ein paar Einzelheiten über Sonnenbräune, Haarfarbe und Blick, womit die Sache erledigt war. »Bei Nacht möchte ich dem ja nicht begegnen«, sagte der Archivmann. »Mit Dienstbeginn werd' ich das Bild an die CID weitergeben. Mittags müßten Sie Bescheid haben.«
Bond fuhr wieder hinauf. Ein Stoß Nachrichten war noch zu sichten, der Nachtbericht abzufassen. Endlich war es acht Uhr. Bond rief die Kantine an und bestellte das Frühstück. Er war eben damit fertig, als das rote Telefon klingelte. Das war M!
»Ja, Sir?«
»Kommen Sie auf einen Sprung zu mir, 007!«
Na, gut. Bond zog die Jacke an, strich sich durchs Haar, informierte die Vermittlung, nahm den Nachtbericht und fuhr in den Oberstock. Dort klopfte er an Ms Tür und trat ein.
»Nehmen Sie Platz, 007.« Das übliche Pfeifenanzünden. Angesichts dieser morgendlich-heiteren Seemannszüge über dem frischen Kragen wurde Bond sich seiner Übernächtigkeit doppelt bewußt. Er versuchte sich zu konzentrieren.
»Ruhige Nacht?« M sog an der Pfeife und musterte Bond.
»Ziemlich, Sir. Nur Station H –«
M wehrte ab. »Das steht im Bericht. Geben Sie her.«
Bond übergab die Geheimmappe, M legte sie weg. Dann, mit einer Andeutung seines selten gezeigten Lächelns: »Immer kommt es anders, 007: kein Nachtdienst mehr!«
Bonds Puls schlug rascher, wie schon so oft in diesem Zimmer. M hatte was für ihn! Aber er sagte: »War eben dabei, mich einzugewöhnen, Sir.«
»Natürlich. Dazu ist später Zeit. Ich habe eine komische Sache. Nicht ganz Ihre Linie, außer einem gewissen Aspekt, der« – M legte die Pfeife weg – »vielleicht gar keiner ist.«
Bond lehnte sich zurück und wartete.
»Ich speiste gestern mit dem Präsidenten der Bank von England zu Abend. Man hört da immer was Neues, zumindest für

mich war es neu. Thema Gold – aber die Kehrseite: Schmuggel, Fälschung und so weiter. Dachte gar nicht, daß man in der Bank von England soviel über Verbrecher weiß. Hängt wohl mit dem Währungsschutz zusammen.« Und mit fragend hochgezogenen Augenbrauen: »Verstehen Sie was von Gold?«
»Nein, Sir.«
»Heute nachmittag werden Sie was verstehen. Sie treffen da einen gewissen Colonel Smithers, sechzehn Uhr, Bankgebäude. Dieser Smithers leitet dort die Untersuchungsabteilung. Wie ich höre, ist das so eine Art Spionagesystem. Daß ich es erst seit gestern weiß, zeigt, wie abgedichtet voneinander wir arbeiten. Jedenfalls, Smithers und seine Burschen haben ein Auge auf alles Anrüchige in der Bankwelt, besonders was gewisse Machenschaften hinsichtlich Währung, Goldreserven und so weiter betrifft. Nun hat Smithers seit Jahren einen Verdacht, eigentlich mehr instinktiv und nur belegt durch gewisse Rückschlüsse. Es ist seit dem Krieg ein großer Goldschwund aus England zu verzeichnen, aber wie gesagt, Smithers' Verdacht ist nicht recht zu belegen. Deshalb hat der Bankpräsident vom Premier die Erlaubnis eingeholt, uns beizuziehen.« M sah Bond fragend an. »Wer, meinen Sie, sind die reichsten Männer in England?«
Bond überlegte. Reiche Leute gab es ja genug. Aber wer von ihnen war wirklich liquid? Nur um etwas zu sagen, meinte er zögernd: »Nun, Sir, da wäre Sassoon, dann dieser undurchsichtige Reeder ... Ellermann ... Auch Lord Cowdray soll sehr reich sein ... Dann all die Bankiers: die Rothschilds, die Barrings, die Hambros ... Dann Williamson, der Diamantenmann, und Oppenheimer in Südafrika. Auch ein paar Herzöge dürften in Frage kommen.« Er verstummte.
»Nicht schlecht, aber das Trumpfas haben Sie ausgelassen, einen, von dem auch ich es nie gedacht hätte. Erst der Präsident hat mir's gesagt: Goldfinger heißt er. Auric Goldfinger.«
Bond platzte heraus.
»Was gibt's da zu lachen?« M schien gereizt.
»Verzeihung, Sir. Aber erst heute nacht hab' ich sein Gesicht am Identicast zusammengesetzt.« Er sah auf die Uhr. »Jetzt ist es schon unterwegs zum CID-Archiv.«
M wurde ärgerlich: »Mann, machen Sie's nicht so spannend!«

Bond begann die Geschichte von Anfang an zu erzählen.
Ms Miene erhellte sich zusehends. Die Hände hinter dem Kopf verschränkt, starrte er zur Zimmerdecke hinauf.
»Übrigens, was ist mit diesen zehntausend Dollar?«
»Die hat das Mädchen, Sir.«
»So! Und warum nicht das Weiße Kreuz?« Das war der Witwen- und Waisenfonds des Geheimdienstes.
M hatte für Bonds Weibergeschichten nie viel übrig gehabt, sie taten seiner viktorianischen Seele weh. So sagte er nur: »Also, das wär's für jetzt, 007. Heute nachmittag hören Sie mehr. Komisch, dieser Goldfinger. Hab' ihn ein- oder zweimal im Blades beim Bridgespielen gesehen. Und hinter dem ist die Bank von England her.« M blickte über den Tisch und sagte mild: »Und von jetzt an auch Sie!«

6

Colonel Smithers sah genauso aus, wie sein Name vermuten ließ. Vermutlich war er Oberst beim Generalstab gewesen. Höflich, untadelig, seriös, so wirkte alles an ihm. Ohne Hornbrille hätte er sehr gut ein respektables, wenngleich hageres Mitglied der königlichen Hofhaltung vorstellen können.
Bond sagte: »Hier soll ich also alles über Gold erfahren.«
»So ist es. Ihnen gegenüber kann ich ja offen sein« – der Colonel blickte über Bonds rechte Schulter hinweg –, »Sie wissen ja, daß fast alles, was ich zu sagen habe, vertraulich ist.«
Bonds Schweigen war beredt. Smithers verbesserte sich sofort: »Aber wozu das erwähnen! Ein Mann Ihres Berufes . . .«
Bond half ihm: »Jeder von uns hält nur die eigenen Geheimnisse für wichtig. Vielleicht war es ganz gut, mich daran zu erinnern. Trotzdem kann ich Sie beruhigen: Außer meinem Chef wird niemand etwas erfahren.«
»Natürlich, natürlich! Nett von Ihnen, es so aufzufassen. Man wird hier in der Bank nachgerade überdiskret. Nun denn – die Sache mit dem Gold. Ich nehme an, Sie haben noch nie ernsthaft darüber nachgedacht? Nun, die Hauptsache ist, daß Gold den wertvollsten *und* marktgängigsten Artikel darstellt. Für ein Goldstück erhalten Sie überall in der Welt Ware oder Dienstleistung, nicht wahr?« Colonel Smithers war in seinem

Element. Bond lehnte sich zurück. Er hörte gern zu, wenn jemand sein Thema beherrschte. Der Colonel hob die Pfeife: »Im weiteren ist von Bedeutung, daß man dem Gold seine Herkunft nicht ansieht. Sovereigns haben keine Seriennummer, und einen gestempelten Goldbarren kann man einschmelzen. Daher ist es fast unmöglich, Herkunft, Bestand oder Umlauf des Goldes in der Welt zu kontrollieren. Wir in England können nur das Gold in den Tresoren unserer Banken und im Münzamt zählen. Schon bei den Juwelieren und Pfandleihern sind wir auf Schätzungen angewiesen.«

»Und warum müssen Sie das so genau wissen?«

»Weil Gold und goldgedeckte Währung das Fundament unseres internationalen Kredits sind. Wir und andere Länder können die tatsächliche Stärke des Pfunds nur angeben, wenn wir wissen, wieviel Valuta hinter unserer Währung steht. Und meine Hauptaufgabe, Mr. Bond, ist es, auf jeden Goldschwund aus England und aus dem Sterlingblock zu achten. Sobald ich ein Abwandern von Gold in ein Land mit besserem Wechselkurs feststelle, muß ich die Goldabteilung der CID auf dieses Gold ansetzen und trachten, es in unsere Tresore zurückzuführen, die undichte Stelle zu schließen und die Schuldigen festzunehmen. Die Schwierigkeit ist aber die, daß das Gold die größten, die gewiegtesten Verbrecher anzieht. Sie sind sehr, sehr schwer zu fassen.«

»Ist diese Goldknappheit nicht nur temporär? Produziert Afrika nicht rasch genug? Ist nicht genug davon im Umlauf? Ist das nicht wie bei jedem Schwarzmarkt – er verschwindet bei stärkerer Anlieferung?«

»Ich fürchte, nein, Mr. Bond. So einfach ist das nicht. Sehen Sie, die Weltbevölkerung nimmt stündlich um viertausendfünfhundert Köpfe zu. Ein kleiner Prozentsatz davon beginnt, weil er der Währung nicht traut, Goldstücke zu horten. Ein weiterer Prozentsatz braucht Zahngold, Brillenfassungen, Schmuck, Eheringe. Das alles entzieht dem Markt Jahr um Jahr Tonnen von Gold. Neue Industrien benötigen Golddraht, Goldbelag, Goldverbindungen. Gold besitzt besondere Eigenschaften, es glänzt, ist formbar, streckbar, beinahe unwandelbar und besitzt eine höhere Dichte als alle üblichen Metalle außer Platin. Es hat aber zwei Nachteile: Es ist nicht hart ge-

nug und verbraucht sich rasch, bleibt im Taschenfutter und im Schweiß unserer Haut zurück. Jedes Jahr verringert sich der Weltvorrat durch Reibung. Aber der zweite, weit ärgere Nachteil liegt in seiner Eigenschaft als Talisman gegen die Angst. Die Angst, Mr. Bond, zieht das Gold aus dem Umlauf und hortet es für schlechte Zeiten. Heute, wo jeder Tag die Katastrophe bringen kann, darf man ruhig annehmen, daß ein großer Teil jenes Goldes, das man am einen Ende der Erde ausgräbt, am anderen sofort wieder eingegraben wird.«
Bond fragte: »Was muß ich noch wissen, ehe wir uns Ihrem eigentlichen Problem widmen können?«
»Nun, Sie meinten vorhin, daß die enorme Goldproduktion den Weltbedarf decken müßte. Weit gefehlt! Die Goldvorkommen der Welt sind bekannt, und es wäre ein Irrtum, zu glauben, daß weite Gebiete noch der Erschließung harren. Eigentlich bleiben dafür nur noch der Meeresgrund und das Meer selbst, das ja einen gewissen Goldgehalt aufweist.« Der Colonel hob die Hände. »Die gesamte Produktion von Klondike, Homestake und Eldorado, einstmals die Wunder der Welt, ergäbe nur die Menge von zwei oder drei Jahren der heutigen Förderung in Afrika! Man muß sich vor Augen halten, daß in der Zeit von 1500 bis 1900, für die es ungefähre Ziffern gibt, insgesamt etwa achtzehntausend Tonnen Gold produziert wurden. Hingegen haben wir von 1900 bis heute einundvierzigtausend Tonnen gefördert. Bei diesem Tempo, Mr. Bond, würde es mich nicht wundern, wenn in weiteren fünfzig Jahren die Goldvorräte der Erde erschöpft wären!«
Von solcher Argumentation beeindruckt, fiel es Bond nicht schwer, ebenso ernst dreinzublicken wie der Colonel. »Die Geschichte, die Sie da erzählen, ist faszinierend, aber vielleicht ist die Lage nicht so schlecht, wie Sie denken. So wie man unterm Meer nach Öl bohrt, wird man vielleicht auch nach Gold schürfen. Aber nun zu dieser Schmuggelsache.«
»Sehr wohl.« Nun war die müde Stimme eines überarbeiteten Mannes vom Regierungsdienst zu hören, der sein Ressort beherrscht und den Rest sehr wohl zu erraten weiß. »Nehmen wir einmal an, Sie haben in Ihrer Tasche einen Goldbarren in der Größe von zwei Players-Schachteln, Gewicht etwa zweieinhalb Kilo. Er hat vierundzwanzig Karat – was wir Feinge-

halt Tausend nennen. Nach dem Gesetz müssen sie ihn zum kontrollierten Preis von zwölf Pfund zehn pro Unze der Bank von England verkaufen. Sie sind aber habgierig, Sie haben einen Freund, der nach Indien fährt, Pilot oder Steward bei einer Fernost-Linie ist. Da müssen Sie Ihren Barren in dünne Platten zerschneiden lassen und diese Platten – sie sind kleiner als Spielkarten – in einen Baumwollgürtel einnähen. Für das Tragen dieses Gürtels zahlen Sie Ihrem Freund eine Provision von, sagen wir, hundert Pfund. Das können Sie sehr wohl tun, denn Ihr Freund erhält in Bombay beim nächsten Goldhändler im Basar für Ihren Zweieinhalb-Kilo-Barren eintausendsiebenhundert Pfund. Das sind« – Colonel Smithers schwenkte geringschätzig seine Pfeife – »nur siebzig Prozent Gewinn. Gleich nach dem Krieg hätten Sie dreihundert erzielt. Jedes Jahr nur ein halbes Dutzend solcher Sendungen, und Sie könnten sich jetzt zur Ruhe setzen.«

»Warum zahlt man in Indien so viel?« Bond fragte nur für den Fall, daß M es wissen wollte.

»Kurz gesagt, Indien besitzt weniger Gold als irgendein anderes Land, besonders für den Juwelenhandel.«

»Wie hoch beläuft sich dieser Schwarzhandel?«

»Ungeheuer hoch. 1955 haben indischer Geheimdienst und Zoll dreiundvierzigtausend Unzen beschlagnahmt. Ich zweifle, daß das auch nur ein Prozent des Umsatzes ist. Aus allen Weltrichtungen kommt Gold nach Indien. Das Neueste ist, von Macao herüberzufliegen und es mit dem Fallschirm abzuwerfen, eine Tonne auf einmal.«

»Verstehe. Und wo könnte ich sonst noch für meinen Goldbarren einen guten Preis erzielen?«

»Kleine Gewinne in den meisten Ländern, in der Schweiz zum Beispiel. Aber Indien ist noch immer der richtige Ort.«

»Schön«, sagte Bond. »Ich glaube, ich bin im Bild. Und worin besteht nun Ihr spezielles Problem?«

Plötzlich war etwas wie Jagdlust in Colonel Smithers' Blick. »1937 kam ein Mann namens Auric Goldfinger nach England. Flüchtling aus Riga, erst zwanzigjährig. Er muß ein schlauer Bursche gewesen sein, um so früh schon die russische Besetzung vorauszuahnen. Er war Juwelier und Goldschmied wie sein Vater und Großvater, besaß ein wenig Geld und wahrscheinlich auch einen solchen Goldgürtel. Ich wage zu behaupten, daß er ihn seinem Vater gestohlen hatte. Nun, bald nach seiner Naturalisierung begann er, im ganzen Land kleine Pfandleihgeschäfte aufzukaufen. Er setzte gutbezahlte Angestellte hinein und änderte die Firmennamen auf Goldfinger. Und dann ging es los: ›Wir kaufen jede Menge Altgold zu besten Preisen!‹ Dann noch einen Verkaufsslogan für billigen Schmuck, ›Ihren Verlobungsring für Omas Medaillon!‹, und Goldfinger begann zu verdienen. Dazu die stets gutgewählte Lage und niemals ›heiße‹ Ware. So stand er auch bei der Polizei in gutem Ruf. Er wohnte in London und sammelte allmonatlich das Altgold ein. Das Schmuckgeschäft überließ er seinen Geschäftsführern. Sie glauben vielleicht, Mr. Bond, diese alten Medaillons und Goldkreuze seien nicht der Rede wert. Sie sind es auch nicht, solange man nicht zwanzig Filialen besitzt. Nun ja, es kam also der Krieg, und Goldfinger mußte wie alle Juweliere seinen Goldbesitz angeben. Ich habe seine Zahlen in unseren alten Listen nachgeprüft: fünfzig Unzen für alle Geschäfte zusammen! Gerade genug, um sie weiterhin mit Juweliermaterial zu versorgen. Natürlich durfte er das Gold behalten. Für die Dauer des Krieges nahm er dann Deckung in einer Werkzeugmaschinenfabrik in Wales, weit vom Schuß, betrieb aber möglichst viele seiner Filialen weiter. An den GI, die gewöhnlich einen Goldadler oder ein mexikanisches Fünfzigdollarstück in Reserve hatten, muß er nicht schlecht verdient haben. Mit dem Frieden wurde er aktiv. Er kaufte sich ein Haus, so ein angeberisches in Reculver an der Themsemündung. Er griff zu bei einem Brixham-Fischdampfer und bei einem alten Rolls-Royce Silver Ghost, einem gepanzerten Wagen für einen südamerikanischen Präsidenten, der ermordet worden war, ehe er ihn übernehmen konnte. Auf seinem Grundstück errichtete er eine kleine Fabrik, nannte sie Thanet-Legierungsforschung und nahm dafür einen deutschen Metallurgen auf, einen Kriegsgefangenen, der nicht mehr zurück wollte, sowie ein halbes Dutzend koreanischer Dockarbeiter, die er von Liverpool mitbrachte. Sie verstanden kein Wort einer zivilisierten Sprache, waren also sicher. Aus den nächsten zehn Jahren wissen wir nur, daß er jedes Jahr einmal mit dem Fischdampfer nach Indien und mehrmals mit dem Wagen

in die Schweiz fuhr. Dort richtete er bei Genf einen Zweigbetrieb seiner Legierungsfirma ein. Seine Londoner Geschäfte hielt er weiterhin in Gang, ließ aber das Gold von einem seiner Koreaner einsammeln, den er zum Chauffeur gemacht hatte. Goldfinger ist vielleicht kein ganz ehrlicher Mann, aber er benahm sich immer gut, und da es hierzulande viel auffallendere Dinge gibt, kümmerte sich niemand um ihn.«
Der Colonel brach ab, wie um Entschuldigung bittend: »Ich langweile Sie nicht? Wissen Sie, es liegt mir daran, den Mann zu schildern, wie er ist: ruhig, vorsichtig, gesetzestreu, bewundernswert unternehmend und zielstrebig. So wurden wir erst im Sommer 1954 auf ihn aufmerksam, als ihm ein kleines Mißgeschick unterlief: Sein Fischdampfer strandete auf der Rückreise von Indien bei den Goodwins, und er verkaufte das Wrack für einen Pappenstiel an die Dover-Bergungsgesellschaft. Beim Abwracken fand man die Balken des Laderaums mit einer Art braunem Pulver imprägniert. Die chemische Analyse ergab, daß es sich um Gold handelte. Ich will Sie nicht mit Formeln langweilen, aber man kann Gold in einer Mischung von Salzsäure und Salpetersäure auflösen und mit Hilfe von Schwefeldioxyd und Oxalsäure in braunes Pulver verwandeln. Durch Schmelzen bei zirka tausend Grad Celsius erhält man daraus wieder Goldbarren. Bis auf das Chlorgas ein ganz einfacher Vorgang. Irgendein Schnüffler bei der Bergungsfirma erzählte einem Zollbeamten davon, und über Polizei und CID kam die Sache samt den beigeschlossenen Zollscheinen von Goldfingers Indienfahrten auf meinen Schreibtisch. Die Fracht war immer unter ›Mineralstaub, Grundstoff für Düngemittel‹ gelaufen, völlig glaubwürdig. Jetzt war alles sonnenklar: Goldfinger hatte sein Bruchgold in dieses braune Pulver verwandelt und als Düngemittel nach Indien verschifft. Aber er war nicht zu packen. Ich sah mir seinen Banksaldo und seine Steuererklärung an: zwanzigtausend Pfund bei Varclays in Ramsgate, Einkommensteuer samt Zuschlag jedes Jahr pünktlich bezahlt. Die Zahlen entsprachen durchaus dem normalen Gang einer gutgeführten Juwelierfirma. Wir schickten Goldfinger zwei Leute von der Goldabteilung in die Fabrik wegen Beachtung der Sicherheits- und Gesundheitsvorschriften. Goldfinger hieß sie geradezu willkommen. Vielleicht war

er gewarnt worden, aber die Fabrik befaßte sich ohnehin nur mit der Herstellung einer billigen Legierung für Juweliermaterial, machte Versuche mit Nickel und Zinn statt der üblichen Kupfer-Nickel-Palladiumlegierung. Natürlich gab es Spuren von Gold und Schmelzöfen zur Erhitzung bis zu zweitausend Grad, aber das war völlig in Ordnung! Wir waren geschlagen, unsere Rechtsabteilung entschied, daß das braune Pulver auf den Balken des Fischdampfers eine Anklage nicht rechtfertige, und damit war der Fall erledigt. Außer« – Colonel Smithers schwenkte langsam seine Pfeife – »daß ich den Akt nicht abschloß, sondern begann, mich überall in der Welt in den Banken umzusehen.«

Er machte eine Pause. Durch das halboffene Fenster drang der Lärm der Stadt herein. Bond sah verstohlen nach der Zeit: fünf Uhr. Colonel Smithers erhob sich, stützte sich auf den Tisch, beugte sich vor. »Ich habe fünf Jahre gebraucht, Mr. Bond, aber jetzt weiß ich, daß Goldfinger der an Bargeld reichste Mann Englands ist! In Zürich, Nassau, Panama, New York hat er Goldbarren im Wert von zwanzig Millionen Pfund! Und diese Barren kommen aus keiner staatlichen Münze, sondern sind von Goldfinger eingeschmolzen worden. In habe mir die fünf Millionen Pfund, die er in der Königlich-Kanadischen Bank aufbewahrt, angesehen. Wie ein Künstler hat er seine Arbeit signiert. Mikroskopisch klein ist auf jedem Barren ein Z eingekratzt! Und all dieses Gold gehört dem englischen Staat. Wir von der Bank können nichts mehr tun. Deshalb, Mr. Bond, ersuchen wir Sie, diesen Goldfinger zur Strecke und das Gold zurückzubringen. Sie wissen von der Währungskrise und dem hohen Diskontsatz? Nun, England braucht dieses Gold dringend – lieber heute als morgen.«

7

Bond folgte Smithers zum Lift. Während sie warteten, blickte er aus dem hohen Fenster am Ende des Ganges in den Hinterhof der Bank. Ein dunkelbrauner Lastwagen ohne Aufschrift war durch die dreifachen Stahltore eingefahren. Quadratische Kartons wurden abgeladen und auf ein Förderband gelegt.

Colonel Smithers kam herüber. »Fünfer«, sagte er. »Sie kommen gerade aus unserer Druckerei in Loughton.«
Der Lift kam, und sie stiegen ein. Bond sagte: »Die neuen gefallen mir nicht, die sehen aus wie überall. Die alten Scheine waren die schönsten der Welt.«
Sie gingen durch die Vorhalle. Der Colonel pflichtete ihm bei: »Ich bin ganz Ihrer Meinung. Aber die Fälschungen der Reichsbank während des Krieges waren leider zu gut. Und vor allem: Bei der Einnahme von Berlin haben die Russen die Druckplatten erwischt! Wir mußten die alten Fünfer einziehen. Die neuen sind nicht so schön, aber sehr schwer zu fälschen.«

Bond sollte M um sechs Bericht erstatten. Als er Platz nahm, setzte M sich aufrecht hin und griff nach der Pfeife. Daran merkte Bond, wie sehr M sich konzentrierte: »Nun?«
Bond faßte sich kurz. In knappen fünf Minuten berichtete er das Wesentliche. Als er zu Ende war, meinte M nachdenklich: »Scheint, wir kommen nicht drum herum! Mich interessiert, ob Sie schon wissen, wie dieser Goldfinger zu packen ist? Kann man irgendwie an ihn herankommen, sich für eine seiner krummen Sachen empfehlen oder so?«
Bond überlegte: »Mit Anbiedern, Stellungssuche und dergleichen läßt sich da nichts machen, Sir. Er muß sehen, daß man schlauer ist, gerissener als er. Einmal hab' ich ihn schon geschlagen. Und was war der Erfolg? Daß er gern mit mir Golf spielen würde! Vielleicht wäre das ein Weg?«
M reagierte mit müdem Sarkasmus: »Schöne Art für meine besten Leute, die Zeit totzuschlagen! Aber bitte, sehn Sie zu, daß Sie ihn schlagen! Was werden Sie ihm denn erzählen?«
Bond zuckte die Achseln. »Weiß noch nicht. So leicht läßt sich der nicht täuschen.«
»Na gut. Halten Sie mich auf dem laufenden!« Ms Stimme war verändert, sein Blick dringlich. »Und jetzt sage ich Ihnen etwas, was Sie in der Bank nicht gehört haben: Zufällig habe auch ich Mr. Goldfingers Goldbarren gesehen! Erst heute – eingekratztes Z und so. Er stammt aus dem Fang, den wir letzte Woche in Tanger gemacht haben, als das Direktionsbüro der Redland Resident brannte. Sie werden die Meldung

ja gesehen haben. Seit dem Krieg ist das der zwanzigste von diesen bestimmten Goldbarren.«
Bond unterbrach: »Aber der Barren in Tanger kam doch aus dem Safe des SMERSH!«
»Stimmt. Auch die anderen neunzehn Z-Barren stammen von SMERSH-Leuten. Wissen Sie, 007, es würde mich gar nicht wundern, wenn Goldfinger sich als der Schatzmeister von SMERSH herausstellte.«

James Bond jagte den D.B.III über die letzten geraden Kilometer und schaltete wie ein Rennfahrer für die kurze Steigung in den dritten und dann den zweiten Gang hinunter, ehe ihn der unvermeidliche Kriechverkehr von Rochester aufhielt. Wieder im dritten, rutschte er noch unter den ersten Ampeln durch und schloß sich ergeben der Kolonne an, die jetzt eine Viertelstunde durch Rochester und Chatham schleichen würde. Er ließ den Wagen rollen, tastete nach einer Morland-Zigarette auf dem Nebensitz und rauchte sie am Bordanzünder an.
Statt der A 20 hatte er die A 2 nach Sandwich genommen, da er einen Blick auf Goldfingers Gebiet werfen wollte – Reculver und die ganze Themsegegend, die Goldfinger zum Wohnsitz erwählt hatte. Dann wollte er über die Thanet-Insel nach Ramsgate, seinen Koffer im *Channel Packet* abstellen und nach Sandwich weiterfahren.
Der Wagen kam aus dem Pool. Man hatte ihm den Aston Martin D.B.III oder einen Jaguar 3.4 angetragen. Beide hätten zu seiner Rolle als wohlhabender, abenteuerlustiger junger Mann gepaßt, aber der D.B.III hatte gewisse Extras, die von Nutzen sein konnten: Schalter, um bei nächtlicher Verfolgung Form und Farbe der Front- und Decklichter zu ändern, verstärkte Stoßstangen zum Rammen, einen Colt 45 mit langem Lauf unterm Führersitz, ein Empfangsgerät, abgestimmt auf einen Sender namens Homer, und eine Menge Hohlraum, den kein Zollbeamter entdecken würde.
Diese Theorie von M – sie konnte stimmen! Die Russen waren bekannt als schlechte Zahler, immer wieder waren die Kassen ihrer Zentralen leer. Die Folge davon waren versäumte Möglichkeiten, nichteingehaltene Zusagen, unnötiger Funkverkehr. So schien es durchaus vernünftig, irgendwo außerhalb

Rußlands einen finanzbegabten Mann zu haben, der genügend verdiente, um auch ohne Moskaus Geldhilfe die Auslandszentralen des SMERSH in Gang zu halten. Und nicht nur das, daneben schädigte Goldfinger ja auch die gegnerische Währung. Wenn das stimmte, war es typisch für SMERSH – ein brillanter Plan, fehlerlos ausgeführt von einem hervorragenden Mann. Und, so überlegte Bond, während er die Steigung nach Chatham hinaufdröhnte und ein halbes Dutzend Wagen hinter sich ließ, das erklärte auch Goldfingers Gier nach mehr und noch mehr Geld! Er verdiente es nicht für sich selbst, sondern im Dienst der Weltrevolution! Was zählte da eine Panne, wie sie ihm Bond beigebracht hatte? Nichts.
Weitab links schimmerte die Themse. Dort war Bewegung – lange, glänzende Tanker, plumpe Frachter, altertümliche holländische Schuten. Bond bog von der Straße nach Canterbury ab und durchfuhr auf dem unvergleichlich schöneren Highway die billige Bungalowwelt der Ferienorte: Whitstable, Herne Bay, Birchington, Margate. Noch immer trödelte er mit achtzig dahin, das Rennlenkrad nur ganz leicht haltend, und horchte auf das gleichmäßige Motorsummen, während er seine Gedankenfetzen zu einem Puzzle ordnete, ähnlich wie vor zwei Tagen Goldfingers Züge auf dem Identicast.
Er überlegte, wie Goldfinger jedes Jahr ein, zwei Millionen Pfund Sterling in den blutigen Rachen von SMERSH pumpte, dabei seine Reserven weiterhäufte und für sich arbeiten ließ – und niemand hatte geahnt, daß der Juwelier, Metallurg, Einwohner von Reculver und Nassau, geachtetes Klubmitglied vom *Blades* und *Royal St. Marks* in Sandwich, einer der größten Verschwörer war, der tausendfachen Mord finanziert hatte. Nur M ahnte, nur Bond wußte es. Durch eine Reihe von Zufällen, eine Folge von Verknüpfungen war er diesem Mann auf die Spur gekommen. Dazu mußte ein Flugzeug auf der anderen Seite der Welt eine Panne haben! Er lächelte grimmig.
Bond fuhr nun durch die hübsche Postkartenlandschaft von Herne Bay. Von rechts drang das Heulen von Manston herüber: Eine Staffel *Super Sabres* setzte zur Landung an, fegte über den Horizont, als wollte sie in die Erde tauchen. Mit halbem Ohr hörte Bond auf das Brüllen ihrer Düsen, als sie landeten und zu den Hangars kurvten.

An der nächsten Kreuzung wies der linke Pfeil nach Reculver. Darunter war das Zeichen für »Historische Kirche«. Bond bremste, blieb aber nicht stehen. Langsam fuhr er weiter und hielt die Augen offen. Die Küstenlinie lag zu frei, als daß ein Fischdampfer etwas anderes hätte tun können als anlegen oder ankern. Wahrscheinlich hatte Goldfinger zum Verladen Ramsgate benützt, den stillen kleinen Hafen, wo Zoll und Polizei nur hinter dem Kognak aus Frankreich her waren. Jetzt trennte eine dichte Baumgruppe die Straße von der Küste, man sah Dächer und einen Fabrikschornstein mit dünner, heller Wolke. Das mußte es sein! Und nun das Tor zu einer langen Einfahrt. Ein diskretes Verbotsschild: »Eintritt nur geschäftlich«. Alles sehr achtbar. Bond trat aufs Gaspedal, es gab nichts weiter zu sehen. Er nahm die rechte Abzweigung über das Manston-Plateau nach Ramsgate.
Um zwölf Uhr besichtigte er sein Zweibettzimmer mit Bad im Oberstock des *Channel Packet*, packte seine Sachen aus und ging in die Snackbar, wo er einen Wodka mit Tonic und zwei ausgezeichnete Schinkenbrote mit reichlich Senf zu sich nahm. Dann stieg er wieder in seinen Wagen und fuhr zum *Royal St. Marks Golfclub* nach Sandwich hinüber.
Dort angelangt, trug er seine Schläger zur Werkstatt neben dem Laden des Trainers. Er traf Alfred Blacking an, wie er eben einen neuen Griff an einen Driver schraubte.
»Tag, Alfred!«
Der Trainer blickte rasch auf. Ein breites Lächeln verzog sein sonnengegerbtes Gesicht: »Nein, so was! Mr. James!« Sie schüttelten sich die Hände. »Schon eine Ewigkeit nicht gesehn! Was führt Sie zu uns, Sir? Erst neulich hat mir jemand erzählt, Sie seien im diplomatischen Dienst oder so. Immer im Ausland. Na, ich ja nie! – Immer noch der gleiche flache Schlag, Sir?« Blacking legte die Hände aneinander und markierte einen niederen, flachen Schlag.
»Ich fürchte, ja, Alfred. Hatte nie Zeit, ihn mir abzugewöhnen. Wie geht's Ihrer Frau und Cecil?«
»Danke, Sir, kann nicht klagen. Cecil wurde im Vorjahr Zweiter in der Mannschaft von Kent. Könnte dieses Jahr gewinnen, wenn er nur etwas vom Geschäft wegkäme.«
»Wie wär's mit einer Partie, Alfred?«

Der Trainer blickte durchs Hinterfenster auf den Parkplatz mit dem Fahnenmast. »Sieht nicht gut aus, Sir. Mitten in der Woche, um diese Jahreszeit ...«

»Und Sie?«

»Ich bin leider besetzt, Sir. Spiele täglich um zwei mit einem Mitglied. Wie lange bleiben Sie, Sir?«

»Nicht lange, aber das macht nichts. Werd' ich eben mit einem Caddie Bälle schlagen. Mit wem spielen Sie denn?«

»Mit einem Mr. Goldfinger, Sir.« Alfreds Blick war lustlos.

»Goldfinger? Den hab' ich in Amerika kennengelernt!«

»Wirklich, Sir?« Alfred fand es sichtlich schwer zu verstehen, daß jemand mit Mr. Goldfinger bekannt war.

»Er muß sein Spiel aber ziemlich ernst nehmen, wenn er täglich mit Ihnen spielt.«

»Das schon, Sir.«

Bond lächelte. »Sie haben sich nicht geändert, Alfred. Sie wollen doch sagen, daß niemand sonst mit ihm spielen mag. Wie mit Farquharson, wissen Sie noch? Der langsamste Spieler in England. Ich erinnere mich, wie Sie immer wieder mit ihm loszogen vor zwanzig Jahren. Na, und dieser Goldfinger?«

Der Trainer lachte. »Sie sind's, der sich nicht geändert hat, Mr. James! Sie waren schon damals so neugierig.« Er trat näher und dämpfte die Stimme. »Die Sache ist die, Sir, daß einige Mitglieder glauben, Mr. Goldfinger sei ein wenig zu tüchtig. Verbessert die Lage seines Balles und so.« Dann, sich verbessernd: »Aber das ist alles nur Klatsch, Sir. Ich selber hab's nie gesehen. Sonst ist er ein sehr ruhiger Herr, hat einen Besitz in Reculver und ist früher oft hergekommen. Aber während der letzten Jahre war er immer nur ein paar Wochen in England. Er ruft an, ob jemand spielen will, und wenn niemand da ist, spielt er mit Cecil oder mit mir. Heute morgen hat er wieder angerufen. Manchmal kommen auch Fremde her.« Blacking blickte Bond seltsam an. »Vielleicht könnten Sie heute nachmittag mit ihm spielen? Es würde sonst komisch aussehen, wo Sie ihn doch kennen. Er könnte meinen, ich wolle ihn für mich behalten oder so ...«

»Unsinn, Alfred! Sie müssen ja davon leben. Warum nicht eine Partie Dreiball?«

»Nein, das ist ihm zu langsam, und da bin ich seiner Meinung. Aber kümmern Sie sich nicht um mein Honorar, im Geschäft liegt so viel Arbeit, daß ich froh bin, einmal einen Nachmittag dafür Zeit zu haben.« Er sah auf die Uhr. »Er kann jetzt jeden Moment kommen. Übrigens, ich habe einen Caddie für Sie. Erinnern Sie sich noch an Hawker?«

Bond sagte: »Danke, Alfred, es würde mich interessieren, wie der Kerl spielt. Aber machen wir's so: Ich bin hereingekommen, um mir einen Schläger reparieren zu lassen. Ich weiß aber nicht, daß Goldfinger hier ist, sondern bleibe im Geschäft. So kann er wählen. Wer weiß, vielleicht mag er mich nicht.«

»In Ordnung, Mr. James, lassen Sie mich nur machen! Da kommt eben sein Wagen, Sir!« Drüben bog ein hellgelber Wagen in den Privatweg ein. »Komisch, nicht? Sieht aus wie die Autos aus meiner Jugend.«

Bond sah den alten Silver Ghost majestätisch heranrollen. Ein Bild von einem Wagen! Die Sonne blitzte auf dem Silberkühler und der Aluminiumwand unter der hohen, senkrechten Windschutzscheibe. Bis auf das schwarze Dach und die geschwungenen Fensterrahmen war der ganze Wagen primelgelb.

Auf dem Führersitz thronte eine Gestalt in kaffeebraunem Staubmantel und ebensolcher Kappe, das große, volle Gesicht unter einer schwarzrandigen Autobrille verborgen. Daneben eine vierschrötige Figur in Schwarz mit einer Melone auf dem Kopf. Beide Gestalten wirkten merkwürdig starr. Es war, als führen sie einen Leichenwagen.

ZWEITER TEIL

1

»Guten Tag, Blacking. Alles bereit?« Die Stimme war von lässiger Autorität. »Ich sehe da einen Wagen draußen. Doch nicht jemand, der spielen will?«
»Weiß noch nicht, Sir. Ein altes Mitglied mit einer Schlägerreparatur. Soll ich ihn fragen, Sir?«
»Wer ist es denn? Wie heißt er?«
»Ein Mr. Bond, Sir.«
Pause. »Bond?« Die Stimme war unverändert. »Ich habe neulich einen Bond kennengelernt. Wie ist der Vorname?«
»James, Sir.«
»Ah, ja.« Längere Pause. »Weiß er, daß ich hier bin?«
Bond spürte förmlich, wie Goldfinger die Lage peilte.
»Er ist hinten in der Werkstatt, Sir. Vielleicht hat er Ihren Wagen kommen sehen.«
»Durchaus möglich.« Das klang schon freundlicher. Goldfinger wollte etwas erfahren. »Wie ist sein Handikap?«
»Als Junge war er ganz brauchbar. Seither hab' ich ihn nicht spielen sehen.«
Bond zog seinen Driver aus der Golftasche und begann, den Griff mit einem Stück Schellack abzureiben. Es war besser, beschäftigt zu tun. Hinter ihm knarrte ein Brett, aber Bond rieb fleißig weiter, mit dem Rücken zur offenen Tür.
»Ich glaube, wir kennen uns«, klang es leise und obenhin.
Bond fuhr herum. »Gott, haben Sie mich erschreckt! Nein ... das ist doch Gold ... Goldman, äh, Goldfinger!« Hoffentlich hatte er nicht übertrieben! Mit einer Spur Argwohn in der Stimme setzte er hinzu: »Wo kommen denn Sie her?«
»Ich sagte Ihnen doch, daß ich hier spiele, erinnern Sie sich nicht?« Goldfingers Augen öffneten sich zum Röntgenblick.
»Nein.«
»Hat Miss Masterton es Ihnen nicht ausgerichtet? Ich ließ Ihnen bestellen, ich würde gern mit Ihnen eine Partie Golf spielen.«
»Ach ja« – Bond war von kühler Höflichkeit –, »das müssen

wir gelegentlich tun!«
»Nun, ich sollte mit dem Trainer spielen, statt dessen spiele ich mit Ihnen.« Das war eine Feststellung.
Kein Zweifel, Goldfinger hatte angebissen. Nun galt es, den Schwierigen zu spielen. »Ach, warum nicht ein andermal? Ich bin heute nur wegen eines neuen Schlägers hier und überhaupt ganz außer Übung. Caddies sind ja wohl auch keine da . . .« Bond war so unhöflich als möglich.
Goldfinger wandte sich nach hinten in den Laden. »Blacking, haben Sie einen Caddie für Mr. Bond?«
»Jawohl, Sir!«
»Na also, dann hätten wir ja alles.«
Unmutig stieß Bond seinen Driver in den Sack. »Also gut!« Und wie um Goldfinger doch noch davon abzubringen, sagte er grob: »Aber ich warne Sie, ich spiele nur um Geld! Mir ist's zu fad, den Ball nur so herumzuschlagen.«
War da nicht ein triumphierendes Aufblitzen in Goldfingers hellen Augen? Aber er sagte nur gleichmütig: »Mir soll es recht sein, ganz wie Sie wünschen. Natürlich der Vorgabe entsprechend. Ich glaube, Sie sagten neun?«
»Stimmt.«
»Ich habe auch neun. Ein gleichwertiges Spiel, nicht?«
Bond zuckte die Achseln. »Sie werden zu gut für mich sein.«
»Das bezweifle ich. Trotzdem mache ich Ihnen einen Vorschlag«, sagte Goldfinger beiläufig. »Es handelt sich um dieses Geld, das Sie mir in Miami abgenommen haben, Sie erinnern sich. Die Anfangsziffer war zehn. Nun, ich hasardiere gern. Machen Sie mit? Doppelt oder nichts!«
Bond sagte gleichgültig: »Das ist zu hoch.« Dann, als glaubte er, gewinnen zu können, sagte er halb verschlagen, halb widerstrebend: »Schön, geht in Ordnung! Gleiches Match, um diese zehn!«
Goldfinger wandte sich ab und sagte mit plötzlicher Freundlichkeit: »Dann ist also alles geregelt, Mr. Blacking, vielen Dank. Und schreiben Sie Ihr Honorar auf mein Konto. Tut mir leid, daß wir unser Spiel nicht machen können – ja, und jetzt noch die Gebühr für die Caddies.«
Alfred Blacking kam in die Werkstatt und blickte Bond sehr gerade an: »Denken Sie an das, was ich gesagt habe, Sir!« Er

kniff ein Auge zu: »Wegen Ihres flachen Schwungs. Da müssen Sie stets drauf achten!«
Bond schmunzelte. Alfred hatte gute Ohren. Er hatte die Zahl vielleicht nicht mitbekommen, wußte aber sicher, daß dies kein gewöhnliches Spiel sein würde.
Bond ging durch den Laden zu seinem Wagen hinaus. Der Mann mit der Melone polierte die blanken Teile des Rolls. Bond spürte, wie er von ihm beobachtet wurde, als er seine Reißverschlußtasche herausholte und ins Klubhaus trug. Ein viereckigflaches, gelbes Gesicht – einer der Koreaner?
Nachdem er seine Spielgebühr bei Hampton, dem Verwalter, bezahlt hatte, betrat er den Umkleideraum. Immer noch der gleiche, zähe Geruch nach alten Schuhen und Socken, nach dem Schweiß des vergangenen Sommers. Warum nur pflegten die berühmtesten Golfklubs die Hygienetradition viktorianischer Privatschulen? Er zog ein Paar abgetragene Golfspikes an und streifte eine ausgebleichte Windjacke über. Zigaretten – Feuerzeug. Er war bereit.
Langsam trat er hinaus. Man würde sehen. Mit Absicht hatte er seinen Gegner in dieses hohe Spiel getrieben: Goldfinger sollte noch mehr Respekt bekommen, sollte seine Ansicht über Bonds Brauchbarkeit bestätigt sehen!
Über die nahezu fünfhundert Meter geschorenen Rasens schlenderte Bond zum ersten Abschlag. Goldfinger übte schon auf dem Puttinggrün, während ein Caddie ihm die Bälle zurollte. Er puttete auf die neue Art, den Hammerputter zwischen den Beinen. Das ermutigte Bond, der nichts von diesem System hielt. Auch das Üben war für ihn zwecklos: Der alte Hickoryschläger hatte seine guten und schlechten Tage, da war nichts zu machen. Überdies entsprach das Übungsgrün weder nach Tempo noch nach Struktur den Plätzen der Bahn. Bond holte die hinkende Gestalt seines Caddies ein, der sorglos dahintrottete und dabei mit Bonds Blaster nach einem imaginären Ball schlug. »Tag, Hawker!«
»Tag, Sir!« Hawker gab Bond den Blaster und warf drei gebrauchte Bälle weg. Sein schlaues Wilderergesicht verzog sich zu schiefem Grinsen. »Na, wie steht's, Sir?«
»Mal sehen!« Bond nahm den Blaster, wog ihn, schätzte den Abstand. Das Klopfen auf dem Übungsgrün war verstummt.

Bond gab den Schläger zurück. Dann gingen sie, über Hawkers Familie plaudernd, zum ersten Abschlag.
Goldfinger schloß sich ihnen an, ruhig und gelassen. Bond begrüßte Goldfingers Caddie, einen unterwürfigen, gesprächigen Mann namens Foulks, den er nie gemocht hatte. Er warf einen Blick auf Goldfingers Schläger: eine nagelneue Garnitur, eine anspruchsvolle Ausrüstung, eine der besten.
Goldfinger nahm seinen Driver und schälte einen neuen Ball aus. »Dunlop 65, Nummer eins. Ich benütze immer den gleichen Ball. Und Sie?«
»Penford, Herzmarke.«
Goldfinger blickte Bond scharf an. »Strikte Golfregeln?«
»Natürlich!«
»Gut.« Goldfinger ging zum Abschlag und legte auf. Er machte ein, zwei konzentrierte Übungsschwünge. Es war die Art Schlag, die Bond genau kannte – der eingedrillte, mechanische, stets wiederholbare Schlag von jemand, der das Spiel sehr sorgfältig gelernt, alle Bücher darüber gelesen und fünftausend Pfund für die besten Golflehrer ausgegeben hat. Ein guter, erfolgreicher Schlag, der auch unter Druck der gleiche bleiben würde. Bond beneidete ihn darum.
Goldfinger nahm seinen Stand ein, pendelte elegant, nahm den Schlägerkopf langsam in weitem Bogen zurück und knickte, den Blick auf den Ball geheftet, vorschriftsmäßig die Handgelenke. Mechanisch und mühelos schlug er durch. In schnurgerader Richtung sauste der Ball etwa zweihundert Meter die Spielbahn hinunter.
Ein ausgezeichneter Schlag, entmutigend für Bond! Und Goldfinger war imstande, diesen Schlag mit jedem Schläger längs der achtzehn Löcher beliebig oft zu wiederholen!
Bond nahm seinen Platz ein, wählte eine niedrige Abschlagstelle, sprach seinen Ball vorsichtig an und peitschte ihn mit dem flachen Schwung eines Racketspielers hinaus, mit zu viel Handgelenk, als daß es gutgehen konnte. Ein schöner Abschlag! Der Ball fiel hinter dem von Goldfinger auf und rollte noch fünfzig Meter an den Rand des linksseitigen Rauhen.
Zwei gute Drives! Als Bond seinen Schläger Hawker übergab und hinter dem ungeduldigen Goldfinger loszog, witterte er den angenehmen Duft einer Partie Golf auf Biegen oder Bre-

chen an einem schönen Mainachmittag und mit dem Gesang der Lerchen über dem schönsten Strandgolfplatz der Welt.
Goldfinger lag gut. Bond sah ihn nach dem Spoon greifen, die beiden Übungsschläge machen und den Ball ansprechen.
Die unwahrscheinlichsten Leute spielen Golf, und sie tragen dazu die ausgefallenste Kleidung. Goldfinger hatte sich bemüht, auch beim Golf elegant auszusehen. Das Ergebnis war eine Orgie in rostrotem Tweed, von der knopfbesetzten Golfermütze bis zu den hochglanzpolierten orangeroten Schuhen.
Goldfinger führte seinen automatisch-fehlerlosen Schlag. Der Ball flog richtig, verfehlte aber um ein weniges die Böschung, rollte nach rechts ab und blieb außerhalb des Grüns auf dem kurzen Rauhen liegen. Leichte fünf, mit einem guten Chip in vier zu verwandeln.
Bond ging zu seinem Ball hinüber, knapp an der Spielbahn, frei. Bond nahm seinen Viererstock. Nun galt es einen »langen Flug« – einen hochgehenden Schlag über die Querbunker hinaus, so daß er dann mit zwei Putts eine Vier erzielen konnte. Bond dachte an den Profispruch »Zum Gewinnen ist es nie zu früh!« und ließ sich Zeit. Er wollte nichts übereilen.
Schlecht! Bond wußte es im Moment des Schlags. Beim Golfschlag ist der Unterschied zwischen gut und schlecht so gering wie bei einer schönen und einer häßlichen Frau: es geht um Millimeter. In diesem Fall war die Schlagfläche gerade um einen Millimeter zu tief unterm Ball durchgegangen: Der Flugbogen fiel hoch und weich aus, kein Tempo. Der Ball traf den Rand des entfernteren Bunkers und fiel zurück.
Wozu sich lange ärgern? Er tat es nie, also ging er auch jetzt darüber hinweg und dachte an den nächsten Schlag. Beim Bunker nahm er den Blaster und schätzte die Entfernung zum Flaggenstock: achtzehn Meter. Der Ball lag weit hinten. Soll er ihn mit breiter Fußstellung herausklatschen oder einen Explosionsschlag mit viel Sand ausführen? Lieber herausklatschen! Bond trat in den Bunker. Jetzt gut mitgehen, der leichteste Schlag beim Golf. – Schlecht! Der Ball rollte von der Vorderseite zurück. Raus damit, du Idiot, raus und hinein mit ihm ins Loch mit einem langen Putt! Aber jetzt erwischte er zuviel Sand. Draußen war er, aber erst knapp auf dem Grün.
Nun war Goldfinger an der Reihe. Er beugte sich hinunter und

behielt den Kopf unten, bis der Ball auf halbem Weg zum Loch war. Acht Zentimeter vom Flaggenstock kam er zur Ruhe. Ohne abzuwarten, bis Bond ihm den Putt geschenkt hatte, wandte Goldfinger sich zum zweiten Abschlag. Bond blickte ihm nach. Er wußte: Zum Verlieren ist es stets zu früh.

2

Goldfinger hatte schon aufgelegt. Bond kam mit Hawker dazu, blieb stehen, stützte sich auf den Driver und sagte: »Ich dachte, wir spielen nach strikten Golfregeln! Aber ich schenke Ihnen diesen Putt. Macht ›Eins auf‹ für Sie.«

Goldfinger nickte, tat seine gewohnten Übungsschläge und schlug einen sicheren Drive.

Die zweite Bahn krümmt sich bei einer Länge von dreihundertvierzig Metern nach links. Tiefe Querbunker fordern zu einem Umgehungsversuch heraus. Aber heute blies ein leichter, helfender Wind. Bond schlug den Ball hart und gerade auf die Bunker zu. Die Brise nahm den leicht geschnittenen Ball mit und darüber hinweg. Er senkte sich und verschwand in der Furche knapp vor dem Grün. Ein Vierer, vielleicht sogar Dreier.

Goldfinger schritt schweigend weiter. Bond holte ihn ein und fragte: »Wie geht's der Agoraphobie? Stören Sie diese weiten offenen Räume nicht?«

»Nein«, sagte Goldfinger, ging nach rechts, blickte nach der halbversteckten Flagge drüben und überlegte. Dann nahm er sein Fünfereisen und schlug einen guten Schlag, der knapp vor dem Grün abgelenkt wurde und links ins tiefe Gras rollte.

Bond schlug seinen Ball auf das Grün. Einen Meter hinter dem Loch kam er zur Ruhe. Goldfinger machte einen beachtlichen Pitch, verfehlte jedoch den Viermeterputt. Bond brauchte aus einem Meter Abstand noch zwei Schläge. Er wartete nicht darauf, das Loch geschenkt zu bekommen, sondern ging hin und puttete. Noch immer zwei Zentimeter! Goldfinger ging weiter, und Bond lochte ein. Gleichstand.

Zweihundertzwanzig unübersichtliche Meter bilden die schwierige dritte Bahn. Bond schlug gut, auf oder nahe beim

Grün. Goldfingers Drive war gut wie üblich, hatte aber nicht genug Kraft, um in die Pfanne des Grüns zu rollen. Er blieb oben auf dem Rauhen liegen: eine schwierige Lage, uneben, mit einem Grasbüschel knapp hinter dem Ball. Goldfinger überlegte. Dann, wie um sich vom Caddie einen Stock reichen zu lassen, trat er hinter den Ball, wobei er das Grasbüschel niederdrückte. Der Ball rollte die Böschung hinunter und kam einen Meter vor dem Loch zur Ruhe.

Bond runzelte die Stirn. Das einzige Mittel gegen einen Schwindler beim Golf ist, nie wieder mit ihm zu spielen. Aber das nützte hier nichts. Auch Streit war sinnlos, solange er Goldfinger nicht bei etwas Krasserem ertappte. Man konnte nur versuchen, ihn trotzdem zu schlagen.

Bonds Sechsmeterputt war kein Spaß. Wie dabei üblich, blieb der Ball zu kurz – einen guten Meter. Mit Mühe lochte Bond ihn ein. Goldfingers Ball schlug er weg. Er würde ihm die verfehlbaren Putts auch weiterhin schenken, um ihn dann unversehens aufzufordern, einen einzulochen. Der würde dann ein wenig schwieriger sein!

Immer noch Gleichstand. Die vierte Bahn beträgt vierhundertzwanzig Meter. Bond gewann seine üblichen vierzig Meter beim Drive, Goldfinger kam mit zwei schönen Schlägen zur Rinne unterhalb des Grüns. Entschlossen, in Führung zu gehen, nahm Bond den Brassie statt des Spoon: Der Ball ging über das Grün bis fast zum Grenzzaun, und Bond mußte froh sein, mit drei Schlägen zu halbieren.

Die fünfte ist wieder eine lange Flugbahn über Bunker und ein von Dünen gebildetes Tal. Das Wichtigste ist hier ein gutplacierter Drive. Bond stand am Abschlag hoch oben auf der Düne und blickte vor dem Schlag übers Meer auf die fernen, weißen Klippen von Pegwell Bay. Dann nahm er seinen Stand ein und visierte das Ziel an. Ganz langsam nahm er den Schläger zurück und setzte eben zum wuchtigen Schlag an, als ein dumpfes Klappen ihn erschreckte. Zu spät! Bei dem häßlichen Ton des schlechtgetroffenen Balls riß Bond den Kopf hoch. Der Ball traf einen Hügel im Rauhen und sprang hinüber. Würde er bis zum Beginn der Spielbahn kommen?

Wütend wandte Bond sich zu Goldfinger. Der sah Bond gleichmütig an: »Verzeihung, ich ließ meinen Driver fallen.«

»Tun Sie das nicht mehr«, sagte Bond kurz, trat vom Abschlag herunter und gab Hawker seinen Driver. Bond zündete sich eine Zigarette an, indes Goldfinger seinen Drive todsicher hundertachtzig Meter voranschlug.
Sie gingen schweigend den Hügel hinab, als Goldfinger plötzlich fragte: »Für welche Firma arbeiten Sie?«
»Universal Export.«
»Wo hat sie ihren Sitz?«
»In London. Regent's Park.«
»Was exportieren Sie?«
Achtung jetzt, das war Arbeit, kein Spiel! Er sagte gleichgültig: »Oh, alles, von der Nähmaschine bis zum Panzer.«
»Und was ist Ihr Fachgebiet?«
Bond spürte Goldfingers Blick auf sich. »Handfeuerwaffen«, sagte er. »Meistenteils verkaufe ich solches Zeug an Scheiks und Radschas, an jene, bei denen das Außenamt sicher ist, daß sie damit nicht auf uns schießen.«
»Interessante Arbeit.« Goldfinger sprach gelangweilt.
»Nicht sehr, ich denke daran, wegzugehen. Hab' eine Woche Urlaub genommen, um drüber nachzudenken. Nicht viel los in England, Kanada wär' mir lieber.«
»So?«
Hinter dem Rauhen sah Bond erleichtert, daß sein Ball vom Hügel bis zur Spielbahn gesprungen war. Sie bog leicht nach links, und Bond hatte sogar etwas Vorsprung gewinnen können. Goldfinger war jetzt an der Reihe. Er spielte aber nicht auf das Grün, sondern suchte nur über die Bunker und durchs Tal zu kommen. Bond erwartete den üblichen, sicheren Schlag. Da hörte er den dumpfen Ton eines Fehlschlages: Goldfingers Ball rollte in den steinigen Grund des »Höllenbunkers«, des größten auf dem Platz, als einziger ungepflegt.
Endlich! Aber Goldfinger konnte noch immer mit drei weiteren Schlägen einlochen. Bond durfte sich nicht leisten, auf Sicher zu spielen. Er sprach den Ball an, holte aus –
Leises Klimpern von rechts! Bond trat vom Ball zurück. Goldfinger stand in Betrachtung des Meeres, während seine Rechte »unbewußt« mit Geld in der Tasche spielte. Mit grimmigem Lächeln fragte Bond: »Könnten Sie mit dem Geldumschaufeln warten, bis ich geschlagen habe?«

Goldfinger rührte sich nicht. Das Klimpern verstummte.
Wieder setzte Bond zu einem Schlag an und versuchte verzweifelt, sich zu konzentrieren. Er schlug den Ball sicher über das Tal. Drüben auf der Böschung kam er zur Ruhe. Ein Fünfer, ein Vierer vielleicht.
Goldfinger kam gut aus dem Bunker und setzte direkt ins Loch. Bond verfehlte. Immer noch Gleichstand.
Bond spielte einen Hochschlag, leicht nach rechts, damit der Wind ihn hereinbringe, und endete sechs Meter jenseits des Flaggenstocks mit einem schwierigen Putt die Böschung hinunter. Könnte ein Dreier sein! Nun Goldfinger. Er spielte geradeaus. Der Wind rollte den Ball in den tiefen Bunker links. Ausgezeichnet!
Schweigend gingen sie zum Grün, Bond blickte in den Bunker. Goldfingers Ball lag in einer tiefen Trittspur. Beruhigt ging Bond zu seinem Ball hinüber und hörte den Lerchen zu. Er sah sich nach Hawker um, doch der stand drüben und sah gespannt zu, wie Goldfinger seinen Schlag spielte. Goldfinger sprang hoch, um nach dem Loch zu sehen, und stellte sich für den Schlag auf. Als Bond den Schläger hochgehen sah, freute er sich: Herauspeitschen war bei dieser begrabenen Lage aussichtslos. Da half nur ein Explosionsschlag. Jetzt senkte sich der Schläger – und mit kaum einer Handvoll Sand flog der Ball aus dem Bunker herauf, sprang einmal auf und lag tot!
Bond schluckte. Hol's der Teufel, wie war das möglich? Gleichviel, er mußte nun einen Zweier versuchen! Aber er verfehlte das Loch um zwei Zentimeter, und der Ball rollte einen Meter weiter. Verflucht und zugenäht! Langsam ging Bond zum Putt, wobei er Goldfingers Ball wegschlug. Aber jetzt, du Trottel! Doch das drohende »Eins nieder« nach dem fast schon sicheren »Eins auf« machte Bond unsicher, und der Ball glitt am Rand vorbei. »Eins nieder!«
Bei der siebenten Bahn schlug jeder einen guten Drive, und Goldfingers makelloser zweiter lag vierzig Meter vor dem Grün. Bond schlug von oben, der Schlägerkopf kam zu weit vor den Händen herunter, und der abgerissene Ball flog in einen der Bunker rechts. Keine gute Lage, aber er mußte ihn auf das Grün bringen. Er brachte den Ball nicht hinaus. Goldfinger brauchte nur vier Schläge: »Zwei nieder«! Das

kurze achte Loch halbierten sie mit je drei Schlägen. Beim neunten riskierte Bond bei schlechter Lage erneut zuviel, weil er zur Wende nur »Eins nieder« sein wollte. Goldfinger brauchte vier gegen Bonds fünf. »Drei nieder« bei der Wende! Bond verlangte von Hawker einen neuen Ball. Langsam schälte Hawker ihn aus. Er wartete, bis Goldfinger über den Hügel zum nächsten Abschlag ging. Dann sagte er leise: »Haben Sie gesehen, was er vorhin im Bunker gemacht hat, Sir?«
»Ja. Verdammter Kerl. Ein erstaunlicher Schlag!«
Hawker war verblüfft. »Ach, Sie haben's nicht gesehen?«
»Nein, ich war zu weit weg. Was denn?«
Jetzt war Goldfinger außer Sicht. Schweigend ging Hawker in einen der Bunker vor dem neunten Grün, bohrte mit der Fußspitze ein Loch in den Boden und ließ den Ball hineinfallen. Dann stellte er sich mit geschlossenen Füßen knapp hinter den halbbegrabenen Ball. Er blickte herauf. »Sie erinnern sich, er sprang hoch, um die Richtung zu sehen!«
»Ja.«
»So, und jetzt geben Sie acht, Sir!« Hawker blickte zum neunten Flaggenstock und sprang. Dann sah er wieder zu Bond herauf und wies auf den Ball zu seinen Füßen. Der Aufprall hatte das Loch eingeebnet, so daß der Ball jetzt erstklassig abschlagbereit dalag, für eben jenen leichten, geschnittenen Schlag, den Bond nicht für möglich gehalten hatte.
Sekundenlang blickte Bond seinem Caddie ins Gesicht. Dann sagte er: »Danke, Hawker. Geben Sie mir den Schläger und den Ball. Jemand muß in diesem Match Zweiter sein, aber der Teufel soll mich holen, wenn ich es bin!«
»Jawohl, Sir«, sagte Hawker phlegmatisch. Er hinkte die Abkürzung zur Mitte der zehnten Spielbahn hinunter.
Langsam schritt Bond zum zehnten Abschlag. Er nahm von Goldfinger, der schon ungeduldig seinen Driver schwang, kaum Notiz. Bond dachte jetzt nur an Angriff. Zum erstenmal seit Spielbeginn fühlte er volles Zutrauen zu sich.
Die zehnte Bahn ist die gefährlichste auf dem ganzen Platz. Der zweite Schlag zu dem bremsenden Plateaugrün mit den beiderseits tiefliegenden Bunkern und dem steilen Anstieg dahinter hat schon manchen zur Verzweiflung gebracht. Bond wußte, daß Goldfinger seinen zweiten auf die Böschung spie-

len würde oder kurz davor.
Zwei gute Drives, und Goldfinger hatte seinen zweiten Schlag auf der Böschung! Bond visierte wegen des Windes ziemlich stark nach rechts und feuerte den Ball hoch hinauf. Schon glaubte er, zuweit seitlich zu sein, da begann der Ball nach links abzutreiben. Er fiel in den weichen Flugsand, den es aus dem Bunker rechts auf das Grün geweht hatte. Ein schwieriger Fünfmeterputt, Bond konnte bestenfalls noch halbieren. Natürlich puttete Goldfinger bis auf einen Meter. Den, dachte Bond, während er für seinen Putt Stellung nahm, wird er einlochen müssen! Er schlug den Ball ziemlich scharf aus dem Sand und sah voll Schreck, daß er über das hemmende Grün hinwegflog. Aber plötzlich, wie magnetisch angezogen, flog er auf das Loch zu, traf die Hinterwand des Blechs, sprang hoch und fiel scheppernd in die Schale.
Sie gingen hinunter zum nächsten Abschlag. Goldfinger sagte kühl: »Dieser Putt hätte vom Grün aus rollen müssen.«
»Man muß auch dem Loch eine Chance geben«, meinte Bond lässig. Er legte den Ball auf und schlug seinen bisher besten Drive mit dem Wind. Goldfinger tat seinen üblichen Schlag, und sie gingen weiter. Bond fragte: »Übrigens, was ist mit der netten Miss Masterton?«
Goldfinger sah vor sich hin. »Sie hat gekündigt.«
Nur gut für sie, dachte Bond und sagte: »Oh, ich würde sie gern wiedersehen. Wo ist sie jetzt?«
»Keine Ahnung.« Goldfinger trat zu seinem Ball. Bonds Drive war noch nicht in Sicht, eine Bodenwelle verdeckte ihn. Er lag keine fünfzig Meter vom Flaggenstock entfernt.
Wie es in Goldfingers Kopf jetzt wohl aussah? Seine schöne Führung war im Schwinden. Goldfinger verzog den Ball in einen Bunker links vom Grün. Das war der Moment. Wenn Bond jetzt einen Fehler beging und seinen Gegner wieder losließ, war das Spiel entschieden. Sein Ball lag ein Stück hangabwärts, sonst ein leichter Chip, aber zum heikelsten Grün auf dem Platz! Bond spielte ihn erstklassig bis auf zwei Meter vor das Loch. Auch Goldfinger spielte gut aus dem Bunker, verfehlte aber den langen Putt.
Die gekrümmte zwölfte Bahn halbierten sie ruhmlos in je fünf, ebenso die lange dreizehnte, wobei Goldfinger einen guten

Putt einlochen mußte. Er wirkte jetzt irritiert und trank einen Becher Wasser vom Hahn beim vierzehnten Abschlag.
Bond wartete. Er wollte kein Bechergeklapper, denn rechts über dem Zaun war »Aus«. Beim Drive in den Wind war das gefährlich. Er griff mit der Linken um und verlangsamte seinen Schwung, um den Drall zu verstärken. Der Drive, ziemlich nach rechts, war gerade noch gut, innerhalb der »Aus«-Linie. Goldfinger, ungerührt, führte seinen Standardschlag. Beide kamen sie glatt über den Kanal: abermals halbierte fünf. Immer noch »Eins nieder«, und noch vier zu spielen!
Die fünfzehnte Bahn ist vielleicht die einzige, wo ein Mann mit langem Schlag hoffen kann, einen klaren Schlag Vorsprung zu gewinnen. Zwei prima Schläge bringen einen gerade über die vor dem Grün liegende Bunkerreihe hinweg. Da Goldfinger seinen zweiten Schlag bis knapp vor die Bunker spielte, konnte er schwerlich weniger als fünf machen, und es lag an Bond, nach seinem nur knappen Drive einen wirklich glänzenden zweiten Schlag zu tun. Schon begannen die Schatten der vier Männer länger zu werden. Bonds Ball lag gut. Es war totenstill, während er seine zwei Pendler vor dem entscheidenden Schlag machte. Konzentriert nahm er den Schläger zurück, da schob sich etwas in sein Blickfeld! Wie aus dem Nichts näherte sich der Schatten von Goldfingers Riesenschädel dem Ball, verschluckte ihn und bewegte sich weiter. Bond ließ ab, trat zurück und blickte auf.
»Schatten – bitte, Goldfinger!« Mühsam beherrschte sich Bond.
Goldfinger blickte sich mit fragenden Brauen um. Dann trat er zurück und blieb schweigend stehen.
Bond ging wieder zum Ball und suchte sich zu entspannen. Einen Augenblick stand die Welt still, dann traf er irgendwie – und nach elegant ansteigender Flugbahn schlug der Ball jenseits der Bunkerreihe auf die Böschung unterhalb des Grüns, prallte hoch und rollte außer Sicht in die Schüssel!
Hawker kam herüber und nahm Bond den Driver aus der Hand. Im Weitergehen sagte er ernst: »Das war einer der schönsten Schläge, die ich in dreißig Jahren gesehen habe.«
Bond sagte ruhig: »Gleichstand und noch drei zu spielen. Bei diesen drei Löchern müssen wir aufpassen! Sie verstehen?«

»Keine Sorge, Sir, ich behalt' ihn im Auge!«
Sie kamen aufs Grün hinüber. Goldfinger hatte weiter gepitcht und brauchte einen langen Putt für einen Vierer, aber Bonds Ball lag nur fünf Zentimeter vor dem Loch. Goldfinger nahm seinen Ball auf und ging weg. Die kurze sechzehnte Bahn halbierten sie in je drei guten Schlägen. Nun kamen die beiden langen Endbahnen, die mit vier Schlägen zu gewinnen waren. Bond schlug einen schöne Drive in die Mitte hinunter, und Goldfinger jagte den seinen weit nach rechts ins tiefe Rauhe. Bond ging weiter und bemühte sich, nicht zu sehr zu triumphieren, vor allem nicht zu früh. Gewann er bei diesem Loch, so brauchte er beim achtzehnten nur mehr zu halbieren! Hawker war weit voraus. Als sie ihn erreichten, hatte er seine Tasche hingelegt und war eifrig, viel zu eifrig, dabei, Goldfingers Ball zu suchen. Es war schlechtes Gelände, verwildertes Land, tiefes dickwachsendes Gras. Es gehörte viel Glück dazu, hier einen Ball zu finden. Nach einigen Minuten versuchten es Goldfinger und sein Caddie weiter seitlich, wo das Gras schütterer wurde und in einzelnen Büscheln stand. Gut, dachte Bond, das ist ja schon außerhalb der Richtung! Plötzlich trat er auf etwas, bückte sich und legte den Ball vorsichtig frei, um nur ja nicht die Lage zu verbessern. Ein Dunlop 65! »Da ist er!« rief er widerwillig. »Ach nein, schade! Sie spielen mit Nummer eins, nicht wahr?«
»Jawohl«, kam Goldfingers ungeduldige Antwort. »Warum?«
»Nun, das ist ein Siebener.« Bond hob ihn auf und ging damit zu Goldfinger. Der sah den Ball an, sagte: »Nicht meiner« und stocherte mit dem Driverkopf weiter in den Grasbüscheln herum. Da es ein guter, ziemlich neuer Ball war, steckte Bond ihn ein, ehe er weitersuchte. Die erlaubten fünf Minuten waren fast vorbei. Noch eine halbe Minute, und er würde dieses Loch für sich beanspruchen.
Suchend kam dieser wieder auf Bond zu, immer noch eifrig im Gras stochernd und scharrend. »Ich fürchte, die Zeit ist gleich um!« sagte Bond.
Goldfinger brummte und wollte eben etwas sagen, als sein Caddie ausrief: »Da ist er, Sir! Dunlop Nummer eins!«
Bond folgte Goldfinger hinüber zu dem kleinen, erhöhten Plateau, auf dem der Caddie stand, bückte sich und untersuchte

den Ball. Ein fast neuer Dunlop eins, in einer erstaunlich guten Lage! Ein Wunder. »Muß einen teuflisch geglückten Stoß gekriegt haben«, sagte er milde.
Der Caddie zuckte die Achseln. Goldfingers Miene blieb unbewegt. »Scheint so.« Er wandte sich an seinen Caddie: »Ich denke, dafür können wir den Spoon nehmen, Foulks.«
Nachdenklich ging Bond weg und wandte den Kopf, um den Schlag zu sehen. Es war einer von Goldfingers besten, hoch über das weit vorspringende Rauhe auf das Grün zu. Aber vielleicht war er rechts in den Bunker gerutscht! Bond ging zu Hawker hinüber, der auf der Spielbahn stand, einen langen Grashalm kaute und spöttisch zusah. »Ist mein Freund im Bunker, oder ist das Aas auf dem Grün?«
»Auf dem Grün, Sir«, sagte Hawker teilnahmslos.
Bond trat zu seinem Ball. Jetzt war die Sache wieder heikel geworden, nachdem er die sichere Führung schon in der Tasche gehabt hatte. Er sah zur Flagge hinüber und schätzte den Abstand. Ein schwieriger Schlag! »Fünf oder sechs?«
»Der Sechser wird richtig sein, Sir. Ein schöner, fester Schlag!«
Der Ball nahm genau die mittlere Flugbahn, wie Bond es gewünscht hatte. Jetzt senkte er sich hinter die Böschung, fehlerlos! – Nein, verdammt! Er hatte beim zweiten Aufsprung die Böschung getroffen, war liegengeblieben und rollte jetzt zurück herunter. Sauerei! Von unterhalb der Böschung einzulochen, war einer der schwierigsten Putts auf dem Platz. Wieder griff Bond nach seinen Zigaretten und dachte an den nächsten entscheidenden Schlag, der das Loch retten sollte, falls der Schurke nicht vorher aus zehn Metern Distanz einlochte!
Hawker ging neben ihm, und Bond sagte: »Ein Wunder, daß er vorhin den Ball gefunden hat!«
»War nicht sein Ball, Sir«, stellte Hawker fest.
»Was meinen Sie?« fragte Bond gespannt.
»Er hat Foulks was zugesteckt. Foulks hat den Ball sicherlich durchs Hosenbein rutschen lassen.«
»Hawker!« Bond hielt an und blickte sich um. Fünfzig Meter weiter drüben gingen die anderen langsam auf das Grün zu.
»Können Sie das beschwören? Und wenn, wieso?«
Hawker grinste.
»Weil sein Ball unter meiner Schlägertasche lag, Sir.« Er fügte

entschuldigend hinzu: »Ich hätt' ja nichts erwähnt, wenn er Sie jetzt nicht schon wieder hereingelegt hätte.«
Bond mußte lachen. »Sie sind vielleicht eine Nummer, Hawker! Ganz allein das Match für mich zu gewinnen. Aber der Kerl geht zu weit! Denken wir mal nach.«
Abwesend spielte Bond mit dem Ball in seiner Tasche. Plötzlich hatte er's! Er ging nahe an Hawker heran, sah nach den anderen hinüber. Goldfinger stand jetzt mit dem Rücken zu Bond. Bond stieß Hawker leise an: »Da, nehmen Sie!« Er ließ den Ball in die knorrige Hand gleiten. »Sehen Sie zu, daß Sie jetzt bei der Flagge sind! Wenn Sie die Bälle aufheben, geben Sie diesen da Goldfinger, verstanden?«
Hawker schritt ungerührt weiter. »Verstanden, Sir«, sagte er, und laut setzte er hinzu: »Werden Sie für diesen den Putter nehmen?«
»Jawohl.« Bond trat zu seinem Ball. »Zeigen Sie mir bitte die Richtung an!«
Hawker ging auf das Grün hinauf, bis hinter die Flagge. »Drei Zentimeter außerhalb vom rechten Rand, Sir.«
Hawker trat zur Seite. Goldfinger stand an seinem Ball rechts auf dem Grün, sein Caddie am Fuß des Abhangs. Bond beugte sich für den Putt. Der Ball, von der Mitte des Schlägers fest getroffen, lief die Böschung hinauf auf das Loch zu, traf hart den Stock, sprang acht Zentimeter zurück und lag tot!
Bond seufzte erleichtert und griff nach der weggelegten Zigarette. Er sah zu Goldfinger hinüber. Wehe, wenn du ihn einlochst! Doch Goldfinger durfte nichts mehr riskieren: Er blieb sechzig Zentimeter zu kurz. »Ist gut«, sagte Bond großzügig. »Gleichstand und noch eines zu spielen.« Hätte er Goldfinger den kurzen Putt einlochen lassen, dann hätte dieser den Ball aus dem Loch geholt. Das mußte aber unbedingt Hawker tun! Außerdem wollte Bond nicht, daß Goldfinger diesen Putt verfehlte. Er wollte Gleichstand.
Hawker hob die Bälle auf. Den einen rollte er Bond zu, den andern übergab er Goldfinger. Dann verließen sie das Grün, Goldfinger wie immer als erster. Nur Bond sah, daß Hawker in die Tasche griff. Wenn Goldfinger nur jetzt nichts merkte! Aber mit Gleichstand und noch einem ungespielten Loch untersucht man seinen Ball nicht, sondern überlegt, wie man den

Drive placieren soll, ob man mit dem zweifachen aufs Grün oder auf die Böschung spielt, wie stark der Wind ist – man denkt an die entscheidenden vier, die man zum Gewinnen braucht oder zumindest zum Halbieren.

Berücksichtigt man, wie sehr Bond darauf gespannt war, ob Goldfinger den verräterischen Dunlop Nummer sieben spielen würde, so war sein eigener Drive gar nicht schlecht. Wenn er wollte, konnte er jetzt das Grün erreichen.

Jetzt stand Goldfinger am Abschlag. Jetzt hatte er sich gebückt. Der Ball lag auf dem Stift. Aber Goldfinger richtete sich wieder auf, trat zurück und machte seine beiden Übungsschwünge. Dann trat er bedächtig zum Ball, stand jetzt über ihm, pendelte und konzentrierte sich. Würde er es bemerken? Würde er einhalten, sich im letzten Moment bücken, den Ball ansehen? Hörte denn das Pendeln nie auf? Aber jetzt ging der Schlägerkopf nach hinten, kam herunter, das linke Knie beugte sich vorschriftsmäßig zum Ball, der linke Arm war gerade wie ein Ladestock. Zack! Der Ball sauste davon.

Bonds Herz jubelte. Jetzt hab' ich dich! Vergnügt verließ er den Abschlag und schlenderte die Bahn entlang, wobei er sein weiteres Vorgehen überlegte. Geschlagen war Goldfinger schon, jetzt kam's darauf an, ihn richtig schmoren zu lassen! Bond empfand keinerlei Gewissensbisse. Goldfinger hatte ihn zweimal beschwindelt. Ohne seine Mogeleien bei der »Jungfrau« und am siebzehnten, nicht zu sprechen von der verbesserten Lage beim dritten und den wiederholten Störversuchen, wäre Goldfinger schon jetzt geschlagen gewesen. Und überdies war es Bonds Pflicht, zu gewinnen. Nur dann würde Goldfinger sich sagen, dieser Bond hat etwas an sich, hat Qualitäten, die ich brauchen kann. Er ist ein harter Bursche mit einer Menge Tricks im Ärmel. So einen brauche ich für . . .

Bond wußte nicht, wofür. Aber er wußte, daß dies der einzige Weg war, an Goldfinger heranzukommen.

Vorsichtig nahm Goldfinger seinen Spoon für den langen zweiten Schlag über den Querbunker zu dem engen Eingang auf das Grün. Er machte einen Übungsschwung mehr als gewöhnlich und schlug dann genau den richtigen, gekonnten Schlag auf den Abhang hinauf. Sichere fünf, vielleicht vier.

Bond tat so, als bemühte er sich schrecklich, und verschlug

sein Dreiereisen derart, daß der zu hoch getroffene Ball kaum über die Querbunker kam. Dann wedgete er den Ball auf das Grün, sechs Meter hinter das Loch. Jetzt war er dort, wo er ihn gewollt hatte: gefährlich genug, um Goldfinger den süßen Vorgeschmack des Sieges zu geben, gefährlich genug, um ihn in die benötigte Vier richtig erschwitzen zu lassen.

Und Goldfinger schwitzte jetzt wirklich. Mit verbissenen Lippen, habgierig und konzentriert, beugte er sich vor für den langen Putt über die Böschung bis zum Loch hinüber. Nicht zu hart, nicht zu schwach. Dann richtete er sich wieder auf und ging bedächtig über das Grün bis hinter die Flagge, um seine Schlaglinie zu prüfen. Nun ging er längs der Linie zurück und strich vorsichtig ein, zwei Grasbüschel und ein paar Schotterstücke zur Seite. Wieder beugte er sich vor, machte seine Übungsschwünge und trat zum Putt an. Konzentration furchte seine Stirn, seine Schläfenadern schwollen an.

Es war ein schöner Putt, der fünfzehn Zentimeter hinter der Flagge zur Ruhe kam. Jetzt war Goldfinger so gut wie sicher, das Match gewonnen zu haben, wenn nicht Bond seinen schwierigen Sechsmeterschlag einlochte.

Bond nahm sich Zeit. Er ließ Spannung sich anhäufen um die langen Schatten auf dem bläulichen, schicksalhaften Grün.

»Flagge heraus, bitte! Diesen werde ich versenken!« Er sagte es mit völliger Sicherheit und erwog, ob er das Loch verfehlen oder kurz spielen sollte. Schließlich verfehlte er es rechts.

»Bei Gott, verfehlt!« Er legte Bitterkeit und Zorn in seine Stimme, ging hinüber und hob die beiden Bälle auf, wobei er sie stets in voller Sicht hielt.

Goldfinger kam herüber, strahlte triumphierend. »Also, vielen Dank für das Spiel. Ich war offenbar doch zu gut für Sie.«

»Sie sind eine gute Neunervorgabe«, sagte Bond mißmutig und blickte auf die Bälle, wie um Goldfinger den seinen zurückzugeben: »Hallo!« Er sah Goldfinger scharf an. »Sie spielten einen Dunlop Nummer eins, nicht wahr?«

»Ja, natürlich.« Ein sechster Sinn für die Katastrophe wischte den Triumph von Goldfingers Miene. »Warum?«

»Tja«, sagte Bond bedauernd, »ich fürchte, Sie haben mit dem falschen Ball gespielt. Sehen Sie doch selbst! Der da ist mein Penfold Herzmarke und dieser ein Dunlop Nummer sieben.«

Er reichte Goldfinger die Bälle, der sie mit zitternden Lippen prüfte, von den Bällen auf Bond und von Bond auf die Bälle blickend. »Zu schade, daß wir nach strikten Regeln gespielt haben«, sagte Bond leise. »Ich fürchte, das bedeutet für Sie den Verlust dieses Lochs und natürlich auch der Partie.«
Das war der Moment. Schweigend stand Bond da und wartete. Plötzlich verzerrte die Wut Goldfingers sonst so ausgeglichenes Gesicht. »Sie haben einen Siebener Dunlop im Rauhen gefunden, und Ihr Caddie hat ihn mir gegeben! Absichtlich hat er mir den falschen Ball gegeben, dieser verdammte . . .«
»Langsam«, sagte Bond freundlich. »Sie wollen doch nicht eine Verleumdungsklage an den Hals kriegen! Hawker, haben Sie irrtümlich Mr. Goldfinger den falschen Ball gegeben?«
»Nein, Sir. Aber wenn Sie mich fragen, so geschah der Irrtum vielleicht beim Siebzehnten, wo der Herr seinen Ball so weitab von der Linie fand. Wär' ja auch ein Wunder gewesen, den richtigen Ball dort zu finden!«
»Quatsch«, schnaubte Goldfinger angewidert. Verärgert wandte er sich an Bond: »Sie haben doch gesehen, daß es eine Nummer eins war!«
Bond schüttelte den Kopf. »Ich fürchte, ich habe nicht genau hingeschaut. Jedenfalls«, er wurde energisch, geschäftsmäßig, »ist es doch wirklich Sache des Spielers, darauf zu achten, daß er den richtigen Ball benützt, nicht? Trotzdem, vielen Dank für die Partie, wir müssen sie ein andermal wiederholen.« Langsam verließ er das Grün.
Goldfinger, im strahlenden Licht der untergehenden Sonne, aber mit einem langen schwarzen Schatten an den Fersen, folgte ihm, den Blick gedankenvoll auf Bonds Rücken geheftet.

3

Nachdenklich stieg Bond aus dem Bad. Würde Goldfinger Unrat wittern? Dann müßte man sich zurückziehen und es M überlassen, einen anderen Weg zu finden. Hing der große Fisch am Haken oder nicht? Er würde sich Zeit lassen und den Köder ausgiebig beschnüffeln! Vielleicht sollte man ihn ein klein wenig abbeißen lassen?

Es klopfte. Bond band sich ein Handtuch um, ging durchs Schlafzimmer und öffnete. Der Portier.
»Ein Anruf von einem Mr. Goldfinger, Sir. Er läßt sich empfehlen und fragen, ob Sie heute abend zum Dinner kommen wollen? Drüben im Gutshof von Reculver, Sir. Sechs Uhr dreißig zum Aperitif, Straßenanzug.«
»Danken Sie bitte Mr. Goldfinger und sagen Sie, es wird mich sehr freuen.« Bond schloß die Tür, trat ans offene Fenster, blickte auf die ruhige, abendliche See hinaus und lächelte vor sich hin.
Um sechs Uhr, nach einem großen Wodka mit Tonic an der Bar, fuhr Bond langsam nach Reculver hinüber. Er genoß den Abend, den Drink und horchte zufrieden auf das leise Blubbern des Doppelauspuffs. Er war unbewaffnet, und Goldfinger würde das wissen. Beim Abschied im Golfclub war Goldfinger sogar herzlich gewesen, in einer gezwungenen, glatten Art. Wohin er Bonds Gewinn schicken solle? Bond hatte ihm die Adresse von Universal gegeben. Und wo Bond derzeit wohne? Er hatte ihm auch das gesagt und hinzugefügt, er werde nur ein paar Tage in Ramsgate bleiben, um sich über seine Zukunft schlüssig zu werden. Goldfinger hatte Hoffnung auf ein Revanchematch ausgedrückt, aber er fahre morgen nach Frankreich und wisse noch nicht, wann er zurück sein werde. Er fliege mit der Luftfähre von Lydd aus.
Bond hatte sich den Fahrer angesehen: ein untersetzter, flachgesichtiger Japaner oder Koreaner mit einem wilden, beinahe irren Funkeln in den Schlitzaugen und einer Oberlippe, die einen Wolfsrachen zu verdecken schien. In dem zum Platzen engen schwarzen Anzug und der lächerlichen Melone sah der Mann aus wie ein japanischer Ringer, der frei hat. Dennoch wirkte er keineswegs lächerlich, im Gegenteil, eher unheimlich, wozu die schwarzen Autohandschuhe wesentlich beitrugen. Bond mußte ihn schon gesehen haben! Aber erst als der Wagen schon fuhr, war es ihm eingefallen: Heute mittag hatte er auf der Straße nach Herne Bay einen blauen Ford Popular überholt. Es war derselbe Fahrer gewesen. Was hatte der dort zu suchen gehabt? War das vielleicht der Koreaner, von dem der Colonel gesprochen hatte? Der aus Goldfingers Filialen das Gold abholte? War der Kofferraum des unschuldig dahin-

zockelnden kleinen Autos mit dem Wocheneingang an altem Goldschmuck gefüllt gewesen?
Bond bog in die Zufahrt ein und erreichte den Kiesweg vor dem Anwesen, das nicht zu Unrecht der Gutshof genannt wurde: Häßlich und plump präsentierte es sich als ein villenartiges Gebäude aus der Jahrhundertwende mit seitlich verglastem Säulenvordach und einer Glasveranda, deren Anblick schon den Geruch nach eingeschlossenem Sonnenschein, verstaubten Gummibäumen und toten Fliegen erweckte. Bond stellte den Motor ab, stieg langsam aus und blieb vor dem Haus stehen, dessen gläserne Augen auf ihn herabstarrten, während aus dem Hintergrund etwas wie der starke und rasche Pulsschlag eines Riesentieres vernehmbar war. Vermutlich die Fabrik, deren rauchender Riesenfinger zur Rechten drohend hinter den hohen Koniferen emporragte, wo man sonst Stallungen und Wagenschuppen vermutet hätte.
Den unguten Eindruck abschüttelnd, stieg Bond die wenigen Stufen zur Profilglastür hinauf und drückte den Klingelknopf. Kein Laut. Die Tür ging langsam auf, und der Koreaner, die schwarze Melone noch immer auf dem Kopf, wies mit ausgestrecktem Arm in die dunkle Halle.
Sie diente als Wohnraum. Ein dürftiges Feuer flackerte hinter den Feuerböcken im breiten Kamin, zwei Clubfauteuils und ein Sofa standen unbenutzt davor. Dazwischen, auf niedriger Sitzbank, ein mit Drinks gutbestücktes Servierbrett. Der viel zu große Raum mit schweren Rothschildmöbeln umschloß dieses Fünckchen Leben, in dessen dünnem Geflacker die vergoldete Bronze und all das Schildpatt, Messing und Perlmutt in düsterem Reichtum erglänzten. Hinter dieser musealen Wohlgeordnetheit reichte dunkles Getäfel bis an eine Galerie im ersten Stock, zu der man über die geschwungene Treppe zur Linken gelangte. Über allem hing das dunkle, massive Schnitzwerk der stilechten Deckentäfelung.
Bond stand noch da und nahm das alles in sich auf, als der Koreaner stumm auf ihn zukam. Sein Arm wies steif auf Tablett und Fauteuils. Bond nickte, blieb aber stehen. Der Koreaner verschwand lautlos auf der anderen Seite. Die Stille, gesteigert durch das langsame Ticken der prunkvollen Großvateruhr, verdichtete sich und kroch näher.

Bond trat zum Kamin, mit dem Rücken zum Feuer. Ein scheußlich ungemütliches Heim! Wie konnte nur jemand in dieser überladenen Leichenhalle leben, eingeschlossen zwischen Nadelbäumen und Immergrün, wo es doch gleich nebenan Luft, Licht und weiten Himmel gab? Bond griff nach einer Zigarette. Kannte Goldfinger überhaupt Unterhaltung, Vergnügen, Liebe? War ihm die Jagd nach dem Gold genug?
Ein Telefon! Nach zweimaligem Läuten wurde abgehoben, man hörte Stimmengemurmel, Schritte über den Gang, und dann ging die Tür unter der Treppe auf: Goldfinger trug einen pflaumenfarbenen Samtsmoking. Langsam schritt er über den Holzboden, lächelte und sagte: »Reizend von Ihnen, noch zu kommen! Aber Sie sind allein, ich auch – da dachte ich, wir könnten eigentlich vom Wetter reden.«
Das war typisches Reicheleutegerede, und Bond belustigte diese plötzliche Gleichstellung. Er sagte: »Oh, ich bin gern gekommen. Man kann nicht immer nur Probleme wälzen.«
»Da haben Sie recht. Aber jetzt muß ich mich entschuldigen! Eben kam ein Anruf. Einer meiner Burschen vom Personal ist da mit der Polizei von Margate in Konflikt gekommen. Ich muß hinüber, um die Sache auszubügeln. Mein Chauffeur fährt mich hin. In einer halben Stunde bin ich wieder da! Leider werde ich Sie alleinlassen müssen. Bitte, bedienen Sie sich! Wenn Sie lesen wollen, hier sind Magazine und Zeitungen. Wollen Sie mich entschuldigen? Nur eine halbe Stunde!«
»Aber bitte!« Da stimmte etwas nicht!
Goldfinger ging zum Ausgang. »Ich werde lieber Licht machen, es wird schon zu dunkel.« Er betätigte eine Schalterreihe, und plötzlich erstrahlte die Halle im grellen Licht aus einer Reihe von Stehlampen, Armleuchtern und vier großen Deckenlüstern. Halb geblendet sah Bond, wie Goldfinger den Raum verließ. Kurz darauf hörte er das Geräusch des sich rasch entfernenden Wagens. Der Rolls war es nicht.
Instinktiv ging Bond an die Vordertür und öffnete sie. Eben bogen draußen die Wagenlichter nach links in Richtung Margate. Wieder im Haus, blieb er stehen und horchte. Nichts – bis auf das Ticken der Uhr. Er öffnete die Dienstbotentür. Ein langer, dunkler Gang. Totenstille. Er schloß die Tür, blickte nachdenklich in die Halle. Allein in Goldfingers Haus. Allein

mit dessen Geheimnissen – warum wohl?
Bond goß sich einen Gin mit Tonic ein. Gut, es war angerufen worden. Aber wer sagte, daß der Anruf echt war? Er konnte ebensogut aus der Fabrik kommen, verabredet sein! Andererseits – die Geschichte mit dem Diener war glaubhaft. Gut möglich, daß Goldfinger sich vom Chauffeur hinfahren ließ, um den Mann freizubekommen. Aber aus welchem Grund hatte Goldfinger zweimal ausdrücklich die halbe Stunde erwähnt, die Bond allein sein würde? Absicht? Er sah auf die Uhr: schon fünf Minuten vergangen. Ach was, Falle oder nicht! Eine solche Gelegenheit kam nie wieder! Er würde sich rasch umsehen, ganz harmlos unter irgendeinem Vorwand. Aber wo beginnen? Mit der Fabrik! Er kippte seinen Drink hinunter und ging auf die Dienstbotentür zu. Ein Schalter! Er drehte ihn und ging rasch den Gang entlang, der blind endete, mit je einer Tür rechts und links. Durch die linke hörte er Küchenlärm. Also nach rechts. Wie erwartet, fand er sich im gepflasterten Hof. Auch dieser war hell erleuchtet. Gegenüber war die lange Fabrikmauer. Der rhythmische Maschinenlärm war nun sehr laut. Ganz unten eine einfache Holztür. Er trat ein und ließ sie angelehnt. Ein kleines, nur von einer nackten Birne erhelltes Büro. Auf dem Schreibtisch Papiere, eine Stechuhr, ferner zwei Aktenschränke und ein Telefon. Eine Tür führte zur Haupthalle, daneben war ein Fenster zur Überwachung der Arbeiter. Wohl das Büro des Werkmeisters. Bond blickte durch das Fenster.
Er wußte nicht genau, was er erwartet hatte. Dies hier war jedenfalls der übliche, kleine Metallwarenbetrieb. Gegenüber gähnten die offenen Münder zweier Gebläseöfen mit abgestellter Feuerung, dann kam eine Reihe weiterer Öfen, an der Wand daneben lehnten große Bleche verschiedenen Ausmaßes. Dann war da der polierte Stahltisch der Kreissäge, wohl eine Diamantsäge zum Zerschneiden der Bleche, und links im Schatten stampfte ein bulliger, mit einem Generator gekoppelter Ölmotor: die Kraftmaschine. Rechter Hand unter den Bogenlampen arbeiteten fünf Männer in Overalls an Goldfingers Rolls-Royce. Vier davon waren Koreaner. Funkelnd stand der Wagen im grellen Licht, makellos bis auf die ausgehängte rechte Tür, die ohne Füllung quer über zwei Bänken lag. So-

eben nahmen zwei Männer die schwere, neue Türplatte aus mißfarbenem, aluminiumartigem Metall und paßten sie in den Rahmen ein. All das wirkte völlig harmlos: Goldfinger hatte heute nachmittag Blechschaden gehabt, den er vor seiner morgigen Abreise rasch reparieren ließ. Noch ein prüfender Blick rundum, Bond drückte sich zur Fabriktür hinaus und schloß leise hinter sich. Nichts.
Gemächlich ging Bond zurück und erreichte ohne Zwischenfall die Halle. Noch zehn Minuten. Die Geheimnisse eines Hauses liegen in den Schlaf- und Badezimmern. Bond spähte zur Galerie hinauf und schritt entschlossen auf die Treppe zu. Die Galerie führte zu einem gleichfalls hellerleuchteten Gang. Bond ging ihn entlang und blickte in alle Räume: Gästezimmer, nicht aufgebettet. Eine große, gelbbraune Katze tauchte wie aus dem Nichts auf, rieb sich an seinen Beinen. Erst der letzte Raum war der gesuchte: Bond trat ein und ließ die Tür einen Spalt offen.
Auch hier brannten alle Lichter. War ein Diener im Badezimmer? Entschlossen öffnete Bond die Tür. Alles hell und niemand da. Ein großer Raum, wohl erst später als Bad umgebaut, mit einer Reihe von Trainingsapparaten: festmontiertes Rennrad, Ruderapparat, Schwingkeulen, Expander. Der Sanitätskasten enthielt nur Abführmittel – nichts sonst, auch kein Aspirin. Zurück ins Schlafzimmer: wieder nichts. Ein typisches Herrenschlafzimmer, behaglich und wohnlich, mit Einbauschränken. Neutraler Geruch. Auf dem kleinen Bücherbord neben dem Bett nur Geschichtswerke und Biographien, alles englisch. Einzig die Nachttischlade war indiskret: Sie enthüllte ein Exemplar von »Liebe im Verborgenen«, Edition Palladium, Paris. Noch fünf Minuten. Ein letzter Blick und nichts wie weg! Plötzlich blieb er stehen. Was war das? Schon die ganze Zeit hatte er es wahrgenommen! Ein Geräusch! Ein ganz leises, moskitoartiges Singen war in der Luft, fast schon zu hoch fürs Gehör! Woher kam es?
Gespannt trat Bond an den Einbauschrank bei der Tür, öffnete vorsichtig. Es kam aus dem Inneren des Schranks, hinter einer Reihe von Sportmänteln hervor. Entschlossen schob er die Mäntel beiseite.
Aus jedem der drei Schlitze an der Oberkante des Schranks

lief ein Streifen Sechzehnmillimeterfilm in einen tiefen Behälter hinter den falschen Schubladen. Schon füllte das glitschige Geschlinge ihn fast zur Hälfte, und stets kam neues nach. Ein fesselnder Anblick, dieser schlangenhaft langsam sich windende Schuldbeweis. Das war es also: drei Filmkameras, verborgen – in der Halle, im Hof, in diesem Zimmer! Seit Goldfinger das Haus verlassen und mit dem grellen Licht auch die Kameras eingeschaltet hatte, war jede von Bonds Bewegungen festgehalten worden! Und er, Bond, hatte keinen Verdacht geschöpft! Und nichts erreicht, nur die Zeit verschwendet! Er war erledigt. Goldfinger hatte ihn in der Hand. Was tun? Angewurzelt starrte Bond auf die nachrückenden Kaskaden aus Filmstreifen.

Durch das Öffnen der Schranktür hatte er einen Teil der Filme dem Licht ausgesetzt! Warum nicht alles? Aber wie das Öffnen der Schranktür erklären? Vom Gang miaute es. Die Katze! Warum nicht? Es war fadenscheinig, aber doch der Schatten eines Alibis. Bond öffnete, nahm die Katze auf, streichelte sie und ging zum offenen Schrank. Dort setzte er sie ab, beugte sich über den Behälter und holte mit beiden Händen den Film heraus. Erst als mit Sicherheit jeder Meter unbrauchbar war, räumte er alles wieder ein und setzte die Katze obenauf. Sie würde sich im Schrank einrichten und schlafen. Er ließ die Schranktür ein wenig offen, damit der weiterlaufende Film unbrauchbar würde, schloß auch die Schlafzimmertür nicht und lief hastig den Gang zurück. Die Treppe schritt er langsam hinunter, ging durch die gähnende Halle, trat zum Kamin, goß sich einen neuen Drink ein und nahm »The Field« zur Hand. Er schlug den Golfkommentar von Bernard Darwin auf, orientierte sich rasch, nahm in einem der Fauteuils Platz und begann zu rauchen.

Was hatte er herausgefunden? Goldfinger litt an Verstopfung, verdorbener Phantasie und hatte Bond gründlich testen wollen. Und dieser Test war keine Amateurarbeit! Das war SMERSH-Standard und die Technik eines Mannes, der viel zu verbergen hatte! Was nun? Das Katzenalibi war kaum stichhaltig. Goldfinger würde zu neunzig Prozent sicher sein, daß Bond im Schlafzimmer war – aber nur zu neunzig!

Bond erhob sich, nahm eine Handvoll Zeitschriften und warf

sie neben sich auf den Boden. Das einzige, was er tun konnte, war, es kaltschnäuzig durchzustehen und künftig – falls es noch dazu kam – besser aufzupassen. Es wäre nicht in jeder kitzligen Lage eine gelbbraune Katze zur Hand.
Er hatte nichts gehört, aber er fühlte den Luftzug im Nacken und wußte: Goldfinger war da.

4

Bond legte »The Field« weg und stand auf. Die Vordertür schloß sich geräuschvoll. Er wandte sich um. »Hallo!« Sein Gesicht zeigte höfliche Überraschung. »Hab' Sie gar nicht kommen hören. Hat's geklappt?«
Goldfingers Miene war ebenso höflich. Sie hätten zwei alte Freunde sein können, gewohnt, gegenseitig auf einen Drink vorbeizukommen. »Ach, es hat sich von selbst erledigt. Tut mir nur leid, daß es so lange dauerte. Ich hoffe, Sie haben sich nicht gelangweilt – nehmen Sie doch noch einen Drink!«
»Danke, mir ist die Zeit gut vergangen. Ich hab' hier gelesen, was Darwin über die Vierzehn-Schläger-Vorschrift sagt. Interessanter Standpunkt . . .« Bond erörterte die Einzelheiten und fügte seinen Kommentar hinzu.
Geduldig hörte Goldfinger ihn an. »Ja«, sagte er dann, »das ist eine verwickelte Sache. Sie spielen natürlich anders als ich, kunstgerechter. Nun, ich will mir nur die Hände waschen, und dann wollen wir dinieren. Bin gleich wieder da!«
Bond goß sich geräuschvoll ein, setzte sich und nahm »Country Life« zur Hand. Er horchte. Jetzt mußte Goldfinger oben sein! Er bemerkte, daß er die Zeitschrift verkehrt hielt, drehte sie um und starrte darauf. Oben war es völlig still. Dann wurde die Spülung betätigt, eine Tür fiel zu. Bond nahm einen langen Schluck und stellte das Glas ab. Jetzt kam Goldfinger die Treppe herunter. Bond wendete die Seiten der Zeitschrift und schnippte Zigarettenasche in den Kamin.
Goldfinger kam auf ihn zu. Bond blickte auf: Goldfinger trug die gelbbraune Katze unterm Arm. Er trat zum Kamin, beugte sich vor und drückte auf die Klingel.
»Mögen Sie Katzen?« Sein Blick war gleichgültig.
»Doch!«

In der Dienstbotentür stand der Chauffeur, mit Melone und in glänzenden, schwarzen Handschuhen. Auf Goldfingers Wink kam er näher und blieb vorm Kamin stehen.
Goldfinger wandte sich an Bond: »Das ist mein Faktotum.« Er lächelte leicht. »Fakto, zeig Mr. Bond mal deine Hände!«
Langsam zog der Koreaner die Handschuhe aus und hielt Bond die nach oben gekehrten Handflächen entgegen. Bond stand auf und sah sie sich an. Sie waren groß und voller Muskeln, die Finger nahezu gleich lang, ihre Spitzen stumpf und gelbknöchern.
»Dreh sie um und zeig Mr. Bond die Kanten!«
Längs jeder Handkante ein harter Wulst aus der knochenartigen Substanz.
Fragend blickte Bond auf Goldfinger. Der sagte: »Wir werden Ihnen etwas zeigen.« Er wies auf das massive, eichene Treppengeländer. Der Koreaner stieg ein paar Stufen hinauf und blickte auf Goldfinger wie ein guter Apportierhund. Goldfinger nickte. Der Koreaner hob die Rechte hoch über den Kopf und ließ sie wie ein Beil herabsausen. Mit splitterndem Krachen barst das schwere Geländer. Ein zweiter Hieb schlug die Stange glatt durch und hinterließ eine zackige Bresche. Ringsum fielen die Splitter. Ruhig und weiterer Befehle gewärtig stand der Koreaner. Seine Miene verriet keinerlei Anstrengung oder Stolz. Goldfinger winkte ihn heran und sagte: »Die Außenkanten seiner Füße sind ebenso. Fakto, das Kaminsims!« Er wies auf das schwere, geschnitzte Holzbord über dem Kamin, mehr als zwei Meter über dem Boden, höher als der Koreaner selbst war.
»Rog a Hog?«
»Ja, nimm Rock und Hut ab.« Goldfinger wandte sich an Bond: »Der Arme hat einen Wolfsrachen. Außer mir versteht ihm kaum jemand.«
Rock und Hut lagen nun ordentlich zusammengelegt auf dem Boden. Fakto rollte die Hosenbeine auf und nahm die breitbeinige Stellung des Judokämpfers ein. »Treten Sie lieber zurück, Mr. Bond.« Goldfingers Zähne glänzten. »Dieser Schlag bricht Ihnen den Hals wie einen Blumenstengel!« Er zog die Bank mit den Drinks zur Seite. Wie wollte der Koreaner aus drei Schritt Abstand das hohe Sims erreichen?

Goldfinger hob die Hand. Der Koreaner machte einen langen Anlaufschritt und sprang hoch. Mitten in der Luft vollführte er eine Drehung, der rechte Fuß schoß nach oben. Ein krachender Schlag! Elegant fiel der Körper auf die Hände, und der Mann stand wie vorher. In dem Sims klaffte ein acht Zentimeter breites Loch.
Respektvoll blickte Bond den Mann an. Was war da sein Handbuch für waffenlosen Kampf gegen das eben Gesehene! Das war ja kein Mensch aus Fleisch und Blut, das war eine lebende Keule! Bond mußte diesem einzigartigen schrecklichen Mann seinen Respekt erweisen. Er reichte ihm die Hand.
»Vorsicht, Fakto!«
Der Koreaner krümmte nur den Daumen zum leichten Händedruck. Seine Hand war wie aus Holz. Dann nahm er Jacke und Hut wieder auf.
»Ich danke für Ihre Geste, Mr. Bond«, sagte Goldfinger beifällig. »Sie müssen entschuldigen, aber Fakto kennt seine Kraft nicht. Ohne zu wollen, hätte er Ihnen die Hand zerquetschen können. Nun also« – Fakto hatte sich angekleidet und stand regungslos –, »das hast du gut gemacht, Fakto! Es freut mich, daß du in Übung bist. Hier« – Goldfinger warf ihm die Katze zu –, »das ist ein Nachtmahl für dich, ich mag das Vieh nicht mehr sehen!« Die Augen des Koreaners glänzten auf. »Und sag in der Küche, wir möchten auch gleich essen!« Der Koreaner nickte und ging ab.
Das war eine Warnung gewesen! An Bonds Stelle wurde die Katze bestraft. Bond verbarg seinen Ekel.
»Warum trägt er diese Melone?« fragte Bond nebenbei.
»Fakto!« Goldfinger wies auf die Täfelung: »Den Hut!«
Der Koreaner, schon bei der Tür und die Katze noch unterm Arm, kehrte um und kam zurück. Auf halbem Weg griff er nach seinem Hut und schleuderte ihn an die Wand. Zolltief steckte der Hutrand in dem bezeichneten Paneel.
Goldfinger lächelte höflich. »Eine leichte, aber harte Legierung, Mr. Bond. Ich fürchte, Fakto wird einen neuen Filzüberzug machen müssen, aber er ist mit Nadel und Zwirn sehr geschickt. Sie können sich vorstellen, daß dieser Schlag tödlich gewesen wäre. Eine einfache, höchst unauffällige Waffe.«
Bond lächelte nicht minder höflich. »Ein nützlicher Kerl!«

Fakto war verschwunden. Ein Gong ertönte. »Ah, das Dinner!« Goldfinger ging voran zu einer neben dem Kamin kaum sichtbar in die Täfelung eingelassenen Tür. Er griff nach einem geheimen Drücker, und sie traten ein.
Das kleine Speisezimmer entsprach in allem der Halleneinrichtung. Ein Kronleuchter und die Kerzen auf dem runden, von Gläsern und Silber glänzenden Speisetisch verbreiteten helles Licht. Zwei Koreaner in weißen Servierjacken trugen auf. Der erste Gang war ein Currygericht mit Reis. Goldfinger bemerkte Bonds Zögern und lachte trocken: »Keine Sorge. Mr. Bond! Garnelen, keine Katze.«
Bonds Ausdruck war zurückhaltend.
»Bitte, versuchen Sie doch den Mosel, es ist Piesporter Goldtröpfchen 53, bedienen Sie sich. Diese Burschen gießen ihn sonst in den Teller statt ins Glas.«
Bond hob die Bouteille aus dem Eiskübel, goß sich ein und kostete. Ausgezeichnet! Er beglückwünschte den Gastgeber.
»Ich selbst trinke und rauche nicht, Mr. Bond. Rauchen, finde ich, ist eine ekelhafte Gewohnheit. Und was das Trinken betrifft, so mache ich selbst chemische Untersuchungen und habe noch kein geistiges Getränk gefunden, das nicht eine Anzahl oft sogar tödlicher Gifte enthalten hätte. Aber da Sie gern trinken, Mr. Bond, darf ich Ihnen vielleicht einen Rat geben: Trinken Sie niemals Kognak Napoleon, besonders nicht, wenn er ›im Faß gealtert‹ ist! Er enthält mehr von diesen Giften als irgendein anderer der Schnäpse, die ich analysiert habe. Und dann kommt gleich alter Bourbon.«
»Danke, ich will mir's merken! Vielleicht ziehe ich deshalb in letzter Zeit Wodka vor. Man sagt, die Filtrierung durch aktivierte Holzkohle tue ihm gut.« Bond erinnerte sich vage, einmal etwas darüber gelesen zu haben, und war nun stolz, Goldfinger mit gleicher Münze dienen zu können. Der sah ihn scharf an: »Haben Sie Chemie studiert?«
»Nur nebenbei.« Es wurde allmählich Zeit, weiter vorzustoßen. »Übrigens, Ihr Chauffeur hat mich sehr beeindruckt. Wo hat er diese phantastische Kampfart gelernt? Ist sie in Korea üblich, oder woher stammt sie?«
Die Diener trugen gebratene Ente auf sowie für Bond eine Flasche Mouton Rothschild 47. Goldfinger sagte: »Haben Sie

von Karate gehört? Nun, der Mann ist einer von den dreien in der Welt, die es darin zum Schwarzen Gürtel gebracht haben. Karate ist ein Zweig von Judo, aber es verhält sich dazu wie ein Raketengeschoß zu einem Katapult.«
»Das hab' ich gesehen!«
»Ach, das waren nur die Grundbegriffe! Mr. Bond, ich kann Ihnen sagen, wenn Fakto den richtigen Einzelschlag auf einen von sieben Punkten Ihres Körpers geführt hätte, wären Sie jetzt ein toter Mann!«
»Interessant. Ich kenne nur fünf Arten, Fakto mit einem Schlag umzubringen.«
Goldfinger überhörte das. Er nahm einen großen Schluck Wasser. »Mr. Bond.« Er lehnte sich zurück, während Bond unbeirrt weiter aß. »Karate beruht auf der Theorie, daß der menschliche Körper fünf Schlagflächen und siebenunddreißig verwundbare Stellen aufweist – verwundbar für einen Karatekämpfer, dessen Fingerspitzen, Hand- und Fußkanten zu Hornhautschichten verhärtet sind. Täglich, Mr. Bond, schlägt Fakto eine Stunde lang auf Säcke mit ungeschältem Reis oder auf einen seilumwundenen Balken ein. Anschließend folgt eine Stunde kompliziertester Turnübungen.«
»Und wann übt er mit dem Hut?« Bond hatte nicht die Absicht, diesem Nervenkrieg zu erliegen.
Goldfinger runzelte die Stirn. »Das hab' ich ihn nie gefragt«, sagte er humorlos, »aber ich glaube, man kann sicher sein, daß Fakto stets in Form ist. Ja, Sie wollten wissen, wo Karate herkommt. Aus China, wo wandernde Buddhapriester eine leichte Beute der Straßenräuber waren. Da sie aus religiösen Gründen keine Waffen tragen durften, entwickelten sie eine eigene Art der Selbstverteidigung. Die Leute auf Okinawa verfeinerten diese Kunst zu ihrer jetzigen Form, als die Japaner ihnen das Waffentragen verboten. Beim Karateschlag geht der Körper nicht mit, sondern bleibt im Moment des Schlags vollkommen starr, mit dem Schwerpunkt in den Hüften, wird dann aber des Gleichgewichts wegen sofort entspannt. Was Fakto kann, haben Sie ja gesehen!«
Bond nahm einen langen Zug von dem ausgezeichneten Rotwein. »Ihren Möbeln tut das nicht sehr gut«, meinte er.
Goldfinger zuckte die Achseln. »Ich brauche dieses Haus nicht

mehr und dachte, die Vorführung würde Ihnen Spaß machen. Ich hoffe, Sie sind auch der Meinung, Fakto habe sich seine Katze verdient.« Ein kurzer Röntgenblick kam über den Tisch. »Er schätzt sie als Delikatesse. Während einer Hungersnot in seiner Heimat ist er auf den Geschmack gekommen.«

Nun war es aber Zeit, der Sache auf den Grund zu gehen: »Wozu brauchen Sie einen solchen Mann?«

»Mr. Bond, ich bin ein sehr reicher Mann. Je reicher einer ist, desto mehr Schutz braucht er. Der übliche Leibwächter oder Detektiv ist meist ein pensionierter Polizist und daher völlig wertlos. Außerdem nimmt er Rücksicht auf Menschenleben, was auch nichts taugt. Die Koreaner kennen solche Gefühle nicht. Sonst hätten die Japaner sie nicht zur Bewachung ihrer Kriegsgefangenenlager eingesetzt. Sie sind grausam und unbarmherzig. Meine Leute sind daraufhin ausgesucht. Ich zahle gut, von Zeit zu Zeit lasse ich aus London eine Fuhre Straßenmädchen herbringen – und wenn dabei was passiert, so ist Geld das beste Leichentuch.«

Ein vorzügliches Käsesoufflé kam, und danach Kaffee. Sie aßen schweigend, in behaglicher Stimmung. Offenbar hatte Goldfinger sich absichtlich gehenlassen – gerade so sehr, um eine seiner privaten Seiten zu zeigen, wohl jene, von der er annahm, daß Bond auf sie ansprechen würde. Vielleicht vermutete Goldfinger sogar, daß Bond nur dem Anschein nach ein Gentleman war? Nun, er würde wohl noch weiter sondieren und dann vielleicht einen Vorschlag machen.

Bond lehnte sich zurück und nahm eine Zigarette. »Sie haben da einen schönen Wagen, das muß der letzte von der Serie sein. Ungefähr 1925, nicht wahr? Zwei Dreizylinderblocks, zwei Kerzen für jeden Zylinder, der eine Satz vom Zündapparat, der andere von der Wicklung aus gezündet?«

»Ganz richtig. Aber sonst mußte ich einiges ändern. Ich habe fünf weitere Federblätter einsetzen und hinten Scheibenbremsen einbauen lassen. Die Servobremsen vorn waren zu schwach.«

»Warum? Schneller als achtzig kann der Wagen doch nicht sein. Und die Karosserie ist doch auch nicht so schwer.«

Goldfinger hob die Brauen. »Nein? Und die Tonne Panzerung und Panzerglas?«

Bond lächelte. »Ach so! Verstehe. Sie passen wirklich gut auf sich auf. Aber wie fliegen Sie damit über den Kanal? Fällt der Wagen nicht durch den Flugzeugboden?«
»Ich nehme eine Maschine für mich allein. Die Silver City Company kennt den Wagen, er ist regelmäßiges Frachtgut zweimal im Jahr.«
»Europareise?«
»Nein, Golfferien.«
»Fein! Das wollte ich auch immer schon machen.«
Aber Goldfinger biß nicht an: »Jetzt können Sie sich's ja leisten.«
Bond lächelte. »Ach, diese Extrazehntausend! Die brauche ich vielleicht in Kanada.«
»Glauben Sie wirklich, daß dort so viel Geld für Sie zu verdienen ist? Und Sie wollen doch viel Geld verdienen?«
Bond wurde eifrig: »Na sicher! Wozu arbeitet man sonst?«
»Fatalerweise dauert das meist sehr lange. Und wenn man's hat, ist es zu spät.«
»Ja, das ist der Haken dabei. Ich bin immer fürs abgekürzte Verfahren. Aber nicht hier. Die Steuern sind zu hoch.«
»Gewiß. Und die Gesetze streng.«
»Ja, das hab' ich auch schon gemerkt!«
»Ach so?«
»Ja, beim Heroingeschäft. Ich hab' da ein wenig hineingerochen und bin gerade noch mit heiler Haut davongekommen – das bleibt natürlich unter uns!«
Goldfinger zuckte die Achseln. »Mr. Bond, jemand hat einmal gesagt, ›das Gesetz ist das kodifizierte Vorurteil der Gesellschaft‹. Zufällig paßt dieser Ausspruch besonders gut auf den Rauschgifthandel. Aber auch wenn es nicht der Fall wäre, hätte ich kein Interesse, der Polizei zu helfen.«
»Nun, das war so ...« Bond erzählte die ganze mexikanische Rauschgiftaffäre, wobei er Blackwells Rolle übernahm. Abschließend sagte er: »Bei Universal hat mir das nicht gerade geholfen!«
»Kann ich mir vorstellen. Interessante Geschichte übrigens. Sie scheinen da ganz findig gewesen zu sein. Und Sie haben keine Lust, in dieser Branche weiterzuarbeiten?« Goldfinger erhob sich, Bond folgte ihm. »Es war ein interessanter Abend. Ich

weiß nicht, ob ich zum Heroin zurückkehren würde. Es gibt ungefährlichere Wege. Es ist nicht leicht, sein Geld zu verdoppeln, die Gelegenheit dazu bietet sich nicht oft. Wollen Sie noch einen meiner Aphorismen hören?«

»Gern!«

»Nun, Mr. Bond« – Goldfinger lächelte das Lächeln der Reichen: »Am sichersten verdoppelt der arme Mann sein Geld, indem er's doppelt faltet und beide Seiten zählt.«

Bond lachte pflichtgemäß, sagte aber nichts. So ging es nicht, so kam er nicht weiter! Aber etwas warnte ihn vor Übereilung. Sie gingen in die Halle hinüber. Bond streckte die Hand aus: »Also dann, besten Dank für das ausgezeichnete Dinner! Höchste Zeit zum Schlafengehen. Und – auf Wiedersehen! Vielleicht treffen wir uns irgendwann einmal wieder!«

Goldfinger drückte Bond kurz die Hand und schob sie dann von sich. Wieder dieses Millionärsgehabe, diese unbewußte Kontaktangst! Er blickte Bond scharf an und sagte bedeutungsvoll: »Es sollte mich nicht wundern, Mr. Bond.«

Auf seiner Rückfahrt bei Mondlicht über die Isle of Thanet überdachte Bond diesen Satz immer wieder. Noch beim Entkleiden und Zubettgehen dachte er daran. Was hatte Goldfinger gemeint? Wollte er wieder Kontakt aufnehmen, oder sollte Bond in Verbindung mit ihm bleiben?

5

Punkt neun am nächsten Morgen rief Bond den Abteilungschef an. »Hier James. Besitz besichtigt und gestern mit Besitzer zu Abend gegessen. Höchstwahrscheinlich hat Generaldirektor recht, habe aber nicht genügend Tatsachen für genauen Bericht. Besitzer geht morgen ins Ausland, Abflug Ferryfield. Ich wüßte gern seine Abflugszeit, möchte auch den Rolls noch sehen. Vielleicht schenk ich ihm ein tragbares Radio. Fahre dann etwas später hinüber, Miss Ponsonby kann für mich reservieren! Bestimmung noch unbekannt, ich bleibe in Verbindung. Was Neues?«

»Wie ist das Golfmatch ausgegangen?«

»Ich hab' gewonnen.«

Am anderen Ende lachte es. »Hab' ich mir gedacht! Einsatz

ziemlich hoch, nicht?«
»Woher wissen Sie das?«
»Ach, gestern abend rief noch Mr. Scotland an. Er hatte telefonisch den Wink gekriegt, jemand Ihres Namens besitze eine größere Summe undeklarierter Dollars. Ob wir so einen Mann hätten und ob das stimme? Er war nicht sehr auf Draht, wußte nichts von Universal. Heute morgen kam die Entschuldigung, gleichzeitig fanden wir die zehn in einem Umschlag bei Ihrer Post! Ganz schlau von Ihrem Mann, was?«
Das war echt Goldfinger! Bond auf diese Weise wegen der Dollars in Schwierigkeiten zu bringen! Er mußte gleich nach dem Spiel angerufen haben, um Bond zu zeigen, daß jeder Schlag gegen Goldfinger einen Dorn in der Hand ließ. Bond sagte: »So ein Gauner! Sagen Sie dem Boß, diesmal ist's fürs Weiße Kreuz. Und veranlassen Sie das übrige!«
»Ja, natürlich. In ein paar Minuten rufe ich zurück. Aber rufen Sie sofort an, wenn Ihnen langweilig ist!«
»Auf bald.« Bond legte auf und begann zu packen.
Nach dem Packen kam der Anruf aus London, daß alles erledigt sei. Bond zahlte die Rechnung, stieg in seinen Wagen und machte, daß er auf die Straße nach Canterbury kam.
Laut London hatte Goldfinger für einen Spezialflug um zwölf gebucht. Um elf Uhr war Bond in Ferryfield beim Paßkontrollchef und den Zollbeamten. Er wurde schon erwartet und ließ seinen Wagen in einen leeren Hangar bringen. Dann setzte er sich zu den Beamten, rauchte und fachsimpelte ein wenig und ließ sie in dem Glauben, er sei von Scotland Yard. Nein, Goldfinger sei in Ordnung, aber möglicherweise versuchte einer seiner Diener, etwas außer Landes zu bringen. Ob er wohl für zehn Minuten mit dem Wagen allein bleiben könne, er wolle sich den Werkzeugkasten ansehen. Die Zolleute sollten dann den Rolls gründlich auf Geheimfächer untersuchen.
Um elf Uhr fünfundvierzig schaute einer der Zollbeamten zur Tür herein: »Jetzt kommt er! Werde beide auffordern, vor dem Wagen ins Flugzeug zu steigen, wegen der Gewichtsverteilung. Nicht so falsch, wie's klingt. Der alte Kasten mit seinen Panzerplatten wiegt seine drei Tonnen! Ich ruf' Sie dann.«
»Danke.« Der Raum leerte sich. Bond nahm das verletzliche

Päckchen aus der Tasche: die Trockenbatterie mit der kleinen Vakuumröhre. Er überprüfte die Anschlüsse, steckte alles wieder weg und wartete. Um elf Uhr fünfundfünfzig öffnete sich die Tür: »Bahn frei, sie sind im Flugzeug!«
Der große, schimmernde Silver Ghost stand in der Zollstation. Nur noch ein weiterer Wagen war da, ein taubengrauer Triumph TR 3 mit offenem Verdeck. Bond trat zum Heck des Rolls. Die Leute vom Zoll hatten die Platte des Kastens schon abgeschraubt. Bond nahm das Werkzeugfach heraus und tat, als untersuche er alles genau. Zum Schein im Kofferraum stöbernd, ließ er dabei Batterie und Röhre hineingleiten. Dann paßte er das Werkzeugfach wieder ein, stand auf und wischte sich die Hände ab: »Leider!«
Der Beamte schraubte die Platte wieder fest und stand auf: »Nichts Besonderes an Chassis und Karosserie. Platz genug in Rahmen und Polsterung, aber da müßte man alles zerlegen. Einverstanden mit der Abfahrt?«
»Jawohl, und schönen Dank!« Bond ging ins Büro zurück. Nach einer Minute kam der Wagen aus der Station. Bond sah ihn die Rampe hinauffahren. Die Kiefer des Bristol-Frachters schlossen sich, die Bremskeile wurden weggezogen, der Mann drüben hob den Daumen. Hustend sprangen die Motoren an. Bond ging zu seinem Wagen, stieg in den Führersitz und drehte einen Schalter unterm Armaturenbrett. Ein scharfer Heulton erklang. Bond reduzierte ihn auf ein tiefes Brummen. Je weiter die Bristol sich entfernte, desto leiser wurde es. Nach fünf Minuten war es verstummt. Bond drehte weiter und fing das Brummen wieder ein, folgte ihm fünf Minuten lang und drehte dann ab. Von nun an würde »Homer«, der kleine Radiosender, bis auf hundertsechzig Kilometer Distanz mit Bonds Empfänger Kontakt halten. Es war eine einfache Form der Richtungsangabe, die es Bond ermöglichen würde, Goldfinger auf den Fersen zu bleiben. Er brauchte bloß herauszufinden, welche Straße Goldfinger von Le Touquet aus genommen hatte, dann in Reichweite zu kommen und in der Nähe größerer Städte oder vor größeren Abzweigungen enger aufzuschließen. Verlor er einmal den Anschluß, so würde der D.B.III es schon wettmachen. Eine Art Schnitzeljagd quer durch Europa! Bond lächelte vor sich hin.

Immer steht ein *agent cycliste* an der gefährlichen Kreuzung, wo die ruhige N 38 von Le Touquet her auf die stark frequentierte, breitere N 1 stößt. Ja, er hatte den Rolls gesehen, ich bitte Sie, Monsieur, solch ein Aristokrat von einem Wagen! Nach rechts, Monsieur, Richtung Abbeville ...

Bond hob dankend die Hand und drückte aufs Gas. Er mußte rasch aufschließen, denn Goldfinger würde über Abbeville hinaus und schon an der Hauptgabelung der N 1 nach Paris und der N 28 nach Rouen sein. Wenn Bond dort die falsche Straße nahm, bedeutete das eine Menge Zeit- und Distanzverlust!

Bond sauste die kurvenreiche Straße dahin, nicht zu waghalsig, aber er machte die dreiundvierzig Kilometer nach Abbeville in einer Viertelstunde. »Homer« brummte laut, also konnte Goldfinger nicht mehr als dreißig Kilometer Vorsprung haben. Wohin nun aber an der Gabelung? Bond entschied sich für die N 1. Eine Zeitlang war wenig Veränderung zu bemerken, aber dann begann das Brummen nachzulassen. Verdammt! Bond wollte nicht umkehren, also bog er zehn Kilometer vor Beauvais rechts ab. Einige Zeit fuhr sich's schlecht, aber dann war er auf der schnellen N 30 und konnte den Wagen laufen lassen, immer der Stimme des Radios nach. Vor Rouen hielt er an und orientierte sich auf der Michelinkarte, während er mit einem Ohr zuhörte. Aus dem verstärkten Brummen schloß er, daß er Goldfinger überholt hatte. Aber da war wieder eine wichtige Gabelung! Im Falle eines Irrtums war es hier nicht so leicht, aufzuholen. Goldfinger würde entweder die Straße Alençon–Le Mans–Tours nehmen oder, ohne Paris zu berühren, die südöstliche über Evreux–Chartres–Orléans. Bond wagte nicht, nach Rouen hineinzufahren, um einen Blick auf den Rolls zu riskieren. Er würde auf das Abschwellen des Brummens warten und dann raten müssen.

Nach einer Viertelstunde war Bond sicher, daß der Rolls vorüber war. Wieder entschied er sich an der Gabelung für die linke Straße, drückte aufs Gas und beeilte sich. Diesmal nahm das Brummen zu. Er ging auf sechzig herunter und fuhr dahin, wobei er sich nach Goldfingers Ziel fragte.

Fünf, sechs, sieben Uhr. In Bonds Rückspiegel ging die Sonne unter, und immer noch war der Rolls unterwegs. Sie waren durch Dreux und Chartres gekommen und fuhren jetzt auf der Achtzigkilometergeraden nach Orléans hinein. Wenn dort übernachtet wurde, dann war der Rolls gar nicht schlecht vorangekommen – mehr als vierhundert Kilometer in etwas über sechs Stunden! Das zeigte, daß Goldfinger fahren konnte. Er mußte aus dem alten Silver Ghost das Äußerste herausgeholt haben! Bond begann aufzuschließen.

Schwache Rücklichter voraus! Bond hatte nur die Nebellampen eingeschaltet, jetzt drehte er die Scheinwerfer an. Ein kleiner Sportwagen. M.G.? Triumph? Austin Healey? Es war ein hellgrauer Triumph-Zweisitzer mit geschlossenem Dach. Bond blinkte und fuhr vorbei. Jetzt war vorn der Schein eines anderen Wagens zu sehen. Bond stellte die Scheinwerfer ab und fuhr wie vorher mit den Nebellampen. Der andere war noch eineinhalb Kilometer voraus. Bond schloß weiter auf und ließ für einen Moment die Scheinwerfer aufleuchten. Ja, es war der Rolls. Wieder fiel Bond auf Kilometerabstand zurück, den er beibehielt. Im Rückspiegel waren die schwachen Lichter des TR 3 sichtbar. Kurz vor Orléans fuhr Bond an den Straßenrand, der Triumph brummte gemächlich vorüber.

Bond hatte sich nie viel aus Orléans gemacht. Er zog seinen Michelin zu Rate: Sicher würde Goldfinger in einem Fünfsternhotel wohnen und *filet de sole* und Brathühnchen essen! Also im *Arcades* oder im *Moderne.* Bond hätte ja lieber außerhalb übernachtet, in der ausgezeichneten *Auberge de la Montespan* am Loireufer. Er mußte aber näher dranbleiben. So entschloß er sich für das *Hotel de la Gare* und ein Abendessen im Bahnhofbüfett. In Zweifelsfällen wählte er immer die Hotels an der Bahn. Sie waren ordentlich, es gab genug Parkmöglichkeit, und die Bahnhofsbüfetts waren gut geführt. Seit zehn Minuten war das Brummen im Empfänger unverändert. Bond sah sich den Weg zu den drei Hotels an. Er fuhr den Fluß hinunter und vorsichtig in die Stadt. Richtig, der Rolls stand vor dem *Arcades.* Bond kehrte um.

Am nächsten Morgen um sechs war der Rolls immer noch da. Bond zahlte seine Rechnung, nahm ein Frühstück am Bahnhof, fuhr die Kais hinunter und parkte seinen Wagen in einer Seitengasse. Goldfinger würde entweder über den Fluß und nach Süden zur N 7 Richtung Riviera fahren oder aber am Nordufer der Loire die Straße nehmen, auf der er ebenfalls Richtung Riviera fahren konnte, ebensogut aber nach der Schweiz und nach Italien. Bond stieg aus, lehnte sich ans Geländer der Ufermauer und hielt zwischen den Platanenstämmen Ausschau. Um halb neun traten zwei Männer aus dem *Arcades*, und der Rolls fuhr ab. Bond blickte dem Wagen nach, bis er nicht mehr zu sehen war, dann setzte er sich ans Steuer des Aston Martin und nahm die Verfolgung wieder auf.

Im Schein der Frühsommersonne ging es gemütlich die Loire entlang. Es war eine von Bonds Lieblingslandschaften. Im Mai, wenn die Obstbäume blütenweiß leuchteten und der Fluß noch breit war von den Winterregen, schien dieses Tal zur Liebe wie geschaffen. Er dachte gerade daran, als vor Châteauneuf der kleine Triumph mit einem schrillen Signal seines Bosch-Doppelhorns vorbeisauste. Das Verdeck war unten, ein hübsches Gesicht hinter dunkler Autobrille wischte vorüber. Bond dachte: Das war fällig! Gerade dazu animiert die Loire jetzt – einem Mädchen nachzufahren, sie zur Mittagszeit zu stellen, dann das Kennenlernen in dem leeren Restaurant am Fluß, draußen unterm Spalierwein . . .

Bond lächelte. Nicht heute. Heute hieß es arbeiten. Heute stand Goldfinger auf dem Programm, nicht Liebe. Er stellte den Empfänger lauter, um sicher zu sein, und drehte ihn wieder zurück. Entspannt fuhr er weiter, wobei seine Gedanken um das Mädchen kreisten, sich Dinge ausmalten . . . Sie mußte die Nacht in Orléans verbracht haben. Plötzlich erwachte Bond aus seinen Tagträumen: das offene Verdeck! Er hatte den Triumph schon früher gesehen, und zwar in Ferryfield! Mußte nach Goldfinger geflogen sein. Und nun fünfhundert Kilometer auf Goldfingers Spur? Das war mehr als Zufall! Gestern abend war sie abgeblendet gefahren. Was bedeutete das?

Bond trat aufs Gas, er näherte sich Nevers. In jedem Fall mußte er zur nächsten großen Abzweigung aufschließen, nun aber traf er gleich zwei Fliegen mit einem Schlag: Er würde auch sehen, was das Mädchen vorhatte. Blieb sie zwischen ihm und Goldfinger, so konnte das unangenehm werden. Es war schwierig genug, Goldfinger allein zu überwachen!

Sie hielt sich weiterhin drei Kilometer hinter dem Rolls. Sobald Bond sie sehen konnte, verlangsamte er sein Tempo. Wer

war sie? Was bedeutete das alles?
Der kleine Konvoi fuhr weiter auf dem breiten, dunklen Band der N 7, diesem Nervenstrang durch das Herz Frankreichs, nach dem Süden. Aber bei Moulin verlor Bond beinah die Spur: Rasch mußte er zurück und auf die N 73 hinüber. Goldfinger war im rechten Winkel abgebogen und fuhr nun in Richtung Lyon und Italien oder Mâcon–Genf. Bond trachtete aufzuholen und entging dabei gerade noch rechtzeitig einer schwierigen Situation. Er hatte den Ton des »Homer« zu wenig beachtet, da er sich auf den Triumph verließ. Aber plötzlich wurde das Brummen zum Brüllen! Hätte er bei seinen hundertvierzig nicht hart gebremst, er wäre in den Rolls hineingefahren! So aber rollte er langsam über eine Anhöhe und sah den großen gelben Wagen einen Kilometer voraus am Wegrand halten. Gott sei Dank, da war ein Karrenweg! Bond bog hinein und hielt in der Deckung eines Weizenfelds. Er nahm den Feldstecher, stieg aus und ging zurück. Ja: Goldfinger saß unter einer kleinen Brücke am Flußufer, in weißem Staubmantel und ebensolcher Autohaube, und hielt Picknickpause. Der Anblick machte Bond hungrig. Wann würde er selbst essen können? Er nahm den Rolls aufs Korn: Durch das Heckfenster erkannte er die schwarzen Umrisse des Koreaners im Vordersitz. Vom Triumph keine Spur. Wenn das Mädchen noch immer hinter Goldfinger hergewesen war, so hatte sie ihn wohl mit abgewandtem Gesicht überholt und wartete nun weiter vorn in einem Hinterhalt, bis der Rolls vorüberkäme. Oder sie war längst auf dem Weg zu den italienischen Seen, um Verwandte oder den Liebhaber zu treffen?
Jetzt war Goldfinger aufgestanden. So ist's recht, die Papierreste aufsammeln und damit unter die Brücke gehen. Warum warf er sie nicht in den Fluß? Bond biß sich auf die Lippen: War die Brücke vielleicht ein »Briefkasten«? Sollte Goldfinger hier etwas hinterlegen? Frankreich, Schweiz, Italien – für alle drei Länder lag der Ort günstig. Die Brücke schien gut gewählt, mit freier Sicht nach beiden Seiten.
Jetzt kletterte Goldfinger die Uferböschung wieder hinauf. Bond ging in Deckung. Er hörte das Ächzen des Anlassers und spähte durch die Halme, bis der Rolls verschwunden war.
Es war eine hübsche Brücke über einen hübschen Fluß. Die

Kontrollnummer 79/6 auf dem Brückenbogen zeigte an, daß es die sechste nach irgendeiner Stadt an der N 79 war. Leicht zu finden. Rasch stieg Bond aus und glitt zum Wasser hinunter. Unten war es dunkel und kühl, in der Strömung huschten Fische über die Kiesel. Bond untersuchte den Mauerrand hinterm Gras. In der Mitte, gerade unter der Straße, wucherte es besonders dicht. Vorsichtig schob Bond die Büschel zur Seite, legte die frisch aufgegrabene Stelle frei und fühlte mit den Fingern nach: Es war nur einer da, glatt und in Ziegelform. Man brauchte Kraft, um ihn aufzuheben. Bond wischte die Erde von dem stumpf-gelben Metall, wickelte den Barren in sein Taschentuch, klemmte ihn unter die Jacke, kletterte wieder hinauf und betrat die leere Straße.

6

Bond war mit sich zufrieden. Nun würde eine Menge Leute sehr böse auf Goldfinger sein! Zwanzigtausend Pfund weniger! Jetzt würde man Pläne ändern, Verschwörungen verschieben müssen. Vielleicht waren sogar Menschenleben gerettet. Und wenn es je zu Nachforschungen kam, so würde man die Schuld einem herumstrolchenden Vagabunden geben.
Bond ließ den Barren durch eine verdeckte Klappe unter den Passagiersitz gleiten. Gefährliches Zeug! Er mußte sehen, ihn an der nächsten Dienststelle loszuwerden. Der Gesandtschaftskurier würde ihn nach London mitnehmen, und Bond mußte so schnell wie möglich Bericht erstatten, denn der Vorfall bestätigte vieles. Möglicherweise informierte M sogar das Deuxième und ließ die Brücke überwachen, um zu sehen, wer hinkam. Hoffentlich nicht ausgerechnet jetzt, wo Bond sich an Goldfinger heranpirschte!
Bond fuhr wieder los. Noch vor Mâcon hatte er aufzuschließen und die nächste Abzweigung richtig zu erwischen: Genf oder Lyon. Auch das Problem mit dem Mädchen mußte gelöst werden. Und schließlich mußte er noch irgendwo anhalten, um etwas zu essen. Es war ein Uhr, und der Anblick des essenden Goldfinger hatte ihn hungrig gemacht.
»Homer« wurde lauter: Man war in den Vororten von Mâcon.

Bond mußte noch dichter heran, auch wenn er gesehen wurde. Der starke Verkehr würde seinen niedrigen Wagen schon decken. Würde der Rolls die Saône in Richtung zur Straße nach Bourg überqueren oder an der Brücke nach rechts zur N 6 nach Lyon abbiegen? Weit unten in der Rue Rambuteau schimmerte es gelb. Über die Eisenbahnbrücke und den kleinen Platz fuhr der hohe gelbe Kasten weiter zum Fluß. Die Passanten blieben stehen und sahen dem leuchtenden Wagen nach. Der Rolls fuhr geradeaus weiter, also Richtung Schweiz! Man durchquerte die Vorstadt St. Laurent. Jetzt ein Fleischer, ein Bäcker und ein Weinhändler! Auf hundert Meter sah er den vergoldeten Kalbskopf in die Straße ragen. Bond warf einen Blick in den Rückspiegel: der Triumph war ganz knapp hinter ihm! Wie lange schon? Seit seiner Einfahrt in die Stadt hatte Bond nur Augen für den Rolls gehabt. Sicher hatte sie in einer Seitengasse auf der Lauer gelegen. Das schloß jeden Zufall endgültig aus – also mußte etwas geschehen. Tut mir leid, Liebling, jetzt passiert's! Ich werde so zart wie möglich sein, nimm dich zusammen! Sie waren vor dem Fleischerladen, als er plötzlich anhielt und den Rückwärtsgang einschaltete: ein Krachen, er stellte den Motor ab und stieg aus.
Er ging um den Wagen herum. Das Mädchen hatte ein zornverzerrtes Gesicht. Aus dem Wagen baumelte ein attraktives Nylonbein, an dem man sekundenlang bis zum weißen Schenkel hinaufsah. Sie nahm die Brille ab und pflanzte sich breitbeinig, die Arme in die Seiten gestemmt, vor Bond auf.
Die hintere Stoßstange des Aston Martin steckte tief in dem Blechsalat aus Frontlichtern und Kühlerhaube. Bond sagte freundlich: »Wenn Sie mich nochmals da anrühren, müssen Sie mich heiraten!« Er war mit dem Satz noch nicht fertig, da hatte er auch schon seine Ohrfeige weg. Bond rieb sich die Wange, aus der gaffenden Menge kam Beifall.
Ihr Zorn war noch nicht verraucht. »Sie Idiot! Was haben Sie da angestellt?« Bond dachte: Hübsche Mädchen müßten immer zornig sein, dann wären sie geradezu schön! Er sagte: »Ihre Bremsen sind aber nicht viel wert.«
»Frechheit! Sie sind in mich hineingefahren!«
»Der Schalthebel ist mir abgerutscht, und Sie waren so nahe dran.« Es war Zeit, sie zu beruhigen. »Es tut mir entsetzlich

leid, ich komme natürlich für alles auf! Sehen wir uns den Schaden mal an. Versuchen Sie, zurückzufahren!« Bond setzte einen Fuß auf die beschädigte Stoßstange und wippte.
»Rühren Sie ihn nicht an!« Wütend quetschte sie sich in den Führersitz, drückte auf den Anlasser. Unter der Haube klirrte es. Sie stellte ab und lehnte sich heraus: »Da haben Sie's, Sie Idiot! Der Ventilator ist eingedrückt!«
Das hatte Bond gehofft. Er stieg in seinen Wagen und löste sich vorsichtig von dem Triumph, dessen Scherben nun aufs Pflaster klirrten. Bond stieg wieder aus. Die Menge hatte sich inzwischen zerstreut, und ein Mann im Mechanikeranzug erbot sich, einen Abschleppwagen zu rufen. Bond ging zu dem Triumph zurück, neben dem das Mädchen ihn erwartete. Sie war jetzt gefaßter, und Bond bemerkte, daß sie ihn musterte. Er sagte: »Es wird schon nicht so arg sein! Wahrscheinlich ist der Ventilator schiefgedrückt. Man wird provisorische Scheinwerfer einsetzen, das Chrom ausbeulen, und morgen früh können Sie wieder losfahren. Freilich«, Bond griff nach der Brieftasche, »für Sie ist es sehr ärgerlich, wo Sie doch gar nichts für die Sache können. Bitte, hier sind tausend Francs für die Reparatur und alle sonstigen Auslagen. Nehmen Sie sie, bitte, an und verzeihen Sie! Ich würde ja gern hierbleiben und Ihnen behilflich sein, aber ich habe heut' abend eine Verabredung und muß weiter.«
»Nein.« Sie sagte es kühl und entschieden, hielt die Hände auf den Rücken und wartete. »Auch ich habe heute eine Verabredung. Ich muß unbedingt nach Genf, heute noch! Würden Sie mich, bitte, mitnehmen? Es sind ja nur hundertsechzig Kilometer, das machen wir in zwei Stunden mit dem da!« Sie wies auf den D.B.III. »Tun Sie es, bitte.« In ihrer Stimme lag verzweifelte Dringlichkeit.
War sie etwas anderes als nur ein hübsches Ding, das sich von Goldfinger ansprechen lassen oder ihn erpressen wollte? In ihren Zügen war zuviel Charakter, zuviel Offenheit. Auch ihre Kleidung war eher dezent: eine weiße, seidene Hemdbluse mit offenem Kragen und weiten, an den Gelenken gerafften Ärmeln, die Nägel waren nicht lackiert, der einzige Schmuck war ein Goldring am linken Ringfinger – war sie verlobt oder nicht? Der breite, gestickte Ledergürtel schloß mit zwei Mes-

singschnallen über dem graphitgrauen, kurzen Faltenrock. Die schwarzen, eleganten Sandalen sahen teuer aus. Das einzig Bunte an ihr war das rosa Kopftuch in ihrer Hand. Im ganzen ein sportlicher Typ, etwa ein Mitglied des englischen Damenskiteams oder eine passionierte Springreiterin.

Bond überlegte. Würde sie ihn zu sehr stören? Und wie bald wäre er sie los, um sich seiner eigenen Sache widmen zu können? Aber seine Neugierde wog Nachteile auf: Wer war sie, was hatte sie vor? Hatte er nicht ein Märchen um sie gesponnen, das sich jetzt zu verwirklichen schien? Und außerdem mußte man einer Frau in Bedrängnis beistehen. So sagte er kurz: »Aber gern! Laden wir gleich Ihr Gepäck um!« Er hielt ihr seine Börse hin: »Hier, besorgen Sie uns etwas zu essen. Ich kümmere mich inzwischen um eine Garage.«

Ihre Blicke trafen und verstanden sich. Sie nahm das Geld. »Danke. Ich besorge uns gleich das Nötige.« Sie ging zum Kofferraum ihres Triumph und schloß ihn auf. »Nein, nein, ich mach' das schon selbst!« Ein Sack Golfschläger und ein teuer aussehendes Köfferchen kamen zum Vorschein. Sie trug beides zum Aston Martin hinüber, lehnte nochmals jede Hilfe ab und verstaute alles neben Bonds Koffer. Dann holte sie noch die große, schwarzbestickte Schultertasche.

Bond sagte: »Welchen Namen und welche Adresse soll ich angeben?«

»Wie bitte?«

Er wiederholte seine Frage. Würde nun eines von beiden oder beides falsch sein?

Sie sagte: »Keine feste Adresse. Sagen wir das *Hôtel des Bergues* in Genf. Der Name ist Soames, Miss Tilly Soames.« Sie hatte nicht gezögert. Nun ging sie in den Fleischerladen.

Eine Viertelstunde später waren sie unterwegs. Sie saß aufrecht und blickte auf die Straße, der »Homer« brummte schwach. Goldfinger mußte schon achtzig Kilometer voraus sein! Bond beeilte sich. Sie sausten durch Bourg und bei Pont d'Ain über die Brücke. Jetzt waren sie in den Vorläufern des Jura, da kamen die S-Kurven der N 84! Bond durchfuhr sie, als wär's eine Alpenwertungsfahrt. Nachdem das Mädchen zweimal gegen ihn gestoßen war, hielt sie sich am Handgriff fest und ging mit, als wäre sie sein Ersatzfahrer. Einmal, nach

einem besonders scharfen, trockenen Schleudern, das sie fast aus der Kurve getragen hätte, sah Bond zu ihr hinüber: Ihre Lippen waren geöffnet, die Nasenflügel bebten und die Augen leuchteten. Also gefiel es ihr.
Sie erreichten die Paßhöhe, und hinunter ging's zur Schweizer Grenze! Der »Homer« gab jetzt ein stetiges Heulen von sich. Bond dachte: Jetzt muß ich mich zurückhalten, sonst treffen wir sie beim Zoll. Er griff unter das Armaturenbrett und stellte das Geräusch leiser. Dann fuhr er an den Straßenrand. Sie blieben im Wagen und nahmen nahezu schweigend das Picknick ein, wobei jeder seinen eigenen Gedanken nachhing. Nach zehn Minuten fuhr Bond wieder los. Ruhig ging es die Kurven zwischen den rauschenden jungen Fichten hinunter.
»Was ist das für ein Lärm?« fragte sie.
»Der Verteiler jault. Beim Schnellerfahren wird's ärger. Seit Orléans. Ich muß es heut' abend reparieren lassen.«
Sie schien es zu glauben und fragte schüchtern: »Ich hoffe, ich habe Sie nicht allzu weit von Ihrem Weg abgebracht!«
Bond sagte freundlich: »Nicht im geringsten! Ich fahre auch nach Genf, aber vielleicht bleibe ich die Nacht nicht dort, das hängt von meiner Verabredung ab. Wie lange bleiben Sie?«
»Ich weiß nicht. Ich spiele Golf, in Divonne findet eine offene Damenmeisterschaft statt. Ich bin zwar nicht diese Klasse, aber versuchen kann man's ja. Und außerdem möchte ich noch auf ein paar anderen Plätzen spielen.«
Das mochte ja stimmen, aber die ganze Wahrheit war es sicher nicht! Bond fragte weiter: »Spielen Sie viel Golf? Auf welchem Platz in England?«
»Ziemlich viel, in Temple.«
»Wohnen Sie in der Nähe?«
»Ich habe eine Tante in Henley. Und was machen Sie in der Schweiz? Urlaub?«
»Geschäft. Import-Export.«
»Ach so!«
Bond lächelte in sich hinein. Der reine Bühnendialog!
Sie kamen jetzt an die Grenze. Ein langes gerades Straßenstück gab den Blick auf die französische Zollstation frei.
Sie gab ihm keine Möglichkeit, ihren Paß zu sehen. Sobald der Wagen hielt, sagte sie etwas von »sich zurechtmachen«

und verschwand bei den »Damen«. Bond hatte die Kontrolle schon passiert und hatte gerade mit dem Triptik zu tun, als sie mit ihrem bereits gestempelten Paß erschien. Beim Schweizer Zoll mußte sie plötzlich etwas aus ihrem Koffer holen, und Bond fand keine Zeit, ihren Bluff aufzudecken.
Er beeilte sich, Genf zu erreichen, und fuhr dort vor dem imposanten Eingang des *Bergues* vor. Der Gepäckträger nahm ihren Koffer und die Golfschläger. Vor der Tür reichte sie Bond die Hand: »Adieu.« Die aufrichtigen blauen Augen blieben ungerührt. »Und vielen Dank noch, Sie fahren großartig!« Der Mund lächelte. »Kaum zu glauben, daß Sie in Mâcon den falschen Gang erwischt haben!«
Bond zuckte die Achseln. »Passiert nicht oft, aber diesmal bin ich froh darüber. Wenn ich meine Sache erledigt habe, könnten wir uns vielleicht wiedersehen.«
»Das wäre nett.« Ihre Stimme verriet das Gegenteil. Sie wandte sich um und schritt durch die Drehtür.
Bond eilte zu seinem Wagen. Zum Teufel mit ihr! Jetzt nichts wie Goldfinger nach und dann zu dem kleinen Büro auf dem Quai Wilson! Er drehte am »Homer« und wartete zwei Minuten. Goldfinger war in der Nähe, entfernte sich aber. Entweder folgte er dem linken oder dem rechten Seeufer. Dem Ton nach war er mindestens einen Kilometer außerhalb der Stadt. Aber wo? Links, auf dem Weg nach Lausanne? Rechts, nach Evian? Doch der D.B.III war schon auf der Straße nach links. Bond beschloß, seiner Nase zu folgen.
Er erblickte die gelbe Silhouette kurz vor Coppet. Rasch fuhr er hinter einen Laster. Als er das nächstemal Ausschau hielt, war der Rolls verschwunden. Bond fuhr weiter und behielt die linke Straßenmitte im Auge. Beim Dorfeingang kam eine hohe Mauer mit solidem, geschlossenem Gittertor. Staub hing in der Luft. Eine unauffällige Tafel verkündete in verblichenem Gelb auf blauem Grund »Entreprises Auric S.A.«.
Bond fuhr bis zur nächsten Abzweigung links. Er folgte ihr bis zu einer Straße, die durch die Weingärten zum Wald hinter Coppet führt. Unter den Bäumen hielt er an. Er mußte jetzt gerade oberhalb der Entreprises Auric sein. Den Feldstecher! Er stieg aus und folgte einem Fußweg zum Dorf hinunter. Bald lief zu seiner Rechten ein Eisengitter, das oben durch

gerollten Stacheldraht gesichert war. Hundert Meter hügelab ging es in eine hohe Steinmauer über. Langsam schritt Bond den Pfad zurück und hielt Ausschau nach jenem Durchschlupf, den die Dorfkinder gemacht haben müßten, um an die Kastanienbäume zu gelangen. Er fand ihn: Zwei Gitterstangen waren gerade so weit auseinandergebogen, daß ein kleiner Körper durchschlüpfen konnte. Bond erweiterte die Öffnung und kroch hindurch.

Vorsichtig und auf dürre Zweige achtend, bewegte er sich unter den Bäumen weiter. Sie wurden lichter, und hinter einem kleinen *manoir* tauchten ein paar niedrige Gebäude auf. Bond bezog Posten hinter dem dicken Stamm einer Tanne. Das nächste Gebäude war etwa hundert Meter entfernt. Mitten in dem offenen Hof stand der staubige Silver Ghost.

Bond griff zum Feldstecher und suchte alles genau ab. Das Haus selbst war ein wohlproportionierter Rohziegelquader mit Schieferdach. Es hatte zwei Stockwerke und eine Mansarde, wahrscheinlich vier Schlafzimmer und zwei Haupträume. Seine Mauern waren zum Teil von einer sehr alten, blühenden Glyzinie überwuchert. Die Hintertür führte auf den großen, gepflasterten Hof mit dem Rolls. Zu Bond hin öffnete sich der Hof, seine beiden übrigen Seiten waren durch einstöckige Wellblechschuppen begrenzt, über deren gemeinsamer Ecke sich ein hoher Blechrauchfang mit Windhaube erhob. Darüber drehte sich ein Gebilde mit quadratischer Öffnung, das Bond an einen *Decca Navigator* erinnerte – ein Radarsucher, wie man ihn auf der Brücke vieler Schiffe sieht. Der Apparat drehte sich gleichmäßig, und Bond konnte sich nicht vorstellen, welchen Zweck er haben sollte.

Plötzlich kam Bewegung in das Bild: Von irgendwo schlug es blechern fünf, die Hintertür des Hauses ging auf, Goldfinger erschien, immer noch im weißen Automantel, doch ohne Haube. Ihm folgte ein komisch-beflissenes Männchen mit Bürstenschnurrbart und Hornbrille. Goldfinger wirkte zufrieden. Er trat an den Rolls und klopfte auf die Motorhaube. Der andere lachte höflich, zog eine Signalpfeife aus der Westentasche und pfiff. Die Tür der Werkstatt zur Rechten flog auf, vier Arbeiter in blauen Overalls traten heraus und gingen zum Wagen. Aus der offenen Tür drang surrender Lärm, ein

schwerer Motor begann zu arbeiten und verfiel in das rhythmische Stampfen, das Bond schon von Reculver her kannte.
Die vier Männer verteilten sich rings um den Wagen. Auf ein Wort des Männchens, das offenbar der Werkmeister war, begannen sie, den Silver Ghost zu zerlegen. Sie hoben die vier Türen aus, entfernten die Motorhaube und machten sich dann an die Kotflügel. Plötzlich erschien Faktos schwarze Gestalt in der Hintür des Hauses. Goldfinger ging hinein und ließ die Arbeiter weitermachen.
Nun war's aber Zeit zu verschwinden! Bond blickte sich nochmals vorsichtig um, prägte sich die Lage ein und schlich unter den Bäumen zurück.

»Ich komme von Universal Export.«
»Ach ja?« Über dem Schreibtisch hing eine Reproduktion des Annigoni-Porträts der Königin. Die anderen Wände waren mit Reklamebildern von Fergusontraktoren und anderen landwirtschaftlichen Maschinen bedeckt. Durch das breite Fenster brandete der Verkehrslärm des Quai Wilson. Ein Dampfer tutete. Bond blickte aus dem Fenster und sah ihn eine zauberhafte Kielwasserspur quer über den abendlich makellosen Seespiegel ziehen. Dann blickte er wieder in die höflich fragenden Augen des Geschäftsmannes.
»Wir hoffen, mit Ihnen Geschäfte zu machen.«
»Welche Art Geschäfte?«
»Bedeutende.«
Der Mann begann zu lächeln. »Sie sind 007, nicht wahr? Aber ich war nicht ganz sicher. Also, was kann ich für Sie tun?« Die Stimme wurde vorsichtig. »Nur eines, machen Sie's rasch und verschwinden Sie! Seit der Dumontsache paßt man teuflisch auf. Man ist über mich im Bilde – die hiesigen und Redland. Alles natürlich ganz friedlich, aber Sie wollen doch sicher ungeschoren bleiben!«
»Das überrascht mich nicht. Aber es ist nur eine gewöhnliche Meldung. Hier«, Bond knöpfte sein Hemd auf und holte den schweren Barren heraus, »schicken Sie das, bitte, zurück! Und bei Gelegenheit geben Sie folgendes durch.« Der Mann zog einen Block heran und stenografierte mit.
Nachdem Bond geendet hatte, steckte der Schreiber den Block

in die Tasche. »Wird erledigt, Meldung geht um Mitternacht ab. Und das« – er wies auf den Barren – »kann für den Kurier nach Bern gehen. Sonst noch was?«
»Eine Frage. Haben Sie je von den Entreprises Auric in Coppet gehört? Wissen Sie zufällig, was die machen?«
»Ich weiß nur, was jedes Maschinengeschäft in der Gegend weiß. Wollte ihnen letztes Jahr einen Posten Handnietapparate verkaufen. Sie machen Metallmöbel für Fluglinien.«
»Welche?«
Der Mann zuckte die Achseln. »Ich habe gehört, daß sie für Mecca arbeiten, die Charterlinie nach Indien, deren Ausgangspunkt Genf ist. Eine ziemliche Konkurrenz für All India. Mecca ist in Privatbesitz, Auric sollen daran beteiligt sein. Kein Wunder, daß sie den Kontrakt für die Sitze haben.«
Ein grimmiges Lächeln war auf Bonds Gesicht erschienen. Er stand auf und streckte die Hand aus: »Sie haben jetzt in weniger als einer Minute ein ganzes Puzzle zusammengesetzt! Besten Dank und alles Gute fürs Traktorengeschäft! Hoffentlich sehen wir uns mal wieder.«
Unten machte Bond, daß er in seinen Wagen und den Quai hinunter zum *Bergues* kam. So also sah die Sache aus! Da hatte er zwei Tage lang diesen gepanzerten Silver Ghost durch Europa verfolgt. Drüben in Kent hatte er die Montage der letzten Panzerplatte mit angesehen, hier in Coppet war er Zeuge gewesen, wie die Panzerung Stück für Stück abgenommen worden war. Nun waren die Platten wohl schon in den Schmelzöfen, bereit, sich in siebzig Sitze einer Mecca Constellation zu verwandeln. Und wenige Tage später würden diese Sitze in Indien gegen Aluminiumsitze ausgetauscht werden. Wieviel würde Goldfinger dann verdient haben? Eine halbe Million Pfund? Eine ganze?
Denn der Silver Ghost war gar nicht silbern! Er war ein »Goldener Geist«. Die ganzen zwei Tonnen seiner Panzerung waren durch und durch achtzehnkarätiges Weißgold!

7

Bond mietete sich im *Hôtel des Bergues* ein, nahm ein Bad und kleidete sich um. Sollte er die Walther-PPK mitnehmen oder nicht? Lieber nicht! Wenn er schon das Pech hätte, gesehen zu werden, dann würde ein Kampf nur alles verderben. Er hatte seine Geschichte bereit, keine sehr gute, aber doch so, daß sie zu seiner Rolle paßte. Das mußte genügen. So wählte er lediglich ein bestimmtes Paar Schuhe, die schwerer waren, als sie aussahen.

Beim Portier fragte er nach Miss Soames. Wie zu erwarten, gab es keinen Gast dieses Namens. Die Frage war nur, ob sie abgereist war oder unter anderem Namen logierte.

Über die schöne Montblanc-Brücke fuhr Bond zur *Bavaria,* jener einfachen elsässischen *brasserie,* dem Treffpunkt der Großen in den Tagen des Völkerbundes. Er wählte einen Fensterplatz, nahm einen Enzian und spülte mit hellem Löwenbräu nach. Dann überlegte er. Kein Zweifel, Goldfinger finanzierte ein Spionagenetz, wahrscheinlich SMERSH, und verdiente ein Vermögen mit dem Goldschmuggel nach Indien. Nach dem Verlust seines Brixham-Fischdampfers ließ er nun die Panzerplatten seines Wagens jeweils durch achtzehnkarätiges Weißgold ersetzen, dessen Nickel-Silber-Legierung genügend Härte besaß und dessen Farbe ihn nicht einmal bei einem Zusammenstoß verraten würde. Wäre Goldfinger nicht ein so unangenehmer Mensch gewesen, hätte er nicht ausgerechnet für SMERSH gearbeitet, Bond hätte für diesen Riesengauner Bewunderung empfunden, dessen Unternehmungen sogar der Bank von England Sorgen bereiteten!

Es war acht Uhr geworden. Der Enzian begann Bond innerlich zu wärmen und seine Spannung zu mildern. Er bestellte noch einen doppelten, dazu eine Portion Sauerkraut mit Wurst und Speck und eine Karaffe Fendant.

Was aber mochte das Mädchen wollen? Golf? Bond erhob sich und ging zur Telefonzelle am Ende des Saales. Er rief das *Journal de Genève* an und verlangte den Sportredakteur. Der war recht hilfsbereit, staunte jedoch über Bonds Frage. »Damenmeisterschaft?« Nein, die verschiedenen Meisterschaften wurden natürlich im Sommer ausgetragen, sobald die ausländischen Wettspiele zu Ende waren! Man bekam sonst zuwenig amerikanische und englische Spieler herein, die das Publikumsinteresse erhöhten.

Bond ging zu seinem Tisch zurück und aß weiter. Also eine Dilettantin! Niemand vom Fach hätte einen Vorwand benützt, der durch einen einzigen Anruf aufzudecken war. Und er hatte schon erwogen – ungern, denn sie war ihm sympathisch –, ob sie nicht eine SMERSH-Agentin sei, die Goldfinger oder Bond im Auge behalten sollte, vielleicht beide!

Bond bestellte eine Portion Gruyère, Pumpernickel und Kaffee. Nein, sie war ihm ein Rätsel. Er konnte nur hoffen, sie verfolgte keine privaten, ihn oder Goldfinger betreffenden Pläne, die seine Arbeit stören würden!

Denn seine Arbeit war nahezu getan. Er brauchte sich nur noch mit eigenen Augen von der Richtigkeit seiner Vermutung zu überzeugen. Ein Blick in die Fabrik in Coppet, ein einziges Weißgoldpartikel – und er konnte noch heute nacht den diensthabenden Beamten in Bern informieren! Dann würde alles wie von selbst abrollen: Die Bank von England würde in aller Stille Goldfingers sämtliche Guthaben blockieren, und die Schweizer Bundespolizei würde vielleicht schon morgen an das Tor der Entreprises Auric klopfen. Nach Goldfingers Auslieferung würde dieser nach einem ruhigen Prozeß ein paar Jahre bekommen, die Staatsbürgerschaft würde ihm aberkannt und sein Goldschatz in die Kellertresore der Bank von England zurückgebracht werden. Und bei SMERSH würden sie Bonds anschwellender Zapiska zähneknirschend ein weiteres Blatt hinzufügen.

Zeit für die letzte Runde! Bond zahlte, trat hinaus und bestieg seinen Wagen. Langsam überquerte er die Rhone und reihte sich in den abendlichen Verkehr auf dem hellerleuchteten Kai. Die Nacht war für seine Absichten nur halbwegs geeignet: Der Schein des zunehmenden Mondes gab gute Sicht, hingegen erschwerte die Windstille das Anschleichen. Noch einmal vergegenwärtigte Bond sich die Ortsverhältnisse und den Weg, während er den Wagen automatisch die breite Landstraße längs des nächtlich stillen Sees hinunterlenkte.

Er nahm denselben Weg wie am Nachmittag. Nachdem er von der Hauptstraße abgebogen war, fuhr er mit Standlichtern.

Schließlich lenkte er den Wagen von der Seitenstraße auf eine Waldlichtung, stellte den Motor ab, blieb sitzen und lauschte: Nur das leise Knacksen des erhitzten Metalls unter der Haube und das rasche Ticken der Uhr am Armaturenbrett waren hörbar. Er stieg aus, schloß geräuschlos ab und schlich den schmalen Pfad zwischen den Bäumen hinunter.

Das schwere Stampfen des Aggregats wurde vernehmbar, ein irgendwie bedrohliches Geräusch. Bond schlüpfte durch die Öffnung des Gitters und spähte mit angespannten Sinnen zwischen den mondbeschienenen Bäumen nach vorn. Das schwere Stampfen war überall. Bond straffte die Muskeln und schlich vorwärts, Schritt für Schritt die dürren Zweige beiseite räumend und behutsam, als durchquere er ein Minenfeld.

Die Bäume wurden spärlicher. Nun mußte bald der Stamm kommen, den er heute nachmittag als Deckung benutzt hatte! Er hielt danach Ausschau – und blieb mit fliegendem Puls stehen. Neben dem Stamm seines Baumes, eng an den Boden gepreßt, lag jemand!

Tief und langsam atmend, um den Schreck loszuwerden, ließ Bond sich auf Hände und Knie sinken und starrte hinüber.

Die Gestalt bewegte sich, nahm vorsichtig eine andere Lage ein. Windhauch strich durch die Baumkronen, und in dem tanzenden Mondlicht sah Bond flüchtig volles, schwarzes Haar, einen schwarzen Sweater und enge schwarze Hosen. Und noch etwas fiel ihm auf: ein gestreckter, metallischer Schimmer, der von dem schwarzen Haar am Stamm vorbei nach vorn ins Gras lief.

Verdrießlich sah Bond zwischen seinen Händen zu Boden. Es war Tilly. Da lag sie nun und beobachtete das Gebäude. Und hatte ein Gewehr im Anschlag! Ein Gewehr, das zwischen ihren harmlosen Golfschlägern gesteckt haben mußte.

Langsam beruhigte er sich wieder. Egal, wer sie war und was sie wollte! Er schätzte den Abstand, berechnete die Schritte und den letzten Sprung: linke Hand an die Gurgel, die rechte aufs Gewehr. Jetzt!

Dumpf prallte er auf den Rücken des Mädchens. Der Aufschlag preßte ihr hörbar die Luft aus den Lungen. Seine Linke lag an ihrer Kehle und fand die Schlagader, seine Rechte griff nach dem Gewehrkolben, drückte ihre Finger weg, spürte, daß

die Waffe gesichert war und stieß sie zur Seite.
Bond ließ den Hals los und hielt ihr den Mund zu. Sie rang nach Luft, war aber noch ohnmächtig. Vorsichtig hielt er ihr die Hände auf dem Rücken fest. Als sie zu zappeln begann, drückte er mit Bauch und Hüften ihre Beine nieder. Atemlos versuchte sie zu beißen. Er rutschte an ihr hinauf und flüsterte ihr ins Ohr: »Tilly, um Himmels willen, still! Ich bin's, Bond. Es ist wichtig. Wollen Sie still sein und zuhören?«
Sie hörte auf, sich zu wehren, nickte. Bond gab sie frei, lag nun neben ihr, hielt ihr aber die Hände noch auf dem Rücken fest. Er flüsterte: »Kommen Sie wieder zu Atem, aber sagen Sie mir eines: Sie sind hinter Goldfinger her?«
Sie flüsterte wütend: »Umbringen wollt' ich ihn!«
Bond ließ ihre Hände los. Sie schob sie unters Kinn. Ihr Körper zitterte, und Bond suchte sie zu beruhigen, indem er ihr übers Haar strich. Vorsichtig prüfte er dabei die unverändert friedliche Lage dort unten. Unverändert? Das Radargerät auf der Schornsteinkappe hatte aufgehört, sich zu drehen: Sein rechteckiges Maul blickte nun in ihre Richtung. Bond maß dem keine Bedeutung bei. Das Mädchen hatte sich beruhigt. Er flüsterte: »Keine Angst, auch ich bin hinter ihm her und werde ihm mehr schaden, als Sie es je gekonnt hätten. Ich handle im Auftrag von London. Was hat er Ihnen getan?«
»Er hat meine Schwester umgebracht. Sie haben sie gekannt – Jill Masterton.«
Grimmig fragte er: »Wie ist das passiert?«
»Einmal im Monat nimmt er eine Frau. Jill hat's mir gesagt, als sie die Stelle bei ihm hatte. Vorher versetzt er sie in Hypnose und läßt sie vergolden.«
»Himmel! Warum?«
»Das weiß ich nicht. Jill sagte mir, er sei besessen vom Gold. Ich nehme an, daß – irgendwie wird er glauben, er nimmt vom Gold Besitz, wenn er – daß er das Gold heiratet, gewissermaßen. Irgend so ein Koreaner muß die Frauen bestreichen, aber das Rückgrat frei lassen, damit die Hautatmung nicht ganz unterbunden wird, sonst würden sie sterben. Nachher wäscht er sie mit einem Harz wieder ab. Goldfinger zahlt ihnen tausend Dollar und schickt sie weg.«
Im Geiste sah Bond den schrecklichen Fakto mit einem Topf

voll Goldfarbe, während Goldfinger mit irrem Besitzerstolz auf die glitzernde Statue starrte. »Und was war mit Jill?«
»Sie hat telegraphiert, ich solle kommen. Sie lag in Miami, in der Unfallabteilung, im Sterben. Goldfinger hatte sie hinausgeworfen. Die Ärzte wußten nicht, was los war, aber sie sagte es mir. Sie starb noch in derselben Nacht.« Das Mädchen erzählte sachlich-nüchtern. »Wieder in England, konsultierte ich Train, den Hautspezialisten, der erzählte mir von der Sache mit der Hautatmung. Einem Kabarettgirl war das gleiche zugestoßen, sie hatte als Silberstatue auftreten müssen. Er erklärte mir die Einzelheiten des Falls, zeigte mir auch den Sektionsbefund. Jetzt wußte ich, wie Jill gestorben war. Goldfinger muß Rache dafür genommen haben, daß – daß sie mit Ihnen gegangen war.« Sie machte eine Pause, sprach weiter: »Sie hat mir von Ihnen erzählt. Und sie bat mich, wenn ich Sie je treffen sollte, Ihnen diesen Ring zu geben.«
Bond preßte die Augen zusammen, kämpfte mit einem Anfall psychischer Übelkeit. Noch mehr Blut an seinen Händen! Diesmal als Folge eines leichtfertigen Bravourstücks, das zu vierundzwanzig Stunden Ekstase mit einem schönen Mädchen geführt hatte! Und diesen kleinen Seitenhieb gegen sein Selbstgefühl hatte Goldfinger tausend-, ja millionenfach vergolten! »Sie hat gekündigt.« Mit welcher Genugtuung mußte Goldfinger ihm in Sandwich diese dürren Worte gesagt haben! Bond ballte die Fäuste. Dieser Tod war nicht Teil seiner Arbeit. An ihm würde er sein Leben lang tragen müssen.
Ein pfeifendes Zischen, ein trockener Aufschlag – und vor Bonds Augen bebten die Aluminiumfedern des Stahlpfeils, der sich schräg in den Stamm gebohrt hatte! Langsam, fast gleichgültig drehte Bond den Kopf.
Zehn Meter weiter, vom Mond halb beleuchtet, stand in sprungbereiter Judostellung die Gestalt mit der schwarzen Melone. Der gestreckte linke Arm hielt den stählernen Bogen, der rechte lag mit aufgelegtem Pfeil angewinkelt an der Wange. Die Pfeilspitze zielte genau herüber.
Bond hauchte: »Keine Bewegung!« Laut sagte er: »Hallo, Fakto. Verdammt guter Schuß!«
Fakto schob den Pfeil höher.
Bond stand auf, trat vor das Mädchen, wobei er kaum hörbar

sagte: »Er darf das Gewehr nicht sehen.« Dann wandte er sich mit friedfertiger Beiläufigkeit an Fakto: »Einen hübschen Besitz hat Mr. Goldfinger da. Ich möchte mal mit ihm sprechen, heut' ist's aber schon etwas spät. Sagen Sie ihm doch, ich käme morgen vorbei!« Und zu dem Mädchen: »Komm, Liebling, Schluß mit dem Waldspaziergang. Es ist Zeit, zum Hotel zu fahren.« Er begann, in Richtung Zaun zu gehen.

Fakto stampfte mit dem vorgestellten Fuß. Wieder wies die Pfeilspitze auf Bonds Magen.

»Oargn.« Fakto wies mit dem Kopf gegen das Haus.

»Oh, Sie glauben, er würde uns jetzt noch empfangen? Na schön. Und wir werden bestimmt nicht stören? Dann komm, Liebling.« Bond schritt voran, links an dem Baum vorbei, hinter dessen Stamm das Gewehr im schattigen Gras lag.

Während sie langsam den Hügel hinuntergingen, raunte Bond dem Mädchen zu: »Sie sind meine Freundin, ich habe Sie aus England mitgebracht. Tun Sie erstaunt. Wir sind in Gefahr, versuchen Sie nichts!« Er wies mit einer Kopfbewegung auf Fakto. »Der Mann ist ein Mörder.«

Verärgert gab sie zurück: »Wären Sie nur nicht dazwischengekommen!«

»Dasselbe gilt von Ihnen.« Dann nahm er's zurück: »Tut mir leid, Tilly, so war's nicht gemeint. Aber ich glaube nicht, daß Sie Erfolg gehabt hätten.«

»Ich hatte einen Plan. Um Mitternacht wäre ich über der Grenze gewesen.«

Bond antwortete nicht. Er hatte bemerkt, daß sich das Radarding über dem Schornstein wieder drehte. Also waren sie damit entdeckt worden! Wohl eine Art Tondetektor. Wie viele Tricks hatte dieser Mann denn noch im Ärmel? Dabei hatte Bond sich gehütet, Goldfinger zu unterschätzen! Hatte er das wirklich? Vielleicht, wenn er seinen Revolver gehabt hätte ... Nein. Bei diesem Koreaner hätte auch das rascheste Ziehen nichts vermocht.

Sie erreichten den Hof, die Hintertür des Hauses öffnete sich, und zwei weitere Koreaner, wohl die Diener aus Reculver, liefen im Schein des elektrischen Lichts auf sie zu. Sie trugen polierte Stöcke. »Halt!« Es war das wilde, ausdruckslose Grinsen, das Bond aus den Schilderungen der Abteilung J kannte,

jener Männer, die in japanischer Gefangenschaft gewesen waren. »Durchsuchung. Kein Widerstand, sonst ...« Pfeifend sauste der Stock durch die Luft. »Hände hoch!«
Langsam hob Bond die Hände und sagte: »Nicht reagieren, was immer sie tun.«
Fakto trat vor und beaufsichtigte in drohender Haltung die fachmännisch durchgeführte Leibesvisitation. Kalt beobachtete Bond die Hände an dem Mädchen und die grinsenden Gesichter. »Okay. Weiterkommen!«
Durch die offene Tür und einen gepflasterten Gang wurden sie zu der schmalen Vorhalle im Vordertrakt geführt. Fakto klopfte an eine Tür.
»Ja?«
Goldfinger saß an einem großen Schreibtisch, der mit wichtig aussehenden Papieren bedeckt war. An der Seite standen graumetallene Aktenschränke, und auf einem Tischchen in Goldfingers Reichweite waren ein Kurzwellenempfänger, ein Schaltbrett und ein emsig tickender Apparat aufgebaut, der wie ein Barograph aussah. Bond nahm an, dieser Apparat habe etwas mit ihrer Entdeckung zu tun.
Goldfinger trug einen purpurfarbenen Samtsmoking über einem weißen Seidenhemd mit offenem Kragen. Der Hemdausschnitt gab ein Büschel orangefarbenen Brusthaars frei. Die großen porzellanblauen Augen zeigten nichts als durchdringende Härte.
Bond legte los: »Hören Sie zu, Goldfinger, was, zum Teufel, soll das heißen? Sie hetzen mir die Polizei auf den Hals wegen der zehntausend Dollar. Ich setze mich auf Ihre Spur, zusammen mit meiner Freundin hier, Miss Soames, und komme her, um zu erfahren, worauf Sie eigentlich hinauswollen. Wir sind über Ihren Zaun geklettert, ich weiß, aber ich wollte Sie erwischen, solange Sie noch da sind. Dann kommt Ihr Affe daher und schießt mit seinen Pfeilen auf uns! Zwei weitere von Ihren Dreckkoreanern überfallen und durchsuchen uns! Was, zum Teufel, ist da los? Wenn Sie mir jetzt keine entsprechende Aufklärung geben, hetze ich Ihnen die Polizei auf den Hals!«
Goldfingers harter Blick blieb unverändert, als hätte er überhaupt nichts gehört. Nur die feingeschwungenen Lippen öffne-

ten sich, sprachen: »Mr. Bond, ein Sprichwort in Chikago sagt: ›Das erste Mal ist's Zufall. Das zweite Mal Zusammentreffen. Beim dritten Mal ist's Feindaktion.‹ Miami, Sandwich – und jetzt Genf: Ich habe die Absicht, die Wahrheit aus Ihnen herauszupressen.« Sein Blick glitt langsam über Bonds Kopf hinaus. »Fakto, der Druckraum.«

DRITTER TEIL

1

Bond reagierte automatisch, ohne zu denken. Mit einem Schritt nach vorn warf er sich über den Schreibtisch. Ringsum flatterten die Papiere, sein Kopf krachte gegen Goldfingers Brustbein, der Stoß warf Goldfinger in seinen Stuhl zurück, Bond stieß sich mit dem Fuß nochmals von der Schreibtischkante ab, sein neuerlicher Anprall kippte den Stuhl nach hinten, und während die beiden Körper in die splitternde Täfelung stürzten, faßte Bond nach Goldfingers Kehle und drückte seinen Daumen mit aller Kraft in dessen Kehlkopf ein. Dann schien das ganze Haus über ihm zusammenzubrechen, etwas wie ein Holzbalken traf ihn ins Genick, er rollte langsam von Goldfinger herab und blieb still liegen.

Die Lichtspirale, welche Bond durchsauste, ebnete sich langsam zur Scheibe, zu einem gelben Mond, der nach und nach zum glühenden Zyklopenauge wurde. Rund um den feurigen Augapfel stand etwas geschrieben, eine wichtige Botschaft, die Bond unbedingt entziffern mußte! Mühsam setzte er die winzigen Lettern zusammen: SOCIÉTÉ ANONYME MAZDA. Was bedeutete das? Ein scharfer Wasserstrahl traf sein Gesicht, biß ihn in die Augen, füllte ihm den Mund. Verzweifelt würgte er, wollte sich bewegen – und konnte es nicht. Sein Blick klärte sich, auch sein Kopf wurde freier, bis auf einen pulsierenden Schmerz im Nacken. Über ihm strahlte in einem großen, emaillierten Schirm eine starke Birne, und er selbst war auf eine Art Tisch an Hand- und Fußgelenken festgeschnallt. Seine Finger spürten das polierte Metall.

Die flache, unbeteiligte Stimme Goldfingers sagte: »Wir können anfangen.«

Bond blickte in die Richtung der Stimme, preßte die vom übermäßigen Licht geblendeten Augen zusammen, um besser sehen zu können. Goldfinger saß in Hemdsärmeln auf einem Klappstuhl, seine Kehle wies rote Druckspuren auf. Neben ihm lagen verschiedene Metallinstrumente vor einer Schalttafel. Zu seiner Seite war Tilly Masterton auf einem Stuhl fest-

gebunden. Sie saß kerzengerade, sah unglaublich schön aus, war aber sichtbar noch unter Schockwirkung. Ihre Augen starrten Bond leer an.
Bond drehte den Kopf nach rechts: Da stand ganz nahe der Koreaner, wie stets mit Melone, nun aber bis zum Gürtel nackt. Die gelbe, schweißglänzende Haut seines riesigen Oberkörpers war völlig haarlos, ebenso Bizeps und Unterarme, die die Stärke von Oberschenkeln hatten.
Bond hob unter Schmerzen den Kopf und blickte rundum. Sie waren in einem der Fabrikräume. Weißliches Licht glühte um die Stahltüren zweier Elektroöfen. In Holzgestellen standen blauschimmernde Bleche, von irgendwoher kam das Surren eines Generators. Weiter weg hämmerte es, und hinter allem war das eiserne Pochen des Kraftaggregats.
Bond blickte den Tisch entlang, auf dem er lag – und ließ den Kopf mit einem Seufzer zurückfallen. Durch die polierte Stahlplatte lief der Führungsschlitz der Kreissäge direkt auf ihn zu und weiter unter das V seiner geöffneten Beine. Und am anderen Ende des Schlitzes warteten die glitzernden Zähne.
Bond starrte wieder auf die winzige Botschaft um die elektrische Birne, während Goldfinger in leichtem Konversationston zu sprechen begann.
»Mr. Bond, jetzt müssen Sie für die Neugierde bezahlen, die, wie Ihr Angriff beweist, feindlich ist. ›Der Krug geht so lange zum Brunnen . . .‹ Diesmal werden gleich zwei Krüge brechen, denn ich fürchte, ich muß auch dieses Mädchen als Feind ansehen. Sie gab vor, im *Bergues* zu wohnen, aber ein Telefonanruf genügte. Im Wald fand Fakto das Gewehr und einen Ring, den ich kenne. Unter Hypnose ist der Rest herausgekommen: Dieses Mädchen wollte mich töten. Vielleicht wollten Sie das auch. Aber es ist mißlungen. Mr. Bond« – die Stimme war müde, blasiert –, »ich habe im Leben viele Feinde gehabt. Ich habe immer Erfolg und bin ungeheuer reich. Aber Reichtum – wenn ich einen meiner Aphorismen zum besten geben darf – Reichtum bringt zwar keine Freunde, erhöht aber Zahl und Varietät der Feinde.«
»Elegant formuliert.«
Goldfinger ignorierte es. »Mit Ihrem Talent, den Dingen nach-

zuspüren, könnten Sie in der ganzen Welt die Spuren jener finden, die mir übelwollen. Es waren ihrer viele, aber Sie würden feststellen, Mr. Bond, daß ihre Reste den plattgewalzten Igeln auf den Autostraßen gleichen.«
»Ein poetisches Bild.«
»Eben, Mr. Bond. Ich bin ein Poet, freilich in Taten und nicht in Worten. Ich bemühe mich, meinen Handlungen die wirkungsvollste Form zu geben. Doch das nur am Rande. Ich möchte Ihnen nur darlegen, daß es für Sie höchst unklug war, meinen Weg zu kreuzen und ein geringfügiges Projekt, an dem ich arbeitete, zu vereiteln. Damals wurde an Ihrer Statt jemand anders bestraft. Sie hatten Glück, und wenn Sie damals klug gewesen wären, hätten Sie sich gesagt: ›Bond, du hast noch einmal Glück gehabt, halte dich fern von Mr. Auric Goldfinger, er ist ein mächtiger Mann. Wenn Mr. Goldfinger dich erdrücken will, dann braucht er sich nur im Schlaf umzudrehen.‹«
»Sie drücken sich sehr plastisch aus.« Bond wandte ihm den Kopf zu. Die große, braunrote Schädelkugel war leicht nach vorn geneigt, das runde Mondgesicht mild und unbeteiligt. Jetzt langte die Hand zur Schalttafel und drückte einen Hebel. Von Bonds Tischende kam ein metallisches Rollen, das rasch anschwoll und zu einem kaum wahrnehmbaren hohen Singen wurde. Müde wandte Bond den Kopf ab. Der einzige Ausweg war hier der Tod. Auch wenn er Goldfinger die Wahrheit gestehen würde, könnte er niemals in Frieden mit sich selbst weiterleben. Nein, er mußte bei seiner fadenscheinigen Geschichte bleiben und konnte nur mehr hoffen, daß jene, die ihm nun auf Goldfingers Spur folgen würden, mehr Glück hätten. Wen würde M wohl auswählen? Wahrscheinlich 008, den zweiten Killer aus der kleinen Dreiergruppe. Ein guter Mann, vorsichtiger als Bond. M würde wissen, daß Goldfinger Bond getötet hatte, und gäbe 008 freie Hand zur Vergeltung. 258 in Genf würde ihn auf die Spur setzen, die mit Bonds Nachfrage nach den Entreprises Auric endete. Goldfinger würde seinem Schicksal nicht entgehen, wenn Bond dichthalten konnte! Anders entkäme er – und das war undenkbar.
»Nun also, Mr. Bond« – Goldfingers Stimme war scharf –, »genug der Freundlichkeiten. Singen Sie, wie meine Freunde

in Chicago das ausdrücken, und Sie werden rasch und schmerzlos sterben, auch das Mädchen. Singen Sie aber nicht, so werden Sie sich langsam zu Tode schreien. Und das Mädchen bekommt Fakto, wie seinerzeit die Katze. Also, was ziehen Sie vor?«
Bond sagte: »Seien Sie nicht töricht, Goldfinger, bei Universal weiß man, wo ich bin, auch warum, und die Eltern des Mädchens wissen, daß sie mit mir ist. Ehe wir herkamen, habe ich Erkundigungen über Ihre Fabrik eingezogen. Man wird unsere Spur sehr leicht finden. Wenige Tage nach unserem Verschwinden haben Sie die Polizei im Haus! Ich mache Ihnen einen Vorschlag: Sie lassen uns gehen, und man wird von der ganzen Sache nichts mehr hören. Für das Mädchen garantiere ich. Sie begehen da einen gefährlichen Irrtum, wir sind zwei völlig harmlose Leute!«
Aber Goldfinger sagte nur gelangweilt: »Ich fürchte, Sie verstehen mich noch immer nicht, Mr. Bond. Natürlich können Sie nur ganz wenig über mich in Erfahrung gebracht haben! Aber ich habe gigantische Dinge vor, und es wäre völlig absurd, auch nur einen von Ihnen am Leben zu lassen. Und was die Polizei betrifft – die werde ich gern empfangen. Von meinen Koreanern ist so wenig zu erfahren wie von den Mäulern dieser elektrischen Schmelzöfen, in denen Sie samt Ihrer Habe bei zweitausend Grad Celsius verdampfen werden. Nein, Mr. Bond, entscheiden Sie sich. Ich will Ihnen dazu helfen.« Bond hörte, wie ein Schalthebel gestellt wurde. »Die Säge nähert sich jetzt Ihrem Körper um zweieinhalb Zentimeter pro Minute. Inzwischen« – Goldfinger blickte auf Fakto und hielt einen Finger hoch – »eine kleine Massage durch Fakto. Zunächst nur der erste Grad.«
Bond schloß die Augen. Faktos widerlicher Raubtiergeruch hüllte ihn ein. Starke, schabende Finger begannen vorsichtig, fast zart, an ihm zu arbeiten. Ein Druck hier, ein Druck dort, ein plötzliches Quetschen, eine Pause, dann ein scharfer Schlag. Immer anatomisch richtig. Die Präzision eines Chirurgen. Bond biß die Zähne so sehr aufeinander, daß er dachte, sie müßten brechen. Der Schmerz trieb ihm den Schweiß in die Augenhöhlen. Dabei kam das Schrillen der Säge immer näher! Friede eurer Asche, ihr lustigen Herren vom Geheimdienst!

Was würden seine berühmten letzten Worte sein? Daß man sich eine Geburt nicht aussuchen kann, wohl aber die Art, wie man stirbt? Ja, das würde sich auf einem Grabstein gut ausnehmen: nicht *savoir vivre*, sondern *savoir mourir*.
»Mr. Bond!« sagte Goldfinger eindringlich. »Ist das wirklich nötig? Sagen Sie doch die Wahrheit! Wer sind Sie? Was wissen Sie? Wer hat Sie geschickt? Dann wird alles so leicht sein. Eine Pille, und Sie werden beide einschlafen! Im anderen Fall wird es so unsauber sein und qualvoll. Und wie ist das mit dem Mädchen? Benimmt sich so ein englischer Gentleman?«
Faktos Tortur hatte aufgehört. Langsam drehte Bond seinen Kopf nach der Stimme hin und öffnete die Augen: »Goldfinger, ich kann nichts sagen, weil es nichts zu sagen gibt. Aber ich will Ihnen noch etwas vorschlagen: Wir werden für Sie arbeiten – was meinen Sie? Wir sind recht tüchtig, mit uns ließe sich was anfangen?«
»Um ein, zwei Messer in meinen Rücken zu kriegen? Danke vielmals, Mr. Bond!«
Weiteres Reden war zwecklos. Besser, man nahm sein bißchen Willenskraft zusammen und gab nicht nach, bis es aus war. So sagte Bond nur verbindlich: »Dann lecken Sie sich meinetwegen selbst am ...« Er drückte allen Atem aus seinen Lungen und schloß die Augen.
»Das vermag nicht einmal ich, Mr. Bond«, sagte Goldfinger humorvoll. »Und da Sie nun einmal den steinigen Pfad gewählt haben, bleibt mir nichts anderes mehr übrig, als aus Ihrer mißlichen Lage den größten Nutzen zu ziehen, indem ich ihn so steinig wie nur möglich mache. Fakto, den zweiten Grad!«
Der Hebel wurde weitergerückt. Schon spürte Bond den Wind der rotierenden Säge zwischen den Knien. Und Faktos Hände kamen wieder.
Ein Schrei wollte die verkrampften Zähne auseinanderzwingen. Stirb verdammt stirb verdammt stirb verdammt stirb verdammt stirb verdammt stirb ...

2

Eine tiefe, väterliche Stimme sagte: »Hier spricht Ihr Kapitän. Wir landen. Bitte, legen Sie die Sitzgurte an und machen Sie die Zigaretten aus. Danke.«

Das nächste, was Bond wahrnahm, war ein leichtes Gefühl des Schwankens. Er versuchte zu sehen, schloß aber, von der Sonne geblendet, sofort wieder die Augen. Über seinem Kopf sagte jemand: »Paß auf, Bud, die Rampe ist steiler, als sie aussieht!« Gleich darauf erfolgte ein heftiger Stoß, und von vorn antwortete es mürrisch: »Immer dasselbe! Warum geben die auch keine Gummis drunter!«

Eine Drehtür bewegte sich, und etwas schlug hart gegen Bonds Ellbogen. Er sagte »He!« und wollte sich die gestoßene Stelle reiben, aber die Hände gehorchten ihm nicht.

»Da schau, Sam, ruf lieber den Doktor, er kommt zu sich!«

»Wirklich! Komm, stellen wir ihn neben die andere.« Bond spürte, wie er abgestellt wurde. Es war jetzt kühler, und er öffnete erneut die Augen. Ein großes, rundes Brooklyngesicht beugte sich über ihn und blickte ihn freundlich an. »Wie fühlen Sie sich, Mann?«

»Wo bin ich?« Panik war in seiner Stimme. Vergebens versuchte er, sich aufzurichten. Schweiß trat ihm aus den Poren.

»He, he, nur mit der Ruhe, Mann, es ist alles okay! Sie sind in Idlewild, New York, in Amerika. Jetzt geschieht Ihnen nichts mehr, verstehen Sie?« Der Mann hielt Bond offenbar für einen Flüchtling. »Beeil dich, Sam, er hat einen Schock!«

»Ich geh' ja schon!« Beide entfernten sich.

Den Kopf konnte Bond bewegen. Er sah sich um. Er befand sich in einem weißen Krankensaal, wahrscheinlich der Sanitätsstation des Flughafens. Eine Reihe sauberer Betten stand im Sonnenlicht, das durch die hohen Fenster einfiel, aber die Luft war kühl, klimatisiert. Neben der seinen stand eine zweite Tragbahre, auf der Tilly lag. Sie war bewußtlos.

Die Tür am Ende des Saales öffnete sich, ein Arzt im weißen Mantel hielt sie für Goldfinger offen, der lebhaft und gut gelaunt zwischen den Betten herankam, gefolgt von Fakto. Bond schloß die Augen. Mein Gott! So stand es also!

Sie versammelten sich um seine Bahre, und Goldfinger sagte

flott: »Nun, die beiden sehen recht gut aus, nicht wahr, Doktor? Ja, der Reichtum hat auch seine guten Seiten! Man kann einem Freund, einem Angestellten die bestmögliche Behandlung sichern! Nervenzusammenbruch, beide, und in derselben Woche, würden Sie das glauben? Aber es ist meine Schuld, ich habe sie überfordert, also muß ich sie auch wieder auf die Beine bringen. Dr. Foch – eine Kapazität in Genf – sagte ganz eindeutig: ›Ruhe, Ruhe und wieder Ruhe!‹ Er gab ihnen Schlafmittel, und jetzt kommen sie in den Harkness-Pavillon im Presbyterian-Hospital.« Goldfinger lachte. »Säe und du wirst ernten, was, Doktor? Als ich Harkness eine Röntgenausrüstung für eine Million schenkte, tat ich's ohne Hintergedanken. Und jetzt? Anruf genügt, und zwei schöne Zimmer warten schon! Also dann« – man hörte Papiergeld rascheln – »danke ich für Ihre Hilfe beim Einwanderungsamt. Beide hatten ja gültige Visa, und Mr. Auric Goldfinger ist wohl ein ausreichender Garant dafür, daß keiner von ihnen die Regierung der Vereinigten Staaten stürzen wird! Nicht wahr?«
»Ganz gewiß, und besten Dank, Mr. Goldfinger. Was immer Sie wünschen ... man sagt mir, Sie haben draußen einen privaten Krankenwagen?«
Bond öffnete die Augen, blickte den Arzt an – einen netten, jungen Mann mit randlosen Brillen und Bürstenschnitt – und sagte ruhig, aber mit äußerstem Ernst: »Herr Doktor, wir sind beide vollkommen gesund. Man hat uns betäubt und gegen unseren Willen hierhergebracht. Ich verlange den Chef des Einwanderungsamtes zu sehen. Meine Freunde in New York und Washington werden bestätigen, was ich sage. Bitte, glauben Sie mir!«
Der Arzt blickte beunruhigt von Bond auf Goldfinger, der diskret, wie um Bond nicht zu kränken, den Kopf schüttelte. »So geht das nun seit Tagen. Nervöse Erschöpfung, gepaart mit Verfolgungswahn. Dr. Foch sagte, das gebe es oft. Aber ich werde ihn im Harkness wieder hinkriegen, koste es, was es wolle! Vielleicht ist's auch die ungewohnte Umgebung. Wenn Sie ihm eine Spritze geben könnten ...«
Der Arzt beugte sich über die Instrumententasche. »Sie werden recht haben, Mr. Goldfinger. Und wenn Harkness sich des Falles annimmt ...« Die Instrumente klirrten. Mit einem

väterlichen Lächeln beugte Goldfinger sich über Bond und sprach mit merkwürdiger Betonung: »Sie kommen wieder ganz in Ordnung, James. Seien Sie nur ruhig und schlafen Sie. Der Flug hat Ihnen nicht gutgetan. Seien Sie ruhig und überlassen Sie alles mir.«
Ein Wattebausch wischte über Bonds Arm. Und während ein Schwall von Flüchen aus ihm hervorbrach, kam die Nadel.

Jetzt war es eine fensterlose, graugetünchte Schachtel von Zimmer, das von einer Deckenschale erhellt wurde. Rund um sie waren konzentrische Schlitze zu sehen, die Luft war neutral, und man hörte das leise Summen der Klimaanlage. Bond vermochte sich aufzusetzen, er war benommen, fühlte sich aber wohl bis auf ein rasendes Hunger- und Durstgefühl. Wann hatte er zum letztenmal gegessen? Vor zwei Tagen, vor drei? Nackt wie er war, setzte er die Füße auf den Boden. Sein Körper wies keinerlei Spuren von Faktos Händen auf. Lediglich ein paar Einstiche am rechten Unterarm waren sichtbar. Bond stand auf, bezwang sein Schwindelgefühl und machte ein paar Schritte. Sein Bett war eine Art Koje auf einem Schubladengestell. Sonst war nur noch ein einfacher Tisch mit geradem Holzstuhl da. Bond kniete vor den Schubfächern nieder und öffnete sie. Außer seiner Uhr und dem Revolver war der gesamte Kofferinhalt da, einschließlich der gewichtigen Schuhe, die er zuletzt getragen hatte. Er drehte einen der Absätze und zog: Sanft glitt das breite, zweischneidige Messer aus der präparierten Sohle. Nachdem Bond sich vergewissert hatte, daß auch der andere Schuh sein Dolchmesser enthielt, drehte er die Absätze wieder zurück. Dann begann er sich anzukleiden. Auch Feuerzeug und Dose mit Zigaretten waren da. Er zündete sich eine an. Es gab zwei Türen hier, aber nur eine mit Griff: sie führte in ein kleines, komplett eingerichtetes Badezimmer mit Toilette. Seine Wasch- und Rasiersachen waren säuberlich ausgebreitet, daneben lagen die Utensilien einer Frau. Vorsichtig öffnete Bond die andere Badezimmertür und sah in einem Zimmer, das dem seinen glich, Tilly Mastertons schwarzen Haarschopf auf dem Kojenkissen. Auf Zehenspitzen trat er näher: Sie schlief friedlich, ein leichtes Lächeln um den schönen Mund. Bond ging ins Badezimmer zurück und

begann seinen Dreitagebart zu rasieren.
Eine halbe Stunde später – Bond saß am Kojenrand und dachte nach – ging plötzlich die grifflose Tür auf und Fakto stand da. Nachdem sein Blick Bond flüchtig gestreift hatte, schaute er prüfend durchs ganze Zimmer. Bond sagte scharf: »Fakto, ich möchte essen, und zwar rasch und viel, dazu eine Flasche Bourbon, Soda und Eis. Weiter ein Paket Chesterfield King-size, und entweder meine eigene oder eine ebensogute Uhr. Vorwärts, rasch, marsch, marsch! Steh nicht so herum, ich habe Hunger! Ja, und sag Goldfinger, ich möchte ihn sprechen, aber erst mit vollem Magen. Los, beeil dich!«
Fakto blickte Bond wütend an, als überlege er, was er ihm zerbrechen solle. Er öffnete den Mund, spuckte aus, kehrte um und schien die Tür zuknallen zu wollen. Aber im letzten Moment bremste er ihren Schwung, so daß sie mit leisem, doppeltem Schnappen schloß.
Der Vorfall versetzte Bond in gute Laune. Goldfinger mußte sich entschlossen haben, sie am Leben zu lassen. Der Grund dafür würde sich bald herausstellen. Da Bond die Absicht hatte, unter allen Bedingungen am Leben zu bleiben, mußte man Fakto und die anderen Koreaner nachdrücklich auf ihre Plätze verweisen. In der Zeit, die bis zu der ausgezeichneten Mahlzeit verstrich, welche ihm nebst allem übrigen, einschließlich seiner Uhr, einer der Koreaner brachte, hatte Bond lediglich feststellen können, daß sein Zimmer nicht weit von einer Eisenbahnbrücke und nahe am Wasser lag. Da er in New York zu sein glaubte, mußte das entweder der Hudson oder der East River sein. Die Bahn war elektrisch und hörte sich an wie eine Untergrundbahn, aber Bonds Ortskenntnisse reichten nicht aus, sie zu lokalisieren. Seine Uhr ging nicht, und seine Frage nach der Uhrzeit fand kein Gehör.
Bond hatte alles aufgegessen. Er rauchte und nippte eben an einem kräftigen Bourbon mit Soda, als die Tür aufging. Es war Goldfinger. Er trug einen normalen Geschäftsanzug und wirkte ruhig und gut gelaunt. Fragend sah er auf den weiterrauchenden Bond, der höflich zurückblickte.
»Guten Morgen, Mr. Bond, ich sehe, Sie sind wieder Sie selbst. Und ich hoffe, Sie sind lieber hier als tot. Um die üblichen Fragen abzukürzen, verrate ich Ihnen, wo Sie sind und

was geschehen ist. Dann werde ich Ihnen einen Vorschlag machen, auf den ich eine eindeutige Antwort erwarte. Da Sie ein sehr vernünftiger Mensch sind, brauche ich Sie nur kurz zu warnen: Werden Sie nicht aggressiv, weder mit dem Messer noch mit der Gabel noch mit dieser Flasche! Ich schieße sonst mit dem Revolver, und zwar ins rechte Auge, Mr. Bond. Ich verfehle es nie!«

Bond sagte: »Keine Angst, mit einer Whiskyflasche treffe ich nicht so genau.« Er schlug die Beine übereinander.

»Mr. Bond«, Goldfingers Stimme war freundlich, »ich bin Fachmann nicht nur in Metallen und habe eine genaue Schätzung für alles, was einen Feingehalt von tausend hat wie das reinste Gold. Im Vergleich dazu ist das menschliche Material minderwertig. Aber gelegentlich stößt man auf ein Stück dieses Materials, das für geringfügigen Gebrauch geeignet ist. Fakto ist ein Beispiel dafür. Auch Sie könnten so ein Werkzeug abgeben. Das, sowie der Vorschlag, den Sie mir gemacht haben, hat Ihnen das Leben gerettet. Sie schlugen vor, Sie und Miss Masterton würden für mich arbeiten. Nun stehe ich zufällig kurz vor einem Unternehmen, für das Ihre Dienste mir von einem gewissen minimalen Nutzen sein können. Also nahm ich das Risiko auf mich, verabreichte Ihnen die nötigen Schlafmittel, ließ Ihre Rechnungen begleichen und Ihre Sachen aus dem Hotel holen, wo Miss Masterton übrigens unter ihrem wahren Namen logierte. Dann schickte ich in Ihrem Namen ein Telegramm an Universal, des Inhalts, daß Sie ein Angebot aus Kanada hätten und hinüberfliegen wollten, um es zu prüfen; Miss Masterton begleite Sie als Sekretärin, Weiteres folge brieflich. Kein sehr geschicktes Telegramm, aber für die kurze Zeit wird es seinen Zweck erfüllen.« (Das wird es nicht, dachte Bond, wenn du nicht einen harmlosen Satz eingefügt hast, der M die Echtheit bestätigt! Jetzt wissen sie schon, daß ich in fremder Gewalt bin, und die Räder laufen rasch.)

»Sollten Sie glauben, Mr. Bond, daß man Sie finden wird, so möchte ich Ihnen nur sagen, daß Sie und Miss Masterton vollkommen aus der Welt verschwunden sind. Ebenso ich und alle meine Angestellten. Vom Flugplatz aus wird man alle Nachfragen an den Harkness-Pavillon des Presbyterian-Hospitals weiterleiten, und dort hat man weder von einem Mr. Goldfinger noch von seinen Patienten je etwas gehört. FBI und CIA besitzen keine Aufzeichnungen über mich, denn ich habe kein Strafregister. Auch die Einwanderungsbehörden werden keine Hilfe sein. Was unseren derzeitigen Aufenthalt betrifft, Mr. Bond, so befinden wir uns im Lagerhaus der Hi-speed-Transportgesellschaft, eines ehemals angesehenen Konzerns, der durch Strohmänner mir gehört und als geheimes Hauptquartier für das Projekt dient, von dem ich gesprochen habe. Sie und Miss Masterton bleiben hier interniert. Sie werden hier wohnen und arbeiten und – obwohl ich in diesem Punkt Zweifel an Miss Mastertons Neigungen habe – sich auch hier lieben.«

»Und was haben wir zu tun?«

»Mr. Bond!« Zum erstenmal, seit Bond ihn kannte, zeigte sein großes, immer ausdrucksloses Gesicht eine Spur von Leben. Etwas wie Verzückung trat in seinen Blick, und die feingeschwungenen Lippen formten sich zu einem dünnen, beseligten Lächeln. »Zeit meines Lebens war ich vernarrt in das Gold, in seine Farbe, seinen Glanz, seine göttliche Schwere. Ich liebe seine Struktur, ich kenne seine sanfte Glätte so genau, daß ich den Feingehalt eines Barrens auf ein Karat genau schätzen kann. Und ich liebe den warmen Duft, der von ihm ausgeht, wenn ich es zu reinem Goldsirup einschmelze! Vor allem aber, Mr. Bond, liebe ich die Macht, die allein das Gold seinem Besitzer verleiht. Ja, Mr. Bond, mein Leben lang habe ich für das Gold und hat das Gold für mich gearbeitet. Und ich frage Sie«, Goldfinger blickte Bond ernst an: »Gibt es auf Erden etwas anderes, das seinen Besitzer so belohnt?«

»Viele sind reich und mächtig geworden, ohne eine Unze davon zu besitzen, aber ich verstehe Ihren Standpunkt. Wieviel Gold haben Sie denn schon, und was machen Sie damit?«

»Ich besitze Gold im Wert von ungefähr zwanzig Millionen Pfund. Und es ist stets dort, wo ich es brauche. Zur Zeit befindet sich alles in New York, denn ich muß damit mein neuestes Unternehmen in Amerika vorantreiben.«

»Welche Unternehmen betreiben Sie? Was zieht Sie an?«

»Ich betreibe alles, was meinen Goldvorrat vergrößert. Ich investiere, schmuggle, stehle.« Goldfinger öffnete überzeugend die Hände. »Betrachten Sie die Geschichte, um ein Bild zu gebrauchen, als einen Eisenbahnzug, der dahinrast. Vögel und andere Tiere werden von ihm aufgescheucht. Und ich bin der Falke, der dem Zug folgt. Sie haben sicher schon beobachtet, in Griechenland zum Beispiel, wie die Falken auf alles herabstoßen, was so ein Zug aufscheucht. Wenn die Geschichte zum Beispiel einen Weltkrieg hervorbringt, bereichere ich mich am Krieg. Verstehen Sie, was ich meine, Mr. Bond? Man muß auf die Beute warten, sie genau beobachten und dann zustoßen. Nur: Ich laufe solchen Unternehmen nicht nach, sondern lasse den Zug, den die Geschichte darstellt, für mich die Beute aufstöbern.«

»Und Ihr neuestes Projekt?«

»Das neueste, Mr. Bond, ist das letzte. Und auch das größte.« Goldfingers Augen waren leer, nach innen gerichtet. Seine Stimme klang jetzt tief, fast ehrfürchtig. »Der Mensch hat schon auf jedem Gebiet Triumphe gefeiert, Rekorde gebrochen, Wunder zustande gebracht. Eines aber hat er vernachlässigt, Mr. Bond. Es ist jenes Gebiet menschlichen Wirkens, das man so ungenau mit dem Wort ›Verbrechen‹ belegt hat. Ich spreche da natürlich nicht von den idiotischen Kriegen, der ungeschickten gegenseitigen Vernichtung. Aber die sogenannten Verbrechen, die von einzelnen begangen werden, sind von jämmerlichen Dimensionen: kleine Bankeinbrüche, läppische Schwindeleien, Fünfmarkfälschungen. Und dabei bietet sich nur ein paar hundert Kilometer von hier die Möglichkeit für das größte Verbrechen der Geschichte! Die Bühne ist aufgebaut, der gebotene Preis gigantisch. Nur die Akteure fehlen noch. Aber der Regisseur ist da, Mr. Bond!«

Goldfinger tippte sich an die Brust. »Und er hat seine Besetzung gewählt. Noch heute nachmittag wird den Hauptdarstellern das Textbuch vorgelesen! Dann werden die Proben beginnen, und in einer Woche wird sich der Vorhang für die eine, die einzigartige Vorstellung heben. Und dann wird der Beifall einsetzen, der Applaus für den größten außergesetzlichen Coup aller Zeiten. Noch nach Jahrhunderten, Mr. Bond, wird die Nachwelt applaudieren!«

Trotz aller Begeisterung wirkte Goldfinger immer noch ruhig, ausgeglichen und zutiefst überzeugt. Keine Spur von einem Verrückten, einem Phantasten, dachte Bond. Goldfinger hatte

da irgend etwas ganz Unwahrscheinliches vor, aber er hatte die Chancen abgewogen und wußte, daß sie günstig waren. Bond sagte: »Nun, so reden Sie schon, worum handelt es sich, und was haben wir dabei zu tun?«
»Es ist ein Raubüberfall, Mr. Bond. Ein Raubüberfall ohne Widerstand, dessen Ablauf aber bis ins kleinste vorbereitet werden muß. Das bedeutet viel Schreibarbeit und die Überwachung vieler administrativer Details. Eigentlich wollte ich das selbst übernehmen, aber nun werden Sie und Miss Masterton als Sekretärin es tun. Der eine Teil Ihrer Entlohnung besteht in Ihrem Leben. Wenn aber die Aktion Erfolg hat, erhalten Sie eine Million Pfund in Gold und Miss Masterton eine halbe.«
Begeistert sagte Bond: »Das läßt sich hören! Und was haben wir zu tun? Dem Regenbogen seinen Schwanz stehlen?«
Goldfinger nickte. »Genau das werden wir tun. Wir werden uns fünfzehn Milliarden in Goldbarren holen, das ist etwa die Hälfte des Weltvorrats. Mr. Bond, wir werden Fort Knox nehmen.«

3

»Fort Knox?« Bond schüttelte ernst den Kopf. »Ist das nicht ein bißchen viel für zwei Männer und ein Mädchen?«
Goldfinger wurde ungeduldig: »Bitte, lassen Sie Ihren Humor für eine Woche, Mr. Bond! Nachher mögen Sie lachen, soviel Sie wollen. Unter meinem Kommando werden etwa hundert Männer und Frauen stehen, ausgewählt aus den sechs mächtigsten Gangstergruppen der Vereinigten Staaten. Das ist die härteste und geschlossenste Truppe, die je in Friedenszeiten gesammelt wurde.«
»Nun gut. Und wieviel Mann bewachen Fort Knox?«
Schweigend klopfte Goldfinger an die Tür hinter sich. Sie sprang auf, und Fakto stand zum Sprung geduckt auf der Schwelle. Als er sah, daß Bond friedlich war, richtete er sich auf. Goldfinger sagte: »Alle Ihre Fragen werden heute nachmittag beantwortet. Beginn zwei Uhr dreißig: Jetzt ist es genau zwölf.« Bond stellte seine Uhr. »Sie und Miss Masterton werden der Versammlung beiwohnen, bei der den Leitern

der sechs erwähnten Organisationen das Projekt unterbreitet wird. Dabei wird alles erklärt werden. Danach beginnt Ihre detaillierte Arbeit mit Miss Masterton. Verlangen Sie, was Sie brauchen. Fakto wird sich um Sie kümmern und Sie auch ständig bewachen. Widerstand hat den sofortigen Tod zur Folge. Verschwenden Sie keinerlei Zeit auf Fluchtversuche oder Kontaktaufnahme mit der Außenwelt. Ich habe Ihre Dienste gekauft und verlange sie restlos. Ist das klar?«
»Ich habe schon immer Millionär werden wollen«, sagte Bond trocken. Noch ein letzter, harter Blick auf ihn, und hinter Goldfinger schloß sich die Tür.
Bond saß da und starrte sie an. »So, so«, sagte er laut zu den Wänden, fuhr sich mit den Händen ein paarmal durchs Haar, stand auf, ging durchs Badezimmer und klopfte bei Tilly Masterton.
»Wer ist da?«
»Ich. Kann man eintreten?«
»Ja.« Es klang nicht begeistert.
Sie trug die Sachen, in denen Bond sie zum erstenmal gesehen hatte, saß auf dem Bettrand und zog eben einen Schuh an. Sie wirkte kühl und gefaßt, sah Bond geringschätzig an und sagte: »Ihretwegen sitzen wir hier. Nun sehen Sie zu, wie Sie uns wieder herausbringen!«
Bond sagte freundlich: »Vielleicht kann ich das. Ich hab' uns sogar aus dem Grab herausgebracht.«
»Nachdem Sie uns hineingebracht hatten.«
Bond sah gedankenvoll auf sie hinab. Es war ungalant, sie auf nüchternen Magen sozusagen zu verhauen. Er sagte: »So kommen wir nicht weiter. Wir sind nun einmal hier. Möchten Sie Frühstück oder Lunch? Es ist Viertel nach zwölf. Ich habe schon gegessen und werde für Sie bestellen. Nachher will ich Ihnen die Lage schildern. Es gibt hier nur einen Ausgang, und Fakto, der koreanische Affe, bewacht ihn. Also, Frühstück oder Lunch?«
Sie gab ein wenig nach. »Danke. Rührei und Kaffee. Und Toast und Marmelade, bitte.«
»Zigaretten?«
»Danke, ich rauche nicht.«
Bond ging hinüber und klopfte. Es wurde einen Spalt geöff-

net. Er sagte: »Schon gut, Fakto, ich bring' dich jetzt noch nicht um.«
Die Tür ging weiter auf, Faktos Gesicht war ungerührt. Bond bestellte und goß sich dann einen Bourbon mit Soda ein. Er setzte sich auf den Bettrand und dachte nach, wie er mit dem Mädchen zurechtkommen könnte. Von Anfang an war sie gegen ihn gewesen. War das nur wegen ihrer Schwester? Und warum hatte Goldfinger diese dunkle Bemerkung bezüglich ihrer »Neigungen« gemacht? Sie war schön, körperlich begehrenswert. Aber sie hatte einen kalten, harten Kern, den Bond nicht definieren konnte. Nun, Hauptsache, sie machte mit, sonst würde das Leben hier nicht auszuhalten sein.
Bond ging wieder in ihr Zimmer, ließ aber beide Türen offen, um hören zu können, wenn jemand seinen Raum betrat. Sie saß immer noch auf dem Bett. Er lehnte sich an den Türpfosten, nahm einen langen Schluck und sagte: »Es ist besser, Sie wissen, daß ich von Scotland Yard komme. Wir sind hinter Goldfinger her. Er will, daß wir beide für ihn arbeiten, denn er hat ein Verbrechen vor, große Sache, ziemlich verrückt, aber mit einer Menge Papierarbeit. Die sollen wir machen. Können Sie Steno und maschineschreiben?«
»Ja.« Ihr Blick erhellte sich. »Was für ein Verbrechen?«
Bond sagte es ihr und setzte hinzu: »Das alles klingt natürlich absurd. Ein paar Fragen und Antworten müßten diesen Gangstern zeigen, wie unmöglich es ist. Aber ich weiß nicht, Goldfinger ist ein außergewöhnlicher Mensch. Verrückt ist er nicht – zumindest nicht verrückter als andere Genies. Und zweifellos ist er auf seinem Gebiet ein Genie!«
»Was wollen Sie also tun?«
Bond senkte die Stimme: »Sie meinen, was wir tun werden. Wir werden mitspielen, und zwar ohne auszuweichen, ohne zu schwindeln. Wir werden aufs Geld scharf sein und ihn erstklassig unterstützen. Das ist die einzige Möglichkeit, ihm einen Strich durch die Rechnung zu machen.«
»Wie wollen Sie das bewerkstelligen?«
»Keine Ahnung. Es wird sich zeigen.«
»Und Sie glauben, daß ich da mitmache?«
»Warum nicht? Haben Sie einen besseren Vorschlag?«
Sie schürzte die Lippen: »Warum soll ich tun, was Sie sagen?«

Bond seufzte: »Wozu hier die Suffragette spielen! Entweder Sie tun's, oder man bringt Sie nach dem Frühstück um.«
Widerwillig verzog sie den Mund, zuckte die Achseln und sagte unfreundlich: »Na, schön. Aber wenn Sie mich anrühren, dann bringe ich Sie um!«
Bonds Zimmertür klickte. Er blickte nachsichtig auf das Mädchen hinunter. »Interessante Herausforderung! Aber keine Angst, ich nehm' sie nicht an.« Er drehte sich um und ging.
Einer der Koreaner trug das Frühstück an ihm vorbei. Ein zweiter war daran, in Bonds Zimmer einen Schreibmaschinentisch und -stuhl sowie eine tragbare Remington aufzustellen.
In der Tür stand Fakto, ein Papier in der Hand. Bond nahm es ihm ab. Die Anweisung, ordentlich und lesbar geschrieben, lautete:

Machen Sie zehn Exemplare von dieser Tagesordnung:
Versammlung unter dem Vorsitz von Mr. Gold
Sekretäre: J. Bond, Miss Tilly Masterton
Anwesend: Helmut M. Springer – Der Purpurring, Detroit
Jed Midnight – Das Schattensyndikat, Miami und Havanna
Billy Ring (Der Grinsende Billy) – Die Maschine, Chikago
Jack Strap – Der Flimmermob, Las Vegas
Mr. Solo – Unione Siciliano
Miss Pussy Galore – Die Zementmixer, Harlem, N.Y.C.
Tagesordnung:
Ein Projekt mit Decknamen »Operation Großer Schlag«
(Erfrischungen)
Sie werden um 14.20 Uhr abgeholt. Schreibzeug mitnehmen, Gesellschaftsanzug erbeten.

Lächelnd klemmte Bond sich hinter die Maschine. Das Mädchen sollte sehen, daß er gewillt war, sein Pensum zu erledigen. Mein Gott, was für eine Bande! Sogar die Mafia war dabei. Wie hatte Goldfinger die nur alle überredet? Und wer um Himmels willen war Miss Pussy Galore?
Um zwei Uhr hatte Bond die Kopien fertig. Er ging in das Zimmer des Mädchens, gab sie ihr zusammen mit einem Stenoblock und Bleistiften und las ihr Goldfingers Anweisung vor. »Merken Sie sich diese Namen! Die Herrschaften werden

nicht schwer zu unterscheiden sein. Außerdem können wir ja fragen. Ich geh' jetzt und zieh' mich um.« Er lächelte ihr zu. »In zwanzig Minuten!«
Sie nickte.
Während sie hinter Fakto den Gang entlangschritten, konnte Bond die Geräusche vom Fluß her hören – das Wellenklatschen an den Lagerhauspfeilern, das lange, klagende Warnungsgeheul eines Fährboots, fernes Dieselpochen. Irgendwo unten fuhr ein Lastwagen an, wendete und rollte davon, wohl in Richtung West Side Highway. Sie mußten im Oberstock des langen, zweistöckigen Gebäudes sein. Am Ende des Ganges klopfte Fakto an die einzige Tür. Ein Schlüssel drehte sich, zwei Riegel wurden zurückgeschoben, und sie betraten einen großen Raum, dessen Stirnwand ein Panoramafenster einnahm, durch das man einen Blick auf den Fluß und auf das ferne, braune Gewirr von Jersey City hatte. Alles war für die Sitzung vorbereitet. Goldfinger saß, mit dem Rücken zum Fenster, an einem großen runden Konferenztisch mit Wasserkaraffen, Schreibblocks und Bleistiften. Um den Tisch standen neun bequeme Armsessel, vor sechsen lagen kleine, weiße, rotgesiegelte Pakete. An der rechten Wand war ein Büfett aufgebaut, ihm gegenüber hing eine schwarze Tafel über einem Tisch, auf dem Papiere und ein großer länglicher Karton lagen.
Goldfinger wies auf die beiden Stühle neben sich: links für Tilly Masterton, rechts für Bond. Sie setzten sich.
»Die Tagesordnung?« Goldfinger nahm die Exemplare, prüfte das oberste und ließ das Mädchen sie auf die Plätze verteilen. Dann drückte er auf eine verborgene Klingel. Einer der Koreaner erschien. »Ist alles bereit?« Der Mann nickte. »Niemand außer den Eingeladenen hat diesen Raum zu betreten. Alle Begleiter bleiben im Vorraum. Du kümmerst dich um sie! Karten und Würfel sind da?« Goldfinger blickte auf Fakto, der noch hinter Bonds Stuhl stand. »Fakto, geh jetzt auf deinen Posten. Wie lautet das Signal?« Fakto hielt zwei Finger hoch. »Ja, zweimal läuten. Geh jetzt und sieh zu, daß alles genau funktioniert!«
Bond fragte beiläufig: »Wie viele Leute haben Sie?«
»Zwanzig, zehn Koreaner und zehn Deutsche, alles ausge-

suchte Leute. Es geht hier allerlei vor sich, fast wie unter Deck eines Kriegsschiffs.« Goldfinger legte die Hände auf den Tisch. »Und nun zu Ihnen, Miss Masterton. Sie notieren nur alle Fragen praktischer Art, also alles, was mein Eingreifen erfordern könnte. Geschwätz lassen Sie beiseite. Verstanden?«

Bond vermerkte erfreut, daß Tilly Masterton jetzt aufgeweckt und sachlich wirkte. Sie nickte. »Gewiß.«

»Und von Ihnen, Mr. Bond, möchte ich eine Beurteilung aller Sprecher. Ich weiß zwar eine Menge über sie, aber sie sind nur hier, weil ich sie bestochen habe. Von mir wissen sie nichts. Ich muß sie erst überzeugen, den Rest wird dann die Habgier besorgen. Während der Besprechung werden Sie entsprechende Bemerkungen auf diese Tagesordnung kritzeln und nebenbei jeden Namen mit einem Plus- oder Minuszeichen versehen, je nachdem, ob Ihnen sein Träger vertrauenswürdig erscheint oder nicht. Ich erfahre auf die Art Ihre Meinung, was nützlich sein könnte. Und vergessen Sie nicht, Mr. Bond: Ein Verräter genügt, und wir sind erledigt.«

»Wer ist diese Pussy Galore aus Harlem?«

»Amerikas einzige Bandenführerin. Sie führt eine Frauengang. Ich brauche auch Frauen für meine Unternehmung. Sie war Trapezkünstlerin, ist völlig verläßlich und hatte eine Gruppe namens ›Pussy Galore und ihre Akrobatinnen‹. Die Gruppe hatte keinen Erfolg, also trainierte sie sie als Einbrecher, Fassadenkletterer. Daraus wurde eine Bande von besonderer Rücksichtslosigkeit. Es ist eine lesbische Vereinigung und nennt sich jetzt ›Die Zementmixer‹. Sogar die großen Gangs respektieren sie. Eine bemerkenswerte Frau.«

Ein leiser Summton unterm Tisch, und Goldfinger setzte sich auf. Fünf Männer traten ein. Goldfinger erhob sich und neigte grüßend den Kopf. »Mein Name ist Gold. Bitte, nehmen Sie Platz.«

Man setzte sich. Fünf Augenpaare musterten Goldfinger kalt und aufmerksam. Er begann: »Meine Herren, in dem Paket vor sich findet jeder von Ihnen einen vierundzwanzigkarätigen Goldbarren im Werte von fünfzehntausend Dollar. Ich danke Ihnen für Ihr freundliches Erscheinen. Die Tagesordnung versteht sich von selbst. Während wir aber auf Miss Galore warten, gehen wir vielleicht zur Information meiner Sekretäre –

Mr. Bond und Miss Masterton – Ihre Namen durch. Notizen werden nur mit Ihrem Einverständnis gemacht, Mikrophone gibt es keine. Und nun, Mr. Bond, rechts von Ihnen sitzt Mr. Jed Midnight vom ›Schattensyndikat‹, das von Miami aus operiert.«

Mr. Midnight war ein großer, wohlgenährter Mann mit jovialer Miene, aber achtsam-bedächtigem Blick. Er trug einen leichten Tropical, darunter ein weißes Seidenhemd mit kleinem, grünem Palmenmuster. Seine komplizierte goldene Armbanduhr mußte ein Viertelkilo wiegen. Er lächelte Bond gezwungen an und murmelte eine Begrüßung.

»Dann haben wir Mr. Billy Ring, der die berühmte Chikagoer ›Maschine‹ anführt.«

Ein Gesicht wie aus einem Alptraum wandte sich Bond zu. Es war bleich, birnenförmig, babyhaft flaumbedeckt. Der Mann hatte einen glatten, strohfarbenen Haarschopf, aber gelbbraune Augen. Das Weiße um die Pupillen verlieh dem harten, nachdenklichen Blick etwas Hypnotisches. Ein Tic im rechten Augenlid bewirkte ein rhythmisches Zwinkern. Im Verlauf von Mr. Rings Karriere mußte ihm jemand die Unterlippe abgeschnitten haben – vielleicht hatte er zuviel geredet –, und das verlieh ihm ein maskenhaftes, stetiges Grinsen. Mr. Ring mochte etwa vierzig Jahre zählen. Bond lächelte ihm herzhaft zu und blickte auf den Mann, den Goldfinger als Mr. Helmut Springer vom »Purpurring« aus Detroit vorstellte.

Mr. Springer hatte den glasigen Blick eines entweder sehr reichen oder sehr toten Mannes. Die hellblau verschleierten Augen nahmen von Bond kurz Notiz und kehrten sich wieder nach innen zu völliger Selbstversunkenheit. Der Rest von Mr. Springer war das, was man einen distinguierten Herrn nennt. Er trug einen saloppen Fischgratanzug, weißes Hemd und roch nach Aqua Velva. In dieser Gesellschaft wirkte er wie der Besitzer einer Fahrkarte erster Klasse in einem Abteil dritter.

Mr. Midnight hielt die Hand an den Mund und raunte Bond zu: »Lassen Sie sich vom ›Graf‹ nicht verblüffen. Freund Helmut hat bei den Gangstern das Piquéhemd eingeführt. Die Tochter ist in Vassar, aber ihre Hockeystöcke werden mit Protektionsgeldern bezahlt.« Bond nickte dankend.

»Und nun Mr. Solo vom ›Unione Siciliano‹!«

Mr. Solos schweres, dunkles Gesicht war umdüstert vom Wissen um Schuld und Sünde. Seine dicke Hornbrille glänzte kurz zu Bond herüber, ehe sie sich erneut auf die Reinigung von Mr. Solos Fingernägeln mit Hilfe eines Taschenmessers konzentrierte. Er war ein großer vierschrötiger Mann, halb Boxer, halb Oberkellner, und es war nicht möglich zu sagen, woran er dachte oder worin seine Stärke lag. Aber da es nur einen Mafiaführer in Amerika gibt, mußte Mr. Solo diese Stellung wohl durch die Macht errungen haben, die ein Resultat des Terrors ist.

Mr. Jack Strap vom »Flimmermob« besaß den synthetischen Charme des Strohmanns eines Las-Vegas-Kasinos, aber Bond nahm an, er verdankte seine Stellung anderen Eigenschaften. Mr. Strap war ein freundlicher, auffallend gekleideter Mann um die Fünfzig. Hungrig kaute er an einem Zigarrenstummel. Von Zeit zu Zeit spuckte er ein Stück davon diskret hinter sich auf den Teppich. Solches Rauchen verriet ein gut Teil Nervosität. Mr. Strap schien zu wissen, daß sein rascher, beschwörender Blick die Leute einschüchterte, und so machte er auf Charme und zwinkerte Bond nur aus den Augenwinkeln zu.

Abermals ging die Tür auf. Eine Frau in schwarzem Kostüm von maskulinem Zuschnitt und mit hohem, kaffeebraunem Spitzenjabot stand im Eingang. Langsam und unbefangen trat sie näher und blieb hinter dem leeren Stuhl stehen. Goldfinger hatte sich erhoben. Sie musterte ihn aufmerksam und blickte dann rundum. Mit einem allgemeinen, gelangweilten »Hi« setzte sie sich. Mr. Strap sagte: »Hi, Pussy!«; und die anderen außer Mr. Springer, der sich verneigte, gaben sparsame Willkommensgeräusche von sich.

Goldfinger sagte: »Guten Tag, Miss Galore. Wir haben soeben das Vorstellen beendet. Vor Ihnen liegt die Tagesordnung sowie der Fünfzehntausend-Dollar-Goldbarren, den ich Sie für die Ausgaben und Ungelegenheiten anzunehmen bat, die Ihr Besuch mit sich brachte.«

Miss Galore griff nach dem Paket und öffnete es. Sie wog den gelbglänzenden Ziegel und blickte Goldfinger mißtrauisch an: »Durch und durch?«

»Jawohl, durch und durch.«

Sie sagte kurz: »Entschuldigen Sie die Frage.« Es war der Ton einer gerissenen Kundin beim Ausverkauf.
Bond gefiel sie. Er spürte den sexuellen Anreiz, den schöne Lesbierinnen auf Männer ausüben. Ihre kompromißlose Art schien zu sagen: »Alle Männer sind Schufte und Betrüger. Versuchen Sie bei mir keinen maskulinen Hokuspokus, ich falle nicht auf ihn herein, ich gehöre zur andern Fakultät.«
Sie mochte Anfang Dreißig sein, war eine blasse Schönheit mit hohen Backenknochen und reizvollem Gesichtsschnitt und besaß die einzigen violetten Augen, die Bond je gesehen hatte. Unter schwarzen, geraden Brauen blickten sie offen in die Welt. Ihr schwarzes Haar trug sie betont unordentlich und bubenhaft, ihr Mund hatte einen entschiedenen Zug und war tiefrot. Nicht nur Bond fand sie wunderbar, auch Tilly Masterton, die Miss Galore bewundernd und mit verlangendem Ausdruck anstarrte. Jetzt wußte er Bescheid.
Goldfinger sagte: »Und nun muß ich mich selbst vorstellen. Ich heiße nicht Gold. Meine Referenzen sind die folgenden: Durch meist ungesetzliche Unternehmungen habe ich in zwanzig Jahren sehr viel Geld verdient. Zur Zeit sind es sechzig Millionen Dollar.« (Respektvolles Gemurmel um den Tisch.) »Diese Unternehmungen waren größtenteils auf Europa beschränkt, vielleicht interessiert es Sie aber, daß ich die Großhandelsfirma ›Goldmohn‹, die von Hongkong aus operierte, gegründet und später wieder aufgegeben habe.« (Mr. Jack Strap pfiff leise.) »Ich habe ferner das Reisebüro ›Glückliche Fahrt‹, das manche von Ihnen in dringenden Fällen benützt haben, organisiert und geführt, bis ich auch das aufgab.« (Mr. Helmut Springer steckte ein randloses Monokel ins glasige Auge, um Goldfinger näher zu betrachten.) »Ich erwähne das alles nur, um Ihnen zu zeigen, daß ich, wie ich glaube, schon früher für Sie alle eingetreten bin. Auf diese Weise, meine Herren und – äh – Madame, habe ich von Ihrer Existenz erfahren, und so habe ich Sie heute hergebeten, da ich aus eigener Erfahrung weiß, daß Sie, wenn ich so sagen darf, die Verbrecheraristokratie Amerikas verkörpern.«
Bond war beeindruckt. In knapp drei Minuten hatte Goldfinger die Versammlung auf seine Seite gebracht. Alle, sogar Miss Pussy Galore, blickten jetzt aufmerksam auf ihn. Bond

wußte nichts von der Firma »Goldmohn« und dem Büro »Glückliche Fahrt«, aber nach dem Gesichtsausdruck ihrer früheren Kunden mußten sie wie ein Uhrwerk gearbeitet haben. Goldfinger machte eine wegwerfende Bewegung. »Ich habe zwei meiner kleineren Projekte erwähnt, die Erfolg hatten. Viele andere hatten weit größeres Ausmaß, aber kein einziges ist mißlungen, und soviel ich weiß, steht mein Name nirgends in den Polizeiakten. Sie sehen, daß ich meinen – unseren – Beruf gründlich verstehe. Und jetzt, meine Herren und Madame, schlage ich Ihnen eine Partnerschaft für ein Unternehmen vor, das jedem von Ihnen innerhalb einer Woche mit Sicherheit eine Billion Dollar einbringen wird!« Mr. Goldfinger hob die Hand. »Wir in Europa rechnen die Billion anders. Ich verwende das Wort in der Bedeutung von tausend Millionen. Habe ich mich klar ausgedrückt?«

4

Vom Fluß herauf tutete ein Schlepper, ein zweiter antwortete. Man hörte sich entfernendes Motorengeräusch.
Mr. Jed Midnight räusperte sich nachdrücklich: »Mr. Gold oder wie Sie heißen, was braucht's da Definitionen? Eine Billion ist allemal ein Haufen Geld. Sprechen Sie weiter.«
Mr. Solo sandte langsam einen Blick seiner schwarzen Augen über den Tisch und sagte: »Issa serr vill Geld, ja. Aber wievill für Sie, Mister?«
»Fünf Billionen.«
Jack Strap aus Las Vegas lachte auf: »Hört mal, Jungs, was sind ein paar Billionen unter Freunden! Wenn Mr. – eh – Dingsda mir eine Billion Dollar verschafft, so laß ich ihm gern den Fünfer, da sind wir doch nicht so, ha?«
Mr. Helmut Springer klopfte mit dem Monokel auf seinen Goldziegel. Alles sah zu ihm hin. »Mr. – äh – Gold« – er sprach gewichtig wie ein Familienanwalt –, »Sie gebrauchen da sehr große Zahlen. Wenn ich recht verstehe, sind das insgesamt an die elf Billionen!«
Goldfinger präzisierte: »Die Gesamtziffer wird eher bei fünfzehn liegen. Ich nannte bewußt nur jene Summen, die wir, wie

ich glaube, auch fortschaffen können.«
Mr. Billy Ring kicherte aufgeregt. »Gewiß, gewiß, Mr. Gold.«
Mr. Springer klebte sich das Monokel wieder vors Auge und musterte Goldfinger. »Aber derartige Gold- oder Münzreserven gibt es in den Staaten nur an drei Orten: in der Bundesmünze in Washington, in der Bundesreservebank in New York City und in Fort Knox, Kentucky. Wollen Sie einen von diesen nehmen? Und wenn, welchen?«
»Fort Knox.«
In das allgemeine Aufstöhnen sagte Mr. Midnight resigniert: »Mister, außerhalb von Hollywood hab' ich noch niemand mit so viel Einbildungskraft getroffen. Und Einbildungskraft, Mister, ist das Talent, Augenflimmern für fabelhafte Projekte zu halten. Sie sollten mal mit Ihrem Kopfschrumpfer reden.«
Er schüttelte sorgenvoll den Kopf: »Schade, schade, und die Billion war so schön, solang ich sie hatte!«
Miss Pussy Galore sagte gelangweilt: »Tut mir leid, Mister, in diese Art Sparschwein paßt keine meiner Haarnadeln!« Sie machte Anstalten, aufzustehen.
Goldfinger blieb liebenswürdig: »Aber meine Herren und Madame, hören Sie doch erst zu Ende! Ihre Reaktion ist ganz natürlich! Wir wollen aber doch so sagen: Fort Knox ist eine Bank wie jede andere auch, nur viel größer. Demgemäß sind die Schutzvorrichtungen stärker und raffinierter. Deshalb erfordert die Ausschaltung dieses Schutzes entsprechend größere Stärke und Raffinesse. Das einzig Neue an meinem Projekt ist also seine Größe, sonst nichts. Fort Knox ist so wenig uneinnehmbar wie andere Festungen. Wir alle dachten, die Brink sei unschlagbar, bis 1950 ein halbes Dutzend entschlossener Burschen aus einem Brink-Panzerwagen eine Million Dollar raubte. Man sagt, es sei unmöglich, aus Sing-Sing zu entkommen, und doch haben Leute das fertiggebracht. Nein, meine Herren, Fort Knox ist ein Mythos wie vieles! Darf ich Ihnen jetzt den Plan erläutern?«
Billy Ring zischte durch die Zähne und meinte rauh: »Hör zu, vielleicht weißt du's nicht, aber in Fort Knox steht die Dritte Panzer. Wenn das 'n Mythos ist, warum kommen dann die Rußkis nicht, wenn sie gerade ein Eishockeyteam hier haben, und erobern die Vereinigten Staaten?«

Goldfinger lächelte flüchtig: »Ich will mich nicht brüsten, Mr. Ring, aber ich weiß noch mehr. Derzeit sind folgende Einheiten in Fort Knox stationiert: von der Dritten Panzer nur die Vorausabteilung, aber auch das 6. Panzerkavallerieregiment, die 15. Panzergruppe, das 160. Pionierregiment und ungefähr eine halbe Division aus allen möglichen Einheiten im Ausbildungslager der Panzerauffüllung und der militärpsychologischen Forschungsgruppe 1. Außerdem ein beträchtliches Kontingent von Leuten, die zum Panzerkommando 2 und sonstigen Dienststellen gehören. Dazu kommen Polizeikräfte in der Stärke von zwanzig Offizieren und etwa vierhundert Mann. Kurz, von den zirka sechzigtausend Einwohnern gehören rund zwanzigtausend der Truppe an.«

»Und wer wird denen Buh sagen?« spottete Mr. Jack Strap durch seine Zigarre, riß den zerbissenen Stummel ärgerlich aus dem Mund und zerquetschte ihn im Aschenbecher.

Miss Pussy Galore gab das Geräusch eines spuckenden Papageis von sich: »Geh und kauf dir was Besseres zu rauchen, Jacko! Das Zeug stinkt wie der verbrannte Rumpf von 'nem Boxer!«

»Halt die Klappe, Pussy«, gab Mr. Strap unfein zurück.

Goldfinger klopfte leicht zur Ordnung und sagte geduldig: »Wollen die Herrschaften mich weiter anhören, bitte!« Er stand auf, ging zur Tafel und entrollte daran eine Karte. Es war der Stadtplan von Fort Knox mit dem Godman-Militärflugplatz und den zur Stadt führenden Bahnlinien und Straßen. Goldfinger zeigte auf das Golddepot links unten, innerhalb des Straßendreiecks aus Dixie Highway, Bullion Boulevard und Vine Grove Road. Er sagte: »Gestatten Sie, daß ich die Hauptpunkte dieser ziemlich einfachen Stadtanlage erkläre. Hier« – sein Finger lief abwärts durch die Stadt – »haben wir die Illinois Central Railroad von Louisville, fünfzig Kilometer nördlich, nach Elizabethtown, dreißig Kilometer südlich. Brandenburg-Station im Stadtzentrum interessiert uns nicht, wohl aber dieses Verschubgleis neben dem Golddepot, denn es ist eine der Verladerampen für das Gold aus der Washingtoner Münze. Andere Transportarten, die aus Sicherheitsgründen unregelmäßig wechseln, sind per Lastwagenkonvoi über den Dixie Highway oder per Flugzeug über den God-

win-Flughafen. Wie Sie sehen, steht das Tresorgewölbe isoliert und ohne jede natürliche Deckung inmitten von zwanzig Hektar Grasland. Nur eine 45 Meter breite Zufahrtstraße führt durch ein schwergepanzertes Tor am Bullion Boulevard. Innerhalb der Stahlabsperrung fahren die Laster um das Gewölbe herum zum Hintereingang, wo die Barren abgeladen werden. Diese kreisförmig angelegte Straße, meine Herren, besteht aus Stahlplatten oder -klappen, die im Alarmfall hydraulisch zu einer zweiten Stahlsperre aufgerichtet werden können. Außerdem läuft ein unterirdischer Tunnel vom Bullion Boulevard zur Vine Grove Road. Von ihm aus führen Stahltüren ins erste unterirdische Stockwerk des Gewölbes.«
Goldfinger trat von der Karte zurück und blickte in die Runde. »Ja, meine Herren, das wären die Hauptzufahrtswege. Irgendwelche Fragen?«
Es gab keine. Alle Blicke hingen an dem Sprecher. Dieser Mann schien mehr über die Geheimnisse von Fort Knox zu wissen, als jemals an die Öffentlichkeit gedrungen war.
Wieder wandte Goldfinger sich der Tafel zu und zog eine zweite Karte über die erste. Es war der detaillierte Plan des Goldtresors. »Wie Sie sehen, meine Herren, ist das ein außerordentlich solider, zweigeschossiger Bau. Das Dach ist zum Schutz gegen Bomben gestuft. Vier Stahlbunker an den unteren Ecken des Gebäudes sind mit dessen Innerem verbunden. Seine Ausmaße betragen zweiunddreißig und sechsunddreißig, die Höhe über dem Erdboden ist zwölfeinhalb Meter. Das Baumaterial ist stahlverstärkter Tennessee-Granit. Dieser Stahl-Beton-Granitmantel enthält ein zweistöckiges, unterteiltes Eisenbetongewölbe, dessen Zwanzig-Tonnen-Panzertür und Innenverschalung aus Stahl sind, ebenso wie das Dach, das vom Gebäudedach unabhängig ist. In beiden Geschossen führt ein Gang um das Gewölbe. Vom Gang aus gelangt man zum Gewölbe und zu den Büros und Lagerräumen innerhalb der Außenmauer. Die Öffnung der Panzertür erfolgt durch Teilkombinationen, die unabhängig voneinander durch verschiedene Personen eingestellt werden müssen. Dazu kommen natürlich die modernsten und besten Alarmanlagen. Im Gebäude selbst liegt eine starke Bedeckung, die jederzeit aufs wirksamste von dem nur einen Kilometer entfernten Panzer-

kommando verstärkt werden kann. Nun zum derzeitigen Inhalt des Gewölbes: wie erwähnt, beläuft er sich auf etwas fünfzehn Billionen Dollar in Standardmünzbarren mit Feingehalt tausend. Jeder Barren ist doppelt so groß wie der vor Ihnen liegende, sein Handelsgewicht beträgt also zwölfeinhalb Kilo. Die Barren lagern unverpackt in den Gewölbekammern.«
Goldfinger blickte rundum. »Und das, meine Herren und Madame, wäre alles, was ich Ihnen an Einzelheiten sagen kann und was wir darüber wissen müssen. Wenn es zu diesem Punkt keine Fragen gibt, kann ich erörtern, wie wir in das Gewölbe eindringen und die Barren wegschaffen werden.«
Schweigen. Jeder wartete gespannt und aufmerksam auf das Weitere. Mr. Jack Strap zog nervös eine neue Zigarre aus der Westentasche und steckte sie sich in den Mundwinkel.
Pussy Galore sagte unfreundlich: »Ich schwöre dir, wenn du das Zeug anzündest, schlag' ich dich mit meinem Goldziegel k.o.!« Sie langte drohend nach dem Barren.
»Immer mit der Ruhe, Süße«, sagte Mr. Strap aus seinem freien Mundwinkel.
Mr. Jed Midnight bemerkte entschieden: »Mister, wenn Sie dieses Lokal ausnehmen können, dann gebührt Ihnen ein summa cum laude! Also machen Sie weiter. Entweder wird das eine Mordspleite oder das kolossalste Verbrechen aller Zeiten!«
Goldfinger sagte ungerührt: »Sehr wohl, meine Herren, Sie sollen den Plan hören.« Er blickte jeden einzelnen an. »Ich hoffe aber, Sie verstehen, daß von nun an alles absolut geheim bleiben muß. Das bisher Gesagte könnte man noch als Gefasel eines Verrückten abtun. Was aber jetzt folgt, verwickelt uns in die größte Verschwörung, die je zu Friedenszeiten in diesem Land erfolgt ist. Darf ich Sie alle als durch einen Eid gebunden betrachten?«
Instinktiv beobachtete Bond die Augen Mr. Springers. Während alle anderen ihr Einverständnis bekundeten, verschleierte sich Mr. Springers Blick. Sein feierliches »Ehrenwort« klang hohl. Bond machte neben Mr. Springers Namen ganz nebenbei ein Minuszeichen.
»Also gut.« Goldfinger kehrte an den Tisch zurück, setzte sich, nahm seinen Bleistift auf und sprach nachdenklich auf ihn ein.

»Die erste, gewissermaßen schwierigste Frage ist die nach dem Abtransport. Eine Billion Dollar in Goldbarren wiegt etwa tausend Tonnen. Das erfordert hundert Zehntonner oder an die zwanzig schwere Dreiachser. Ich rate zu diesen Lastwagen und würde empfehlen, daß Sie, sobald wir Partner sind, sofort mit den entsprechenden Leihfirmen Verträge abschließen. Natürlich werden Sie Ihre eigenen Fahrer einsetzen wollen, das muß ich ganz Ihnen überlassen. Zweifellos« – Mr. Goldfinger lächelte leicht – »wird die Gewerkschaft der Lastwagenfahrer eine Fundgrube für verläßliche Leute sein, ebenso vielleicht der Negro Red Ball Express, der im Krieg für die Armee arbeitete. Solche Details verlangen genaue Planung und Koordinierung. Auch das Verkehrsproblem muß gelöst werden, Sie werden sich also über die Einteilung der bestehenden Straßen einigen müssen. Eine weitere Möglichkeit bieten Transportflugzeuge. Wir werden trachten, die Nord-Süd-Straße zum Godman-Flugplatz freizuhalten. Die Weiterbeförderung der Barren ist dann natürlich Ihre Sache. Ich selbst« – Goldfinger blickte kalt rundum – »werde zunächst die Eisenbahn benützen, da für mich das Transportproblem größer ist. Ich nehme an, Sie sind damit einverstanden.« Ohne eine Entgegnung abzuwarten, setzte er fort: »Verglichen mit dem Transportproblem sind die übrigen Anordnungen relativ einfach. Zuerst müssen wir einen Tag vor der Operation die gesamte militärische und zivile Einwohnerschaft von Fort Knox außer Gefecht setzen. Die Vorkehrungen dafür sind getroffen, es bedarf nur meines Zeichens. Die Wasserversorgung der Stadt erfolgt durch zwei Quellen und zwei Filtrieranlagen, die von einem Stationsingenieur betreut werden. Dieser Ingenieur wird zwei Herren meines Stabes als Direktoren der Tokioter Wasserwerke empfangen. Die beiden besichtigen die Anlagen angeblich zu Studienzwecken. Der Stationsingenieur war sehr geschmeichelt über die Ankündigung des Besuches und wird ihnen in jeder Weise entgegenkommen. Die beiden Herren werden relativ geringe Mengen eines hochkonzentrierten Opiats bei sich tragen, das deutsche Chemiker entwickelt haben. Diese Substanz verteilt sich sehr rasch, über das ganze Wasservolumen und bewirkt sofortige Narkose. Ein halbes Glas des infizierten Wassers genügt. Nach etwa drei Tagen erwacht der

Schläfer sehr erfrischt. Meine Herren, da im Juni in Kentucky jedermann mindestens ein halbes Glas Wasser pro Tag trinkt, werden wir in eine Stadt mit schlafender Bevölkerung kommen, ein paar hartgesottene Alkoholiker vielleicht ausgenommen.«

»Nur weiter, Mister«, sagte Jack Strap. »Bisher läßt sich's hören. Aber wie kommen wir in die Stadt?«

»Wir kommen mit einem Sonderzug, der am Vorabend des Stichtages von New York abgeht. Wir werden etwa hundert sein und als Rotkreuzhelfer kommen. Miss Galore wird, wie ich hoffe, das nötige Schwesternkontingent stellen. Wegen dieser kleinen, aber wichtigen Rolle ist sie hier.«

Miss Galore sagte begeistert: »In Ordnung, da mach' ich mit! Meine Mädchen werden in Steifleinen einfach süß sein, was meinst du, Jacko?« Sie pufte Mr. Strap in die Rippen.

»Zementmäntel würden ihnen besser stehen«, sagte Mr. Strap.

»Red nicht immer drein! Weiter, Mister.«

»In Louisville werden ich und mein Assistent darum ersuchen, auf der Diesellok mitfahren zu dürfen, weil wir bei der Annäherung an Fort Knox Luftproben nehmen müßten. Bis dahin wird man bereits Nachricht von der rätselhaften Seuche haben, und wahrscheinlich wird in der Umgebung, wenn nicht im ganzen Land, Panik ausbrechen. Da wir bald nach unserem Eintreffen mit Rettungsflugzeugen rechnen müssen, wird es nötig sein, frühzeitig den Kontrollturm zu besetzen, den Flugplatz für gesperrt zu erklären und alle Flugzeuge nach Louisville zurückzudirigieren. Inzwischen werden mein Assistent und ich uns so human wie möglich des Lokomotivführers und Heizers entledigt haben.« (Das wett' ich, dachte Bond.) »Ich selbst bringe dann den Zug durch Fort Knox zu den Verschubgleisen längs des Depots.« Goldfinger hielt inne und blickte ernst um sich. Befriedigt fuhr er fort: »Zu diesem Zeitpunkt, meine Herren und Madame, sollten Ihre Lastwagen bereits eintreffen. Der Transportleiter wird sie nach Plan einweisen. Das Flugplatzpersonal wird mit Lastwagen zum Flughafen gebracht und dort eingesetzt. Wir selbst betreten das Depot ohne Rücksicht auf die Schläfer, mit denen die Gegend – äh – dekoriert sein wird.«

Mr. Solos dunkle Augen glühten über den Tisch. Er sagte leise: »Gewiß, so weit, so gutt. Und jetzt Sie machen Pfff! – und Zwanzigtonnentür fällt um! Ja?«
»Ja«, sagte Goldfinger gleichmütig, »fast genauso.« Er stand auf, trat an den Tisch bei der Tafel, nahm den gewichtigen Karton auf und legte ihn vor sich auf den Tisch. Dann nahm er wieder Platz und fuhr fort: »Während zehn geübte Mitarbeiter die Öffnung des Gewölbes vorbereiten, werden Tragbahrenmannschaften möglichst viele der Insassen in Sicherheit bringen.« Bond hörte jetzt einen verräterischen Ton mitschwingen. »Wir sind uns ja sicherlich alle darüber einig, daß unnötige Verluste an Menschenleben vermieden werden sollten. Außer zwei Angestellten der Illinois Central, die etwas Kopfschmerzen bekommen haben, hat es ja bis zu diesem Punkt noch keinerlei Verluste gegeben! Nun, meine Herren« – er legte seine Hand auf den Karton –, »nur eine einzige Waffe ist stark genug, die Panzertür von Fort Knox aufzubrechen. Ich erhielt sie nach langem Suchen von einem alliierten Militärstützpunkt in Deutschland. Das hat mich genau eine Million Dollar gekostet. Denn dies, meine Herren, ist ein Atomsprengkopf für eine Corporal-Mittelstreckenrakete.«
»Jesses!« Jed Midnight klammerte sich an die Tischkante. Alle waren blaß geworden, auch Bond. Um die Spannung zu brechen, griff er in die Tasche und zündete sich eine Chesterfield an. In was war er da hineingeschlittert? Also wieder einmal in die Bresche, ihr Freunde! Aber diesmal war's wirklich Sankt Georg und der Drache. Und Sankt Georg sollte noch rasch etwas tun, ehe der Drache das kleine Drachenei ausbrütete, das er so zuversichtlich gelegt hatte. Aber was? Was, um Himmels willen, konnte er tun?
Goldfinger hob die Hand. »Meine Herren und Madame, glauben Sie mir, das Ding ist völlig harmlos. Es ist nicht scharfgemacht, und solange es das nicht ist, kann es auch nicht losgehen. Das wird erst am Stichtag der Fall sein.«
Billy Rings bleiches Gesicht glänzte vor Schweiß. Aus dem Mund mit dem falschen Grinsen kam eine zitternde Stimme. »Mister – und wie ist's mit dem, was man – eh – radioaktiven Abfall nennt?«
»Der ist nicht der Rede wert, Mr. Ring, und ganz örtlich be-

grenzt. Das hier ist das neueste Modell, eine sogenannte saubere Atombombe. Die als erste eindringende Gruppe wird jedenfalls Schutzanzüge tragen. Sie bildet den Anfang der Kette aus Menschen, die das Gold zu den Lastern schaffen wird.«

»Na, und die Sprengbrocken, Mister? Stahl und Beton und so fort?« fragte Mr. Midnight gepreßt.

»Wir liegen hinter der äußeren Stahlsperre in Deckung, Mr. Midnight. Jeder wird Ohrenpfropfen tragen. Kleinere Schäden an den Lastern müssen wir freilich in Kauf nehmen.«

»Und die schlafenden Kerle?« Mr. Solo hatte gierige Augen. »Vielleicht sie schlafen ein bißgen längerr?« Allzusehr schien Mr. Solo sich nicht um die schlafenden Kerle zu sorgen.

»Wir werden so viele wie nur möglich in Sicherheit bringen. Kleinere Schäden in der Stadt werden wir auf uns nehmen müssen, aber die Verluste werden nicht hoch sein. Sie werden die der Straßenunfallstatistik von Fort Knox nicht übersteigen.«

»Das ist aber verdammt nett von uns!« Mr. Midnight hatte sich wieder in der Hand.

»Noch irgendwelche Fragen?« Goldfingers Stimme war sanft. Die Zahlen waren verlesen, die Aussichten abgeschätzt. Es war Zeit für die Abstimmung. »Die Details müssen noch ausgearbeitet werden. Dabei wird mich mein Stab hier unterstützen.« Er wandte sich zuerst Bond, dann Miss Masterton zu. »Dies ist unser Kommandoraum, zu dem Sie Tag und Nacht Zutritt haben. Gebrauchen Sie stets nur den Decknamen ›Operation Großer Schlag‹! Außerdem darf ich vorschlagen, daß jeder von Ihnen, sofern er mitmachen will, nur einen einzigen seiner sichersten Mitarbeiter ins Vertrauen zieht. Die übrige Mannschaft kann für einen ganz gewöhnlichen Raubüberfall vorbereitet werden und erhält erst am Tag vor dem Coup erweiterte Anweisungen. Überflüssig zu sagen, daß das gesamte Projekt kriegsmäßig zu behandeln ist. Saumseligkeit und Verrat sind schärfstens zu ahnden. Und jetzt, meine Herren und Madame, bitte ich Sie, für Ihre Organisationen zu antworten. Wer von Ihnen wünscht mitzumachen? Der Preis ist enorm, das Risiko minimal. Mr. Midnight?« Goldfinger wandte den Kopf etwas nach rechts. Bond bemerkte den Röntgenblick. »Ja – – – oder nein?«

5

»Mr. Gold«, sagte Jed Midnight dröhnend, »es ist mir eine Ehre, mich an diesem Unternehmen zu beteiligen.«
»Danke, Mr. Midnight. Und Sie, Mr. Ring?«
Bei Mr. Billy Ring war Bond im Zweifel. Alle anderen hatte er positiv beurteilt, nur Mr. Ring hatte er eine Null, Mr. Springer ein Minus gegeben. Bond hatte nur auf Augen, Mund und Hände geachtet, aber aus des »Grinsenden Billy« unerschütterlich falschem Lächeln hatte sich nichts entnehmen lassen. Das Zucken in seinem rechten Auge war exakt wie ein Metronom, und die Hände hatte er unterm Tisch gehalten.
Jetzt brachte Billy Ring seine Hände zum Vorschein. Er verschränkte sie daumendrehend vor sich auf dem Tisch und wandte sein Alptraumgesicht Goldfinger zu. Das Zucken im rechten Auge hatte aufgehört. Die beiden Zahnreihen begannen zu arbeiten wie der Leib eines Bauchredners. »Sehen Sie, Mister, meine Freunde und ich sind längst zur Legalität zurückgekehrt. Ich meine, die alten Tage, als die Leichen nur so in der Gegend herumlagen, sind vorbei. Wir sind jetzt sehr erfolgreich mit Mädchen, Haschisch und auf dem Rennplatz, und wenn wir was brauchen, dann haben wir unsere Freunde von der Gewerkschaft. Schauen Sie, Mister« – der Grinser öffnete die Hände und faltete sie wieder –, »wo sind jetzt die Big Jim Colossimo, Johnny Torrio, Dion O'Bannion, Al Capone – wo sind sie jetzt alle, ha? Die sehen sich die Kartoffeln von unten an! Ja, mein lieber Herr, damals! Da haben die Leute verdammt rasch aufeinander geschossen, aber dann waren sie's eben müde – soweit sie nicht schon todmüde waren, Sie verstehen –, und als ich in den fünfziger Jahren den Laden übernahm, da hieß es nur: Raus aus dem Feuerwerksgeschäft! Und jetzt kommen Sie daher und schlagen mir das größte Knallfeuerwerk der Geschichte vor! Was soll ich dazu sagen, Mister Dingsda? Na ja, jeder hat seinen Preis, wissen Sie – und für eine Billion Dollar sind wir dabei. Werden also die Murmeln weglegen und die Schleuder wieder hervorholen. Wir machen mit!«
»Grinser, du brauchst aber verdammt lang zum Jasagen!« kommentierte Mr. Midnight ungehalten. Aber Goldfinger

sagte herzlich: »Ich danke Ihnen für die hochinteressanten Ausführungen, Mr. Ring, und freue mich sehr, Sie und Ihre Mitarbeiter willkommen zu heißen – Mr. Solo?«
Statt einer Antwort griff Mr. Solo in die Rocktasche und zog einen Batterierasierapparat heraus. Er schaltete ihn ein, lehnte den Kopf zurück und begann seine rechte Gesichtshälfte zu rasieren. Dabei suchte sein Blick nachdenklich an der Zimmerdecke nach Entscheidung. Plötzlich schaltete er ab, sah drohend auf Goldfinger und musterte ihn Zug für Zug. Mr. Solos Gesicht besaß nur mehr zur Hälfte jene dunkle, italienische Gesichtsfarbe, die von unbezähmbarem Bartwuchs herrührt. Sicherlich mußte er sich so alle drei bis vier Stunden rasieren. Jetzt hatte er sich entschlossen und sagte mit eisiger Stimme: »Misterr, für eine Mann, der über so große Dinge spricht, Sie sind serr ruhig. Der letzte, den ich hab' gesehen so ruhig, war dann auf einmal durch Hackmesser ganz ruhig. Okay, okay.« Mr. Solo lehnte sich zurück und gab widerstrebend nach. »Also ja, ich bin dabei. Aber Misterr – – – entweder die Billion, oder Sie sind toter Mann! Okay?«
Goldfinger verzog ironisch die Lippen. »Danke, Mr. Solo, Ihre Bedingungen sind durchaus annehmbar. Ich wünsche dringend, am Leben zu bleiben. – Mr. Helmut Springer?«
Mr. Springers Augen waren noch toter als sonst. Er sagte hochtrabend: »Ich bin eben dabei, alle Aspekte gründlich zu erwägen. Bitte, fragen Sie inzwischen meine Kollegen.«
Mr. Midnight bemerkte ungeduldig: »Immer dasselbe! Gibt vor, auf die Inspiration zu warten – Botschaft vom Allmächtigen auf Engelfrequenz! Hat seit zwanzig Jahren keine menschliche Stimme mehr gehört.«
»Und Sie, Mr. Strap?«
Mr. Jack Strap kniff die Augen zusammen und sagte freundlich: »Mister, mir scheint, Sie kennen die Chancen und sind der beste Zahler, der mir je begegnet ist. Ich denke, wenn wir die Muskeln und Waffen hergeben, muß es klappen. Rechnen Sie mit mir!« Mr. Strap schaltete den Charme ab. Seine Augen, nun wieder fürchterlich, wandten sich Miss Pussy Galore zu. Auch Goldfinger sah sie an.
Miss Galore schlug den Blick nieder, um keinen von beiden ansehen zu müssen, und sagte gleichgültig vor sich hin: »Das

Geschäft ist bei mir draußen in letzter Zeit nicht so blendend gegangen.« Sie klopfte mit ihren langen, silberlackierten Fingernägeln auf ihren Goldbarren. »Nun ja, nicht daß mein Bankkonto überzogen wäre – nennen wir's lieber ein wenig unterdeckt. Tja. Natürlich mach' ich mit. Ich und meine Mädels wollen essen.«
Goldfinger erlaubte sich ein Lächeln. »Das ist sehr erfreulich, Miss Galore. Und jetzt« – er blickte über den Tisch – »Mr. Springer: Dürfen wir fragen, ob Sie sich entschieden haben?«
Mr. Springer stand langsam auf, gähnte diskret wie ein gelangweilter Opernbesucher, ließ einen Rülpser folgen, zog ein feines Linontuch heraus und betupfte sich die Lippen. Seine Glasaugen wanderten um den Tisch und hefteten sich auf Goldfinger. Langsam wiegte er den Kopf, als versuche er, ein steifes Genick einzurenken. Dann sagte er ernst: »Mr. Gold, ich fürchte, Ihre Vorschläge würden bei meinen Freunden in Detroit wenig Gegenliebe finden.« Er machte eine leichte Verbeugung, die alle Anwesenden einschloß. »Mir bleibt nur übrig, Ihnen für diese hochinteressante Gelegenheit zu danken. Meine Herren, guten Tag.« Eisiges Schweigen herrschte. Mr. Springer steckte sein Taschentuch sorgfältig in die linke Manschette seiner makellosen Fischgratjacke, drehte sich um und ging leise hinaus. Während die Tür sich mit scharfem Klicken schloß, sah Bond Goldfingers Hand wie zufällig unter den Tisch schlüpfen. Nun erhielt Fakto sein Zeichen. Wofür wohl?
Mr. Midnight sagte böse: »Bin froh, daß er weg ist! Ein ausgesprochenes Brechmittel! Aber jetzt« – er erhob sich plötzlich und wandte sich an Bond –, »wie wär's mit einem kleinen Drink?«
Alles begab sich zu dem vorbereiteten Büfett. Bond, zwischen Miss Pussy Galore und Tilly Masterton stehend, bot beiden Champagner an. Miss Galore musterte ihn kühl und sagte: »Geh mal rüber, Süßer, wir Mädchen haben Geheimnisse. Nicht wahr, Kleines?« Miss Masterton wurde rot und blaß.
»O bitte, sicher, Miss Galore!« hauchte sie hingerissen.
Bond lächelte sie ein wenig gequält an und machte, daß er wegkam. Jed Midnight, der die Abfuhr bemerkt hatte, trat ernst zu ihm: »Mister, wenn das Ihre Puppe ist, dann geben Sie lieber acht! Pussy kriegt jedes Mädel herum. Sie vernascht

sie büschelweise – wie die Trauben.«
Bond sagte munter: »Ich werde aufpassen. Machen kann ich ja nicht viel, sie ist eher der selbständige Typ.«
»Ist sie das? Na, vielleicht kann ich mithelfen, sie kleinzukriegen. Auf später!« Er grinste und wandte sich ab.
Bond war eben bei Kaviar und Champagner, als die Tür aufging und einer der Koreaner rasch auf Goldfinger zukam. Der neigte seinen Kopf zu der geflüsterten Nachricht und wurde sehr ernst. Er klopfte mit der Gabel an sein Glas Vichywasser. »Meine Herrschaften!« Er blickte traurig um sich. »Eine schlechte Nachricht! Eben erfahre ich, daß unser Freund Mr. Helmut Springer einen Unfall gehabt hat. Er stürzte die Treppe hinunter und war sofort tot.«
»Ho, ho!« Mr. Rings Lachen war kein Lachen, es war ein Loch im Gesicht. »Und was sagt sein Torpedo Slappy Hapgood dazu?«
Goldfinger sagte ernst: »Mr. Hapgood ist leider auch die Treppe hinuntergefallen und seinen Verletzungen erlegen!«
Mr. Solo blickte mit neuem Respekt auf Goldfinger und sagte sanft: »Misterr, lassen Sie doch lieber reparieren diese Treppe, bevor ich und mein Freund Giulio sie benützen!«
Goldfinger sagte mit Würde: »Die schadhafte Stelle wird soeben ausgebessert.« Gedankenvoll fügte er hinzu: »Wenn man diese Unfälle in Detroit nur nicht mißversteht!«
Heiter meinte Jed Midnight: »Nicht der Rede wert! Dort lieben sie Begräbnisse. Und, zu Ihrer Beruhigung, das alte Ekel hätt' es sowieso nicht mehr lange gemacht, der sitzt schon seit zwölf Monaten auf der brennenden Lunte.« Er wandte sich an Mr. Strap: »Hab' ich nicht recht, Jacko?«
»Klar, Jed«, bestätigte Mr. Strap ernst. »Du sagst es. Mr. Helmut Springer war fällig.«

Als Bond an diesem Abend zu Bett ging, mußte er noch lange an das Ende Mr. Springers und seines Leibwächters denken. Nun, wahrscheinlich hatten beide es reichlich verdient. Nun aber waren sechzigtausend andere Menschen an der Reihe, wenn nicht er – und nur er – etwas dagegen unternahm.
Nach Auflösung der Gangsterversammlung hatte Goldfinger auch das Mädchen entlassen und nur Bond zurückbehalten.

Länger als zwei Stunden ging er dann die ganze Unternehmung bis ins kleinste durch, wobei Bond sich Notizen machen sollte. Als die Präparierung der beiden Reservoire zur Sprache gekommen war, hatte Bond nach dem Gift und seiner Wirkungszeit gefragt.

»Das braucht Sie nicht zu kümmern.«

»Aber warum? Davon hängt doch alles ab!«

»Mr. Bond.« Goldfinger hatte wieder den in die Ferne gerichteten Blick. »Da Sie keine Gelegenheit haben werden, es weiterzusagen, sollen Sie die Wahrheit hören. Von jetzt an wird Fakto nicht mehr von Ihrer Seite weichen, und sein Auftrag wird sehr präzise sein. Ich kann Ihnen daher sagen, daß die gesamte Bevölkerung von Fort Knox um Mitternacht des Tages vor dem ›Großen Schlag‹ tot oder unschädlich sein wird. Die außerhalb der Filteranlagen dem Wasser beigemengte Substanz ist ein GB-Konzentrat.«

»Sie sind wahnsinnig! Sie wollen doch nicht im Ernst sechzigtausend Menschen umbringen?«

»Warum nicht? Die amerikanischen Autofahrer tun das alle zwei Jahre.«

Entsetzt starrte Bond Goldfinger an. Das konnte nicht wahr sein! Gepreßt fragte er: »Was ist dieses GB?«

»GB ist das stärkste Nervengift der Trilongruppe. Es wurde 1943 von der Wehrmacht entwickelt, aber aus Angst vor Vergeltungsmaßnahmen nie eingesetzt. Es ist tatsächlich wirksamer als die Wasserstoffbombe. Sein Nachteil liegt in der schwierigen Anwendung. Die Russen erbeuteten die gesamten deutschen Vorräte, und Freunde konnten mir die notwendige Menge besorgen. Die Verbreitung des Gifts durch das Trinkwasser ist eine ideale Methode für dichtbevölkerte Gebiete.«

Bond sagte: »Goldfinger, Sie sind ein lausiger, ver–«

»Seien Sie nicht kindisch! Wir haben zu arbeiten.«

Später, bei den Transportfragen, hatte Bond noch einen letzten Versuch gemacht und gesagt: »Goldfinger, Sie können das Zeug unmöglich wegschaffen! Niemand wird seine hundert Tonnen herausretten können – geschweige denn Sie Ihre fünfhundert! Sie werden den Dixie Highway hinunterrasen, ein paar radioaktive Goldbarren mit sich und die ganze ameri-

kanische Armee im Rücken! Und dafür wollen Sie sechzigtausend Menschen umbringen? Das ist absurd! Sogar wenn Sie ein oder zwei Tonnen herausbringen, wo, zum Teufel, wollen Sie sie verstecken?«
»Mr. Bond.« Goldfingers Geduld war unerschöpflich. »Zufällig wird um diese Zeit ein Kreuzer der Swerdlowsk-Klasse Norfolk, Virginia, einen Freundschaftsbesuch abstatten. Am Tage nach der Operation läuft er aus Norfolk aus. Und mein Gold wird noch um Mitternacht des Stichtages an Bord dieses Kreuzers sein. Ich werde auf dem Kreuzer nach Kronstadt fahren. Alles ist eingeplant, jede mögliche Störung berücksichtigt. Ich habe mich fünf Jahre lang mit diesem Projekt beschäftigt. Jetzt ist der Moment da. Meine Tätigkeit in England und auf dem Kontinent ist beendet, ihre wenigen Spuren kümmern mich nicht mehr. Ich werde fort sein, ausgewandert. Aber, Mr. Bond, ich werde das Goldherz Amerikas mit mir genommen haben. Natürlich« – Goldfinger war nachsichtig – »wird diese einzigartige Tat nicht ohne Makel sein. Ich brauche die ungeschickten Gangster, und sie werden Fehler machen. Aber was mit ihnen geschieht, interessiert mich nicht. – Doch nun weiter mit der Arbeit! Bis heute abend brauche ich sieben Exemplare. Wo waren wir? . . .«
Wer würde wissen, daß Gold in Rußland war? Niemand, wenn alles nach Goldfingers Plänen ging! Keine Spur würde zurückbleiben, kein Zeuge. Es war moderne Freibeuterei mit allen Zutaten von früher. Goldfinger plünderte Fort Knox wie Bloody Morgan Panama geplündert hatte, da gab es keinen Unterschied. Nur die Waffen und die Technik waren auf dem neuesten Stand.
Es gab nur einen Menschen auf der ganzen Welt, der das verhindern konnte. Aber wie?

Der nächste Tag brachte endlose Papierarbeit. Jede halbe Stunde kam aus Goldfingers Kommandoraum eine Anweisung, die Verzeichnisse von dem, Kopien von jenem forderte, Schätzungen, Zeitpläne, Vorratslisten. Man brachte eine zweite Schreibmaschine, Karten, Nachschlagewerke – alles, was Bond verlangte. Aber nicht ein einziges Mal ließ Faktos Wachsamkeit nach, wenn er auf Bonds Klopfen öffnete und hereinkam, um Essen, Notizen oder sonst etwas zu bringen. Bond und das Mädchen wurden als gefährliche Sklaven behandelt, sonst nichts.

Tilly Masterton arbeitete wie eine Maschine – rasch, willig, genau, blieb aber verschlossen. Mit kühler Höflichkeit begegnete sie Bonds Versuchen, Freundschaft zu schließen und Gedanken auszutauschen. Bis zum Abend hatte er nichts weiter über sie erfahren, als daß sie während ihrer Büroarbeit für Unilever auch eine erfolgreiche Amateureisläuferin gewesen war. Später hatte sie Starrollen in Eisrevuen bekommen. Ihr Hobby war Pistolen- und Gewehrschießen, und sie war Mitglied zweier Scharfschützenklubs. Sie hatte wenig Freunde gehabt und war niemals verliebt oder verlobt gewesen, hatte zwei Zimmer in Earls Court bewohnt und war jetzt vierundzwanzig. Ihre böse Lage war ihr klar, sie war aber sicher, daß irgend etwas geschehen würde. Miss Pussy Galore war für sie »einfach wundervoll«, und sie schien zu hoffen, mit deren Hilfe aus der Klemme herauszukommen. Offensichtlich war Tilly Masterton eines jener Mädchen, deren Hormone durcheinandergeraten waren. Bond lächelte sauer in sich hinein, als er daran dachte, welche Phantasien er auf der Fahrt durch das Loiretal um dieses Geschöpf gesponnen hatte.

Abends kam eine letzte Notiz von Goldfinger:

Fünf Chefs und ich fliegen morgen 11 Uhr mit von meinem Piloten gesteuerter Chartermaschine von La Guardia ab zwecks Luftinspektion für »Großer Schlag«. Sie kommen mit, Masterton bleibt hier. G.

Bond setzte sich auf die Bettkante und starrte die Wand an. Dann ging er zur Schreibmaschine. Eine Stunde lang tippte er die genauen Einzelheiten des Unternehmens auf die beiden Seiten eines Blattes, rollte es dann zu einer Röhre von Kleinfingergröße und verklebte sie sorgfältig. Dann tippte er auf einen Papierstreifen:

Dringend! Lebenswichtig! Fünftausend Dollar Belohnung garantiert für den Finder, der diese Botschaft ungeöffnet an Felix Leiter bei Pinkertons Detektivbüro 154 Nassau Street N.Y.C. abliefert. Bezahlung bei Ablieferung.

Bond rollte diese Botschaft um den Zylinder, schrieb außen mit roter Tinte »$ 5000 Belohnung« darauf, setzte sich wieder auf den Bettrand und klebte sich das Röllchen mit einem Klebestreifen innen an den Oberschenkel.

6

»Mister, die Flugkontrolle fragt an, wer wir sind. Sie sagen, hier ist Sperrgebiet.« Goldfinger stand auf und ging nach vorn in die Kanzel, Bond sah ihn das Mikrophon aufnehmen. Durch das ruhige Brummen des zehnsitzigen Executive Beechcraft war jedes Wort deutlich hörbar. »Guten Morgen, hier spricht Mr. Gold von Paramount Pictures Corporation. Wir machen einen genehmigten Besichtigungsflug für den geplanten A-Streifen über den berühmten Angriff der Südstaatler im Jahr 1861, der zu Shermans Gefangennahme am Muldraugh Hill führte ... Jawohl, mit Cary Grant und Elizabeth Taylor in den Hauptrollen ... Wie bitte? Freigabe? Haben wir, haben wir, lassen Sie mich nachsehen!« Goldfinger sah nichts nach. – »Ja, hier ist sie: unterschrieben vom Leiter der Spezialabteilung im Pentagon ... Gewiß, der Kommandeur des Panzerkommandos muß eine Kopie haben ... Okay, danke sehr! Hoffentlich gefällt Ihnen der Film. Bye.« Goldfinger kam in die Kabine zurück. Breitbeinig blieb er stehen und blickte auf seine Passagiere. »Nun, meine Herren und Madame, haben Sie genug gesehen? Ich möchte nicht zu sehr unter zweitausend gehen. Vielleicht kreisen wir noch einmal und fliegen dann zurück. Fakto, die Erfrischungen!«
Der Reihe nach beantwortete Goldfinger jetzt das Durcheinander von Fragen und Einwürfen, während Fakto aufstand und nach hinten ging. Bond folgte ihm, betrat unter seinem mißtrauischen Blick die kleine Toilette und versperrte die Tür.
Er setzte sich hin und überlegte. Bisher hatte er keine Möglichkeit gehabt, seine Botschaft loszuwerden, er war immer unter Aufsicht gewesen. Also hieß es jetzt oder nie! Aber wohin damit? Zwischen die Blätter des Klosettpapiers? Die könnten zu früh oder erst nach Wochen abgerissen werden. In den Aschenbecher? Man würde ihn vielleicht nicht reinigen. Einen

Gegenstand würde man jedoch sicher reinigen.
Am Türgriff rüttelte es, Fakto wurde unruhig. Vielleicht setzte Bond das Flugzeug in Brand? Bond rief: »Ich komm' ja schon, du Affe!« Er erhob sich, klappte den Sitz hoch, riß das Paketchen von der Innenseite seines Schenkels und klebte es vorn unter die Brille. Zur Reinigung des Beckens mußte man sie aufklappen, und das würde nach der Rückkehr bestimmt geschehen. Die »$ 5000 Belohnung« konnten nicht einmal dem hastigsten Putzboy entgehen – falls niemand ihm zuvorkam. Aber Bond glaubte nicht, daß ein Passagier die Brille hochheben würde, das kleine Abteil war einfach zu eng. Leise klappte er den Sitz wieder herunter, ließ Wasser in das Waschbecken fließen, wusch sich das Gesicht, fuhr sich durchs Haar und trat hinaus. An Bond vorbei betrat Fakto ärgerlich die Toilette, sah sich darin um, kam wieder heraus und schloß die Tür. Bond ging zu seinem Sitz zurück. Nun war es soweit. Die Flaschenpost war unterwegs. Wer würde sie finden? Und wann?
Alle bis hinunter zum Kopiloten benützten die verdammte kleine Toilette, bevor sie wieder auf der Erde waren. Und so oft einer herauskam, glaubte Bond die kalte Pistolenmündung im Genick zu spüren, die mißtrauischen Worte und das Knistern aufgerollten Papiers zu hören. Aber dann sausten sie endlich wieder mit dem Buick zum oberen Manhattan und durch die gutbewachten Tore des Lagerhauses zurück an die Arbeit.
Jetzt war es ein Wettrennen – ein Wettlauf zwischen Goldfingers gutfunktionierendem Apparat und der dünnen Zündschnur, die Bond angebrannt hatte. Was ging draußen vor? Während jeder Stunde der folgenden drei Tage malte Bond sich aus, was sich draußen wohl abspielen mochte – wie Leiter seinen Chef informierte, dann die Besprechung, ein Blitzflug nach Washington, das FBI und Hoover, die Armee, der Präsident ... Wie Leiter darauf bestand, daß Bonds Bedingungen eingehalten, keine verdächtigen Schritte unternommen, keine Nachforschungen angestellt würden ... Und daß man nur nach einem Generalplan vorgehen dürfe, der an dem gewissen Tag die ganze Bande festsetzen würde, so daß keiner entkommen konnte ... Würden sie Bonds Bedingungen annehmen oder es nicht wagen, das Risiko einzugehen? Hatten sie über

den Atlantik mit M gesprochen? Hatte M darauf bestanden, daß man Bond noch irgendwie heraushauen müsse? Hatte er ihn aufgegeben? Es galt auch, sich der beiden »Japaner« zu versichern, um den Wortlaut der Kode-Botschaft aus ihnen herauszuprügeln, auf die Goldfinger am Tage vor der Operation warten würde!
Ging es so vor sich, oder herrschte ein großer Wirrwarr? War Leiter vielleicht gerade irgendwo unterwegs? »Wer ist 007? Was soll das heißen! Irgendein verrückter Lümmel. He, Smith, gehen Sie bitte der Sache nach! Fahren Sie zu dem Lagerhaus und sehen Sie sich um! Tut mir leid, Mister, aber mit den fünf Tausendern ist es nichts. Da haben Sie das Geld für die Rückfahrt. Fürchte, Sie sind reingefallen.«
Oder, noch ärger, war gar nichts geschehen? Stand das Flugzeug ohne Wartung auf dem Flugplatz herum? Tag und Nacht quälten Bond solche Gedanken, während er seine Arbeit verrichtete, die Stunden vorübertickten und die tödliche Maschinerie weiterlief.
Der Stichtag kam heran und verflog in letzter, fieberhafter Geschäftigkeit. Endlich, abends, kam eine Notiz von Goldfinger: *Erste Phase der Operation erfolgreich. Verladen wie geplant um Mitternacht. Kopien aller Karten, Zeitpläne und Einsatzbefehle mitbringen. G.*
In geschlossener Gruppe, mit Bond und Tilly Masterton in der Mitte – er in weißem Ärztemantel, sie in Schwesterntracht –, begab sich Goldfingers Abteilung rasch durch die fast leere Halle des Pennsylvania-Bahnhofs zu dem wartenden Sonderzug. Alle, auch Goldfinger, trugen die übliche weiße Kleidung und die Armbinde des Sanitätskorps. Der schwach erhellte Bahnsteig war voll von den wartenden Gestalten des Gangsteraufgebots. Das gespannte Schweigen paßte durchaus zu einem Katastropheneinsatz. Die Tragbahren und Entgiftungsanzüge, die in die Abteile verladen wurden, erhöhten noch die Dramatik des Bildes. Der Bahnhofsvorstand sprach ruhig mit den vorgesetzten Ärzten in Gestalt von Midnight, Strap, Solo und Ring. Daneben stand Miss Galore mit einem Dutzend blasser Schwestern, die gesenkten Blickes warteten, als stünden sie neben einem offenen Grab. Ohne Schminke, ihre exotischen Frisuren unter Rotkreuzhauben verborgen,

wirkten sie, wie sie sollten: pflichtgetreu, barmherzig, der Linderung menschlichen Leidens ergeben.
Sobald der Vorstand Goldfinger und seine Abteilung kommen sah, eilte er ihnen entgegen. »Dr. Gold?« Sein Gesicht war ernst. »Ich fürchte, die Nachrichten, die durchgekommen sind, sind nicht gut! Heute abend wird alles in den Zeitungen stehen. Alle Züge in Louisville aufgehalten, keine Antwort aus Fort Knox. Aber wir werden Sie gut hinbringen. Allmächtiger Gott, Herr Doktor! Was ist dort los? Leute, die aus Louisville herüberkamen, sprachen davon, daß die Russen dort etwas aus der Luft versprühen. Natürlich glaube ich nicht an solches Zeug! Aber was kann es sein? Lebensmittelvergiftung?«
Goldfinger sagte würdevoll-freundlich: »Mein Bester, eben das müssen wir herausfinden, deshalb fahren wir ja hin. Wenn Sie aber meine Ansicht hören wollen, aber bitte, es ist nur eine Vermutung, dann ist es eine Art Schlafkrankheit.«
»So, glauben Sie?« Der Vorstand war beeindruckt. »Also, Herr Doktor, wir sind alle sehr stolz auf Sie und Ihre Leute vom Katastrophendienst.« Er streckte die Hand aus, Goldfinger drückte sie. »Viel Glück, Herr Doktor! Und jetzt werde ich den Zug so rasch wie möglich abfertigen.«
»Alles einsteigen!«

Bond befand sich in einem Pullman mit Tilly Masterton auf der anderen Seite des Mittelgangs und den Koreanern und Deutschen um sie herum. Goldfinger saß vorn im Wagen und unterhielt sich gut gelaunt mit seinen Unterführern. Jetzt kam Miss Pussy Galore vorbei. Sie achtete nicht auf Tilly Mastertons erhobenes Gesicht, sondern sah Bond fragend an. Türen schlugen zu. Pussy Galore blieb stehen, stützte sich auf die Rückenlehne gegenüber Bond und sah auf ihn herab. »Hallo, Süßer. Lang nicht gesehen. Der Onkel läßt Sie nicht viel von der Leine.«
Bond gab zurück: »Hallo, Schöne, die Tracht steht Ihnen gut. Ich fühle mich sehr schwach, wie wär's mit einer kleinen Betreuung?« Die dunkelvioletten Augen blickten ihn prüfend an. Leise sagte sie: »Wissen Sie was, Mr. Bond? Ich hab' das Gefühl, irgendwas stimmt nicht mit Ihnen. Ich frage mich, was Sie und die Puppe dort in dem Laden zu suchen haben!«

»Wir machen die ganze Arbeit.«
»Kann sein. Aber wenn was schiefgeht morgen früh, dann wette ich, daß unser Süßer den Grund weiß. Verstanden?« Sie wartete Bonds Antwort nicht ab, sondern ging weiter und gesellte sich zur Versammlung der Stabschefs.
Es war eine anstrengende Nacht. Man mußte unter den forschenden, freundlichen Blicken der Schaffner den Schein wahren. Letzte Besprechungen vorn und hinten im Zug mußten den Anschein ernster ärztlicher Beratungen erwecken – kein Zigarrenrauchen, kein Fluchen, kein Spucken. Eifersucht und Konkurrenzneid zwischen den Banden mußten unterdrückt werden. Die kalte Überheblichkeit der Mafia, besonders Jack Strap und seinen leichtlebigen Leuten aus dem Westen gegenüber, hätte vielleicht zu einer Schießerei geführt, wenn die Bandenchefs nicht ständig aufgepaßt hätten. Alle diese kleinen psychologischen Faktoren hatte Goldfinger vorausgesehen. Die »Zementmixer«-Mädchen waren abgesondert, es gab nichts zu trinken, und die Bandenchefs beschäftigten ihre Leute, indem sie ihnen weitere Unterweisungen gaben und längere Ausführungen machten über die Art, das Gold wegzubringen. Nebenbei spionierte man die Pläne der anderen aus, und des öfteren wurde Goldfingers Entscheidung eingeholt, wer nun die Straßen zur mexikanischen Grenze, zur Wüste und nach Kanada bekommen sollte. Goldfinger hatte da ein Wunder zustande gebracht. Abgesehen von seiner Person beruhigte seine genaue Planung und seine Zuversicht die gespannten Nerven und ließ unter den rivalisierenden Banden fast eine Art Teamgeist aufkommen.
Sobald der Zug das flache Land von Pennsylvanien durchbrauste, begannen seine Passagiere in schweren, unruhigen Schlaf zu fallen. Nur Goldfinger und Fakto blieben wach und aufmerksam. Bald gab Bond seine Idee auf, Fakto mit einem seiner verborgenen Messer zu erledigen und die Flucht zu wagen, sobald sich die Geschwindigkeit des Zuges vor einer Station oder bei einer Steigung verringerte. So döste er dahin und dachte über die Worte des Bahnhofsvorstands nach. Der hatte bestimmt alles für wahr gehalten und glaubte ernstlich, Fort Knox sei Katastrophengebiet. Entsprach die Nachricht aus Louisville den Tatsachen, oder war sie ein Teil des riesigen

Verschleierungsplanes, der nötig war, um alle Verschwörer zu erwischen? Und wenn es solch einen Plan gab, wie genau war er vorbereitet? Würde alles klappen oder würde Goldfinger rechtzeitig gewarnt sein? Wenn aber die Nachricht stimmte, das Gift bereits seine Wirkung getan hatte – was blieb da für Bond noch zu tun?
Zu einem war er entschlossen: Irgendwie, in der Aufregung der entscheidenden Stunde, würde er sich an Goldfinger heranmachen und ihm die Gurgel durchschneiden. Aber würde das mehr bedeuten als einen persönlichen Racheakt? Würde jemand stark und besonnen genug sein, die Führung zu übernehmen? Mr. Solo? Wahrscheinlich. Das Unternehmen würde halb und halb gelingen, sie würden mit einer Menge Gold davonkommen – außer Goldfingers Leuten, die ohne ihn verloren waren. – Oder waren die sechzigtausend bereits tot? Hätte er, Bond, etwas tun können, das zu verhindern? Hatte es jemals eine Chance gegeben, Goldfinger umzubringen? Hätte er im Pennsylvania-Bahnhof eine Szene machen sollen? Bond starrte sein dunkles Spiegelbild im Fenster an, horchte auf das freundliche Klingeln an den Bahnübergängen und auf das Heulen des Signalhorns vorn und marterte seine Nerven mit Vorwürfen, Zweifeln und Fragen.

7

Langsam dämmerte der Tag über der endlosen Ebene von Kentucky. Um sechs Uhr fing der Zug an, langsamer zu fahren, glitt durch die erwachenden Vororte von Louisville und kam mit einem Seufzen der hydraulischen Bremsen in dem hallenden, nahezu verlassenen Bahnhof zum Stehen.
Eine kleine, respektvolle Gruppe erwartete sie. Goldfinger, mit übernächtigten Augen, winkte einem der Deutschen, nahm eine schwarze, achtunggebietende Tasche und begab sich damit auf den Bahnsteig. Nach einer kurzen, ernsten Beratung, bei der der Fahrdienstleiter das Wort führte, wandte Goldfinger sich müde zum Zug zurück. Mr. Solo erwartete ihn an der hinteren Waggontür. Bond hörte Goldfingers besorgte Stimme: »Ich fürchte, Herr Doktor, die Lage ist so ernst, wie wir angenom-

men habe. Ich gehe jetzt mit dem da nach vorn« – er hielt die schwarze Tasche hoch – »auf die erste Diesellok, und wir fahren langsam in das verseuchte Gebiet ein. Wollen Sie bitte veranlassen, daß alles die Masken bereithält! Für den Lokführer und den Heizer hab' ich sie mit. Das sonstige Bahnpersonal bleibt hier zurück.«

Mr. Solo nickte mit Würde. »Jawohl, Herr Professor.« Er schloß die Tür, und Goldfinger begab sich nach vorn. Seine Leibwächter und die respektvolle Gruppe folgten ihm.

Nach einer Weile rollte der Zug leise, fast ehrerbietig aus dem Bahnhof und ließ das kleine, jetzt um die vier verlegenen Schaffner vermehrte Empfangskomitee hinter sich.

Noch fünfzig Kilometer, eine halbe Stunde! Die Schwestern reichten Kaffee und Gebäck herum und hatten für jeden, der's brauchte, zwei Dextrintabletten bereit. Sogar daran hatte Goldfinger gedacht! Es gab jetzt keine Scherze, keine Munterkeit mehr: Der Zug war mit Spannung geladen.

Nach zehn Minuten verlangsamte sich seine Fahrt, es gab einen zischenden Bremsruck, Kaffee wurde verschüttet, der Zug blieb fast stehen. Dann beschleunigte er plötzlich sein Tempo: Ein neuer Mann stand am Fahrschalter.

Wenig später kam Mr. Strap durch den Waggon. »Noch zehn Minuten! Fertigmachen zum Aussteigen! Abteilungen A, B, C Ausrüstung anlegen! Alles geht nach Plan, nur mit der Ruhe. Denkt daran, was ihr zu tun habt!« Er ging rasch weiter, und Bond hörte ihn im nächsten Abteil das gleiche ausrufen.

Bond wandte sich an Fakto. »Hör zu, du Affe, ich geh' jetzt auf die Toilette, und Miss Masterton wahrscheinlich auch.« Er wandte sich an das Mädchen: »Oder nicht, Tilly?«

»Ja«, sagte sie gleichgültig, »'s wird gut sein.«

»Na gut, gehen Sie zuerst«, sagte Bond.

Der Koreaner neben ihr blickte fragend auf Fakto, der den Kopf schüttelte.

Bond sagte: »Wenn du sie nicht gehen läßt, dann gibt's jetzt eine Schlägerei, und das mag Goldfinger nicht!« Er wandte sich an das Mädchen: »Gehen Sie nur, Tilly, ich kümmere mich um die Affen da!«

Fakto gab ein paar bellende Laute von sich, die der andere zu verstehen schien, denn er stand auf und sagte: »Okay, aber

Tür nicht zusperren!« Er folgte dem Mädchen und wartete, bis sie herauskam.
Fakto verfuhr mit Bond ebenso. In der Toilette zog Bond seinen rechten Schuh aus, holte das Messer hervor und verbarg es unterm Hosenbund. Er wusch sich und betrachtete im Spiegel sein vor Spannung bleiches Gesicht. Dann trat er hinaus und begab sich wieder auf seinen Platz.
In der Ferne wurde ein Schimmer sichtbar, und bald stiegen undeutlich niedrige Gebäude aus dem Bodennebel der Frühe. Langsam erkannte man die Hangars und den gedrungenen Kontrollturm: *Godman-Field!* Das rhythmische Pochen des Zugs wurde langsamer. Ein paar schmucke, moderne Villen, die zu einer neuen Wohnanlage gehörten, glitten vorüber. Unbewohnt. Zur Linken lief jetzt das dunkle Band der Brandenburg Station Road. Bond reckte den Hals. Durch den leichten Nebel schimmerte sanft das moderne Stadtzentrum von Fort Knox. Die kristallklare Luft über seiner ausgezackten Silhouette war von keinem Rauchwölkchen getrübt. Der Zug fuhr immer langsamer. Auf der Bahnhofstraße hatte es einen schweren Autounfall gegeben, Frontalzusammenstoß. Aus einer zerbeulten Tür hing der Körper eines Mannes, der andere Wagen lag auf dem Dach wie ein toter Käfer. Bond bekam Herzklopfen. Jetzt glitt eine Bungalowreihe vorüber. Auf einer halbgemähten Rasenfläche lag reglos ein Mann. Die exakten Mähspuren liefen bis zu ihm, dann hatte die Maschine einen häßlichen Schnörkel gemacht und war nebenan auf die frisch umgestochene Erde gekippt. Es kam eine Wäscheleine, die abgerissen war, als die Frau nach ihr gegriffen hatte, die nun mit der herabgefallenen Wäsche einen weißen Haufen bildete. Und während der Zug im Schrittempo in die Stadt einfuhr, sah man in jeder Straße, auf jedem Gehsteig reglos hingestreckte Gestalten, einzeln und in Gruppen – in Schaukelstühlen vor der Tür; mitten auf den Kreuzungen, deren Verkehrsampeln weiter ihre Lichtsignale gaben; in Wagen, die noch an den Rand hatten fahren können, und in anderen, die in Schaufenstern steckten. Tod, nichts als Tod! Keine Bewegung, kein Laut außer dem eisernen Gelärm des in diesen Friedhof einfahrenden Mörders!
Jetzt entstand Bewegung in den Wagen. Billy Ring kam mit

breitem Grinsen herein und blieb neben Bond stehen. »Du lieber Schwan!« sagte er entzückt. »Der gute Goldie hat denen vielleicht einen Cocktail verpaßt! Nur peinlich, daß es manche beim Fahren erwischt hat! Aber Sie wissen doch: kein Omelette ohne zerschlagene Eier, nicht?« Bond lächelte gezwungen: »Stimmt.« Billy Ring formte ein lautloses »O« an Stelle eines Lachens und ging weiter.
Der Zug ratterte durch den Brandenburg-Bahnhof. Leichen scharenweise! Männer, Frauen, Kinder, Soldaten! Der Bahnsteig war übersät mit ihnen. Bond spähte nach einer Bewegung, einem heimlichen Blick, einem Handzucken: nichts! Halt, was war das? Ein leises, gedämpftes Weinen drang durchs Fenster! Am Kartenschalter standen drei Kinderwagen, die Mütter lagen daneben. Natürlich! Die Säuglinge hatten die Milch getrunken, nicht das tödliche Wasser.
Fakto erhob sich, ebenso die ganze Abteilung Goldfinger. Die Gesichter der Koreaner waren gleichgültig, unverändert. Keiner sah auf den anderen, schweigend bildeten sie am Ausgang eine Reihe und warteten.
Tilly Masterton berührte Bonds Ärmel. Ihre Stimme zitterte. »Sind Sie sicher, daß die alle schlafen? Da war doch so etwas wie . . . Schaum auf manchen Lippen!«
Auch Bond hatte es gesehen, und der Schaum war blutig gewesen. Er sagte: »Ach, die haben Bonbons oder sonstwas gegessen! Sie kennen doch die Amerikaner – immer müssen sie etwas kauen.« Dann raunte er ihr zu: »Halten Sie sich von mir fern, man wird vielleicht schießen!« Sie nickte stumm, ohne ihn anzusehen. »Ich halt' mich an Pussy, sie wird mir helfen.« Bond lächelte ihr aufmunternd zu: »Gut.«
Langsam holperte der Zug über ein paar Weichen und blieb stehen. Das Signalhorn der Diesellok tutete, die Türen öffneten sich, und die einzelnen Gruppen quollen auf der Seite des Golddepots auf den Bahnsteig.
Alles rollte nun mit militärischer Präzision ab: Die Gruppen traten in Gefechtsordnung an – zuerst ein Sturmtrupp mit Maschinenpistolen, dann die Krankenträger mit den Bahren (jetzt gewiß überflüssig, dachte Bond), dann Goldfingers Sprengkommando mit dem umfangreichen Segeltuchpaket, weiterhin eine gemischte Gruppe von Ersatzfahrern und Ver-

kehrseinweisern und schließlich die Schwesterngruppe, nun mit Revolvern, die mit einer schwerbewaffneten Reservegruppe zurückbleiben sollte, um jeder unerwarteten Einmischung zu begegnen, falls, wie Goldfinger es ausgedrückt hatte, »jemand aufwachen sollte«.

Bond und das Mädchen waren der Kommandogruppe zugeteilt, die aus Goldfinger, Fakto und den fünf Gangsterführern bestand. Sie sollten auf den Dächern der beiden Dielselloks bleiben, die jetzt wie geplant außerhalb der Seitengebäude, mit voller Sicht auf das Zielobjekt und seine Anmarschwege, standen. Bond und das Mädchen sollten sich um Karten, Zeitpläne und Zeitkontrolle kümmern und jede Verspätung sofort Goldfinger anzeigen, der über Sprechfunk mit den Gruppenführern in Verbindung stand. Vor der Explosion würden sie hinter den Dieselloks in Deckung gehen.

Ein doppeltes Tuten des Signalhorns, und der Sturmtrupp, hinter sich die anderen Gruppen, durchlief die zwanzig Meter freien Geländes von der Bahnlinie zum Bullion Boulevard. Bond hielt sich so nahe wie möglich an Goldfinger, der die Augen am Feldstecher und den Mund am Brustmikrophon hatte. Aber Fakto stand dazwischen, ein massiver Muskelberg, und ließ Bond nicht aus den Augen. Scheinbar in der Kartenmappe suchend und die Zeit kontrollierend, berechnete Bond Distanzen und Winkel zu den vier Männern und der Frau, die gebannt auf das Schauspiel starrten. Jetzt sagte Jack Strap aufgeregt: »Durch die ersten Tore sind sie durch!« Bond warf einen Blick auf das Kampffeld.

Es war ein außerordentlicher Anblick: der massive, in der Sonne glitzernde Granitbau inmitten des offenen Feldes, die Straßen mit den in Doppelreihen wartenden Lastern und Transportzügen, jeweils mit den Erkennungsflaggen der Banden auf dem ersten und letzten Fahrzeug jedes Konvois. Die Fahrer lagen hinter der Sperrmauer in Deckung, und durch das Haupttor strömten in Marschordnung die Gruppen aus dem Zug. Außerhalb dieses bewegten Bildes herrschte absolute Stille. Es war, als hielte angesichts dieses Riesenverbrechens Amerika den Atem an. Die Leiber der Soldaten lagen, wo sie umgesunken waren – die Wachen neben den Bunkern, die Maschinenpistole noch in der Hand, und innerhalb der

Schutzmauer zwei Abteilungen in Kampfanzügen. Sie lagen in unordentlichen Haufen, die Körper kreuz und quer übereinander. Draußen, zwischen Bullion Boulevard und Haupttor, standen zwei Panzerwagen ineinander verkeilt, die schweren Maschinengewehre zum Himmel und gegen den Boden gerichtet. Aus dem Turm des einen hing der Fahrer.

Verzweifelt hielt Bond Ausschau nach einem Anzeichen dafür, daß alles dies nur ein sorgfältig gestellter Hinterhalt war. Nichts. Kein Laut aus den vielen Gebäuden im Hintergrund. Nur die Gruppen der Gangster waren eilig am Werk oder warteten auf ihren Einsatz.

Goldfinger sprach ruhig ins Mikrophon: »Letzte Bahre heraus. Sprengkommando fertig machen. Alles in Deckung.«

Die Bereitschaftsgruppen und die Krankenträger hasteten zum Ausgang zurück und gingen hinter der Schutzmauer in Deckung. In fünf Minuten würde das Sprengkommando in das Depot eindringen.

Bond sagte sachlich: »Eine Minute Vorsprung auf den Zeitplan.«

Goldfinger blickte über Faktos Schulter auf ihn. »Sehen Sie, Mr. Bond, ich habe recht behalten. In zehn Minuten bin ich der reichste Mann der Welt! Was sagen Sie nun?«

Bond sagte ruhig: »Das werde ich Ihnen nach diesen zehn Minuten sagen.«

»Werden Sie? Vielleicht.« Goldfinger sah nach der Uhr und sprach rasch ins Mikrophon. Das Sprengkommando setzte sich mit seiner Last in Bewegung. Triumphierend rief Goldfinger zum Dach der zweiten Dieselmaschine hinüber: »Noch fünf Minuten, meine Herren, dann müssen wir in Deckung gehen!« Und zu Bond gewandt, fügte er leise hinzu: »Und dann werden wir uns verabschieden, Mr. Bond. Ich danke Ihnen für die Hilfe, die Sie und das Mädchen mir geleistet haben.«

Etwas wischte seitlich durch Bonds Gesichtsfeld: ein dunkler, sausender Fleck am Himmel! Er erreichte den höchsten Punkt seiner Bahn, stand still – und dann kam der ohrenbetäubende Knall eines Leuchtsignals!

Bonds Herz hüpfte auf. Die Reihen der toten Soldaten erhoben sich, die Maschinengewehre der ineinander verkeilten Panzer schwenkten auf die Tore ein, irgendwoher tönte ein

Lautsprecher: »Bleibt stehen, wo ihr seid! Legt die Waffen nieder!« Doch da kam ein zweckloser Feuerstoß von einer der Sicherungsgruppen, und dann brach die Hölle los.
Bond nahm das Mädchen um die Hüften und sprang. Es war ein Dreimetersprung auf den Bahnsteig, aber Bond dämpfte den Aufschlag mit der Linken und riß das Mädchen auf die Beine. Im Laufen, wobei er sich in der Deckung des Zuges hielt, hörte er Goldfingers Ruf: »Los und erledigt sie!« Links von ihm spritzte eine Geschoßgarbe aus Goldfingers Maschinenpistole in den Asphalt, aber Goldfinger mußte mit der linken Hand schießen. Fakto war gefährlicher! Schon hörte Bond die plumpen, hastigen Schritte.
Das Mädchen wehrte sich, schrie: »Nein, nein, halt, ich will bei Pussy bleiben! Bei ihr bin ich sicher!« Aber Bond schrie zurück: »Halt's Maul! Renn, was du kannst!« Sie hielt ihn auf, behinderte ihn. Plötzlich riß sie sich los und stürzte auf eine offene Waggontür zu. Aus, dachte Bond, jetzt ist's aus! Er riß das Messer heraus und fuhr herum.
Fakto hielt im Lauf gar nicht ein. Er riß den lächerlichen, todbringenden Hut vom Kopf, blickte seitwärts und ließ ihn, ohne zu zielen, durch die Luft sausen. Die Kante traf das Mädchen genau ins Genick. Lautlos fiel sie nach hinten und Fakto in den Weg. Das vereitelte den Stoß mit dem Fuß, den er eben gegen Bonds Kopf führen wollte. Es wurde ein Sprung daraus, wobei Faktos linke Hand wie ein Beil gegen Bond durch die Luft schnitt. Bond duckte sich, stieß sein Messer seitlich nach oben, traf irgendwie die Rippen, aber die Wucht des fliegenden Körpers schlug es ihm aus der Hand, und es klirrte zu Boden. Mit ausgestreckten Armen ging Fakto, anscheinend unverletzt, wieder auf Bond los, die Füße bereit zu einem neuen Stoß.
Über dem Gefechtslärm jenseits des Bahnhofs ertönten drei Huptöne aus der Dieselmaschine. Mit wütendem Knurren sprang Fakto los, während Bond sich zur Seite warf. Ein fürchterlichen Schlag traf seine Schulter und riß ihn nieder. Jetzt kommt der Tod, dachte er. Benommen raffte er sich auf und zog den Kopf ein, um den Schlag abzuschwächen. Aber es kam nichts. Fakto raste den Bahnsteig zurück, der vorderen Diesellok nach, die schon anfuhr. Er holte sie ein, erwischte

die Griffstange, zappelte für Sekunden haltsuchend in der Luft – und war in der Kabine verschwunden. Die riesige Stromlinienlok fuhr davon.

Hinter Bond wurde die Tür der Fahrdienstleitung aufgestoßen. In das Rennen der Füße tönte der Schrei »Santiago!« – St. James! Cortes' Schlachtruf, den Leiter einmal scherzhalber Bond zugedacht hatte. Er wandte den Kopf. Der strohhaarige Texaner stürmte in seinem alten Marine-Kampfanzug den Bahnsteig herauf, gefolgt von einem Dutzend Khakigestalten. An dem Stahlhaken, der ihm als Hand diente, trug er eine Ein-Mann-Bazooka. Bond lief ihm entgegen und rief: »Schieß mir meinen Fuchs nicht ab! Gib her!« Er riß die Bazooka an sich und warf sich auf den Bahnsteig. Die Diesellok war jetzt schon zweihundert Meter entfernt, kurz vor der Brücke über den Dixie Highway. Bond schrie: »Aus dem Weg!«, um die Leute aus der Linie der Rückstoßflamme zu bringen, klinkte die Sicherung aus und zielte sorgfältig. Die Bazooka erbebte, die panzerbrechende Fünfkilorakete war draußen! Ein Blitz – eine blaue Rauchwolke! Einige Metallteile flogen von der fahrenden Maschine, aber dann war sie über die Brücke hinaus, ging in die Kurve und war verschwunden.

»Gar nicht schlecht für einen Anfänger«, bemerkte Leiter. »Vielleicht ist der hintere Diesel kaputt, aber das sind Zwillingsmaschinen, er kommt mit der vorderen allein auch durch.«

Bond erhob sich und lächelte zur Begrüßung. »Du Pfuscher«, sagte er sarkastisch, »warum, zum Teufel, hast du die Linie nicht blockiert?«

»Paß auf, du Würstchen, wenn du dich beschweren willst, dann geh zum Präsidenten! Er leitet die Operation höchstpersönlich, es ist ja auch eine Pracht. Jetzt fliegt da oben ein Aufklärer. Sie werden die Diesellok kriegen, und bis Mittag haben wir Goldlöckchen im Kittchen. Hast du vielleicht gewußt, daß er im Zug bleiben würde?« Er schlug Bond auf die Schultern. »Teufel, was bin ich froh, dich zu sehen! Wir hatten Auftrag, dich herauszuholen, sind in der Gegend herumgesaust und haben dafür von beiden Seiten Feuer gekriegt!« Er wandte sich an die Soldaten: »Oder vielleicht nicht!«

Sie lachten: »Aber sicher, Käpt'n!«

Bond blickte den Texaner, mit dem er schon so viel durchgestanden hatte, herzlich an. »Felix, du warst schon immer groß darin, mir das Leben zu retten! Und diesmal war's verdammt knapp! Tilly Masterton, fürchte ich, hat's erwischt.« Er ging zum Zug, Felix dicht hinter ihm. Die zarte Gestalt lag noch so, wie sie gefallen war. Bond kniete neben ihr nieder, aber der unnatürlich abgeknickte Kopf verriet ihm alles. Er fühlte nach dem Puls, stand auf und sagte leise: »Arme Kleine! Aus Männern hat sie sich nie viel gemacht.« Dann, wie zur Verteidigung: »Felix, wenn sie mir gefolgt hätte, wär' das nicht passiert!«

Leiter verstand nicht, griff nach Bonds Arm und sagte: »Aber gewiß, Junge, beruhige dich nur.« Er wandte sich an seine Leute: »Zwei von euch tragen sie in die Fahrdienstleitung da drüben! O' Brien, Sie holen eine Ambulanz! Dann gehen Sie zum Gefechtsstand rüber und erstatten Bericht. Sagen Sie, Commander Bond ist hier, und ich bringe ihn gleich mit!«

Bond sah auf das tote Bündel aus Kleidern und Gliedmaßen nieder. Er dachte an das stolze, fröhliche Mädchen in dem vorübersausenden TR 3.

Hoch über ihm stieg ein wirbelnder Fleck in den Himmel. Dann kam der scharfe Knall des Leuchtsignals. Es war das Zeichen zur Einstellung des Feuers.

8

Zwei Tage später lenkte Felix Leiter seinen schwarzen Studillac waghalsig durch den zähflüssigen Verkehr bei der Triboroughbrücke. Es war zwar noch Zeit genug, um Bonds Flugzeug, die BOAC Monarch nach London, zu erreichen, aber Leiter machte es Spaß, Bonds schlechte Meinung über amerikanische Wagen zu erschüttern. Jetzt riß der Stahlhaken seiner Handprothese den Schalthebel in den zweiten Gang, und das niedrige schwarze Auto drängte sich mit einem Sprung zwischen einen riesigen Gefrierwagen und einen dahintrödelnden Oldsmobile, dessen Hinterfenster fast völlig mit Urlaubsschildern verklebt war.

Bonds Körper wurde zurückgeschleudert, und seine Zähne

schlugen aufeinander, als die 300 PS so plötzlich anzogen. Nachdem das wütende Hupen hinter ihnen verklungen war, meinte er milde: »Höchste Zeit, daß du dir statt dieses Spielzeugautos was Schnelleres zulegst!«
Leiter lachte: »Siehst du das grüne Licht da vorn? Wetten, ich komm' durch, bevor's rot wird!« Der Wagen sprang vorwärts, als hätte man ihm einen Tritt versetzt. Für einen Moment benahm es Bond den Atem – er hatte den Eindruck, die stählerne Wagenmauer würde durch Leiters Dreitonhorn auseinandergepeitscht, hundert Meter lang stand der Zeiger auf hundertfünfzig, dann waren sie unter der Ampel durch und fuhren brav in der Mittelspur.
Bond sagte ruhig: »Du brauchst nur an den falschen Polizisten zu kommen, dann nützt dir dein Pinkertonausweis auch nichts. Nicht, weil du so langsam fährst, wird er dich aufschreiben, sondern weil du den Verkehr hinter dir aufhältst. Was du brauchst, ist ein hübscher, älterer Rolls-Royce Silver Ghost mit großen Spiegelfenstern, damit du die Naturschönheiten genießen kannst.« Bond wies nach rechts auf einen riesigen Autofriedhof. »Höchstens achtzig, und er kann anhalten und sogar rückwärtsfahren, wenn man will. Ballonhupe, das paßt zu deinem Altherrenstil. Wirklich, jetzt wird bald einer auf dem Markt sein – der von Goldfinger. Richtig, was ist mit dem? Noch immer nicht erwischt?«
Leiter sah nach der Zeit und wechselte auf die Seitenspur. Er ging auf sechzig herunter und sagte ernst: »Um die Wahrheit zu sagen, wir sind da etwas in Sorge. Die Zeitungen zerreißen uns oder vielmehr Edgar Hoovers Leute, es ist nicht auszuhalten. Zuerst hat ihnen die Geheimhaltung deiner Person nicht gepaßt, aber wir konnten ihnen doch nicht sagen, daß so ein alter Tommy namens M darauf bestanden hat! Jetzt saugen Sie sich's aus den Fingern, sagen, daß wir die Sache auf die lange Bank schieben und so weiter. Aber tatsächlich, James« – Leiters Stimme war verdrossen –, »wir haben einfach keine Spur. Den Diesel haben sie erwischt. Goldfinger hatte die Hebel auf fünfzig blockiert und ihn weiterfahren lassen. Er und die Koreaner sind irgendwo abgesprungen, wahrscheinlich auch dieses Galoremädchen und die vier Gangster, denn die sind ebenfalls weg. Seinen Lastkonvoi haben wir gefunden,

außerhalb Elizabethville auf der östlichen Autobahn, aber ohne Fahrer. Goldfinger hält sich vermutlich irgendwo mit ein paar harten Burschen versteckt. Den Swerdlowsk-Kreuzer in Norfolk hat er jedenfalls nicht erreicht. Wir hatten eine Zivilpostenkette um die Docks gezogen, und die haben das planmäßige Auslaufen beobachtet, ohne daß jemand an Bord gegangen wäre. Das Lagerhaus am East River war leer, und weder in Idlewild noch an den Grenzen nach Mexiko und Kanada ist jemand aufgetaucht. Ich möchte ja wetten, Jed Midnight hat sie irgendwie nach Kuba gebracht! Mit zwei, drei Lastern aus dem Konvoi im Höllentempo nach Florida, in die Gegend von Daytona Beach. Midnight ist dort prima organisiert. Küstenwache und Air Force haben nichts bemerkt, wahrscheinlich sind sie in der Nacht nach Kuba hinüber. Der Präsident ist wütend, aber das hilft auch nichts.«
Am Tag vorher war Bond in Washington mit Ehrungen überschüttet worden: Es gab Reden im Münzamt, einen Imbiß mit allen großen Tieren im Pentagon, eine eher peinliche Viertelstunde beim Präsidenten, und der Rest des Tages verging unter harter Arbeit mit einem Stenoteam in Edgar Hoovers Büro und in Gegenwart eines Kollegen der Abteilung A. Danach kam ein belebendes Viertelstundengespräch über die Gesandtschaftsleitung mit M, der Bond vom europäischen Stand der Angelegenheit unterrichtete. Wie erwartet, war Goldfingers Telegramm an Universal Export mit höchster Dringlichkeit behandelt worden. In den Fabriken von Reculver und Coppet hatte man zusätzliche Beweise für den Goldschmuggel gefunden, die indische Regierung war auf die Mecca-Maschine aufmerksam gemacht worden, und so war diese Seite der Unternehmung im Begriff, hochzugehen. Die Schweizer Bundespolizei hatte Bonds Wagen rasch gefunden und Bonds Spur bis Amerika verfolgt. Aber in Idlewild hatte das FBI sie verloren. Über die Art, wie Bond die »Operation Großer Schlag« aufgedeckt hatte, schien M erfreut, fügte aber hinzu, die Bank von England dränge ihn wegen ihrer zwanzig Millionen Pfund. Goldfinger hatte zuletzt alles bei der Paragon Safe Deposit Co., New York, deponiert, jedoch am Vortag der Operation abgehoben und mit seinen Leuten in einem geschlossenen Laster abtransportiert. Die Bank von England hatte einen Be-

schlagnahmebeschluß erwirkt, aber man mußte natürlich noch beweisen, daß es englisches Gold war. Bond solle am besten gleich heimkommen und die Dinge klären helfen. Ja, noch etwas – M's Stimme war barsch geworden –, es sei da eine sehr freundliche Anfrage an den Premier gekommen, man möge Bond doch erlauben, die amerikanische Verdienstmedaille anzunehmen. Natürlich habe er, so sagte M, über den Premier erklären lassen müssen, daß die Dienststelle dergleichen nicht gern sehe – besonders von fremden Mächten nicht, wie befreundet sie auch seien. Bond hatte gesagt, es sei alles in Ordnung und er werde das nächste Flugzeug nach Hause nehmen.

Während sie nun ruhig die Van-Wyck-Straße hinunterfuhren, fühlte Bond sich irgendwie unbefriedigt. Er ließ nicht gern einen Fall so unabgeschlossen. Weder die großen Gangster waren gefaßt worden noch Goldfinger mit seinem Gold. Auch den »Großen Schlag« hatte Bond nur durch ein Wunder vereiteln können: Erst nach zwei Tagen war die Beechcraft zum Service gekommen, und der Putzboy, der die Nachricht gefunden hatte, erwischte Leiter gerade noch eine halbe Stunde vor seiner Abfahrt – er sollte wegen eines Rennskandals an die Küste fahren. Dann aber war Leiter losgezogen – erst zu seinem Chef, dann zum FBI und weiter zum Pentagon. Die FBI-Informationen über Bond sowie die Rücksprache mit M hatten genügt, die Sache innerhalb Stundenfrist vor den Präsidenten zu bringen. Danach war nur mehr der Riesenbluff vorzubereiten, bei dem die Einwohner von Fort Knox mitgewirkt hatten. Die beiden »Japaner« waren bald gefaßt, und die chemische Abteilung des Kriegsministeriums bestätigte, daß ihre drei Halbliterflaschen GB gereicht hätten, ganz Fort Knox auszurotten. Sobald man den Wortlaut des vereinbarten Telegramms an Goldfinger aus den »Japanern« herausgebracht hatte, schickte man es ab. Die Armee gab Alarm, jeder Verkehr nach Fort Knox wurde unterbunden, nur die Gangsterkonvois blieben unbehelligt. Alles übrige war dann Theater gewesen.

Langsam fuhren sie durch das eintönige Flachland von Idlewild, vorbei an den Zehn-Millionen-Skeletten aus Stahl und Zement, die einmal ein Flughafen sein würden, und hielten dann neben dem Betongewirr aus Behelfsgebäuden, die Bond so gut kannte. Die höflichen Mikrophonstimmen drangen bereits zu ihnen heraus: »Pan American World Airways meldet den Abflug ihres Präsident-Flugs PA 100« – »Transworld Airways ruft Kapitän Murphy. Kapitän Murphy, bitte.« Dann die schöngerundeten Vokale und die sanfte Diktion der BOAC: »BOAC meldet die Ankunft ihres Bermuda-Fluges BA vierainunnoinzig. Die Passagiere werden bai Tor Nummer noin ausstaigen.«

Bond nahm seine Tasche und verabschiedete sich von Leiter: »Also, danke für alles, Felix! Und schreib mir jeden Tag!«

Leiter drückte ihm die Hand. »Aber sicher, Kleiner. Und nur mit der Ruhe! Sag dem alten M, er soll dich bald wieder rüberschicken. Beim nächsten Besuch mach' ich mich aus der Tretmühle frei, du mußt endlich mal mit zu mir nach Haus, meine Ölquellen besichtigen. Alles Gute!«

Leiter stieg in seinen Wagen und fuhr davon, Bond winkte ihm nach. Der Studillac schleuderte auf die Zufahrtsstraße hinaus. Leiters Stahlhaken blinkte noch einmal grüßend aus dem Fenster, dann war er weg.

Bond seufzte, nahm seine Tasche auf, trat ein und ging zum BOAC-Kartenschalter. Er hatte Flughäfen ganz gern, solang er allein war. Da ihm noch eine halbe Stunde Zeit blieb, schlenderte er durch die Menge, nahm im Restaurant einen Whisky Soda und suchte am Bücherstand nach etwas Lesbarem. Schließlich kaufte er Ben Hogans neuestes Buch über die Grundregeln im Golfspiel und einen Raymond Chandler. Dann ging er weiter zum Andenkenladen, um zu sehen, was er seiner Sekretärin mitbringen könne.

Jetzt verlas eine Männerstimme über das Ansagennetz von BOAC eine lange Liste von Monarch-Passagieren, die am Kartenschalter gewünscht wurden. Zehn Minuten später, Bond bezahlte gerade den neuesten und teuersten Kugelschreiber, hörte er seinen eigenen Namen ausrufen: »Mr. James Bond, Passagier der BOAC Monarch, Flug Nr. 510 über Gander nach London, bitte zum Kartenschalter! Mr. James Bond, bitte!«

Diese verdammte Einkommensteuer! Sicher wieder das Formular, auf dem er angeben sollte, wieviel er während seines Amerika-Aufenthalts verdient hatte. Er trat aus dem Laden und ging zum Schalter hinüber. Der Beamte fragte höflich

nach Bonds Gesundheitspaß. Bond zog das Formular hervor und reichte es ihm.
Nach sorgfältiger Prüfung sagte der Beamte: »Tut mir leid, aber in Gander ist ein Typhusfall aufgetreten, und man besteht dort auf der Nachimpfung sämtlicher Transitpassagiere, die im letzten Halbjahr nicht geimpft wurden. Es ist sehr unangenehm, Sir, aber Gander ist in diesen Dingen genau.«
Bond konnte Impfungen nicht leiden. Verärgert sagte er: »Aber Sie sehen doch, daß ich vollgepumpt bin mit allen möglichen Injektionen! Seit zwanzig Jahren bekomm' ich sie aus den unmöglichsten Gründen!« Er sah sich um. Der BOAC-Flugplatzausgang schien merkwürdig verlassen. »Wo sind denn die anderen Passagiere?«
»Die sind alle einverstanden, Sir, und werden eben geimpft. Es geht ganz schnell, wenn Sie bitte mitkommen wollen, Sir.«
»Na, schön.« Bond zuckte unwillig die Achseln, folgte dem Mann hinter den Schalter und durch eine Tür zum Büro des BOAC-Stationsleiters. Da war der übliche Arzt in Weiß, mit Atemmaske und Impfnadel. »Der letzte?«
»Jawohl, Doktor.«
»Okay. Bitte, den Rock ausziehen und den linken Hemdsärmel hochstreifen. Unangenehm, daß sie in Gander so genau sind.«
»Verdammt unangenehm«, sagte Bond. »Wovor haben die eigentlich Angst? Vorm Schwarzen Tod?«
Es roch stark nach Alkohol, dann kam der Einstich.
»Danke«, sagte Bond verdrossen. Er rollte den Ärmel hinunter, wollte seinen Rock von der Stuhllehne nehmen, seine Hand streckte sich danach aus, verfehlte ihn, ging hinunter, hinunter, sein Körper folgte ihr, hinunter, hinunter . . .

Alle Lichter brannten, und eine Menge Plätze waren frei. Warum mußte er neben einem Fluggast kleben, der die ganze mittlere Armlehne für sich beanspruchte? Bond wollte den Platz wechseln, aber eine Welle von Übelkeit ließ ihn zurückfallen. Er schloß die Augen und wartete. Merkwürdig! Er wurde doch sonst nie flugkrank? Er spürte kalten Schweiß auf der Stirn. Taschentuch, abwischen. Er öffnete die Augen wieder und sah auf seine Arme hinunter: Seine Handgelenke waren an die Armlehnen gefesselt! Was war geschehen? Er hatte eine Spritze bekommen und mußte dann ohnmächtig geworden sein. Hatte er zu toben begonnen? Was, zum Teufel, war mit ihm los? Er blickte nach rechts und war entgeistert: da saß Fakto. Fakto in BOAC-Uniform!

Fakto blickte ihn stumpf an und drückte die Stewardklingel. Bond hörte das freundliche Klingeln aus dem Anrichteraum. Dann raschelte es neben ihm, er blickte auf und sah Pussy Galore frisch und adrett in blauer Stewardessenuniform! Sie sagte: »He, Süßer!« Woher nur erinnerte er sich an ihren tiefen, fragenden Blick? »Um Himmels willen«, sagte er, »was ist hier los? Wo kommen Sie her?«

Sie lächelte aufmunternd. »Vom Kaviaressen und Champagnertrinken. Ihr Engländer lebt wie Gott in Frankreich, wenn ihr sechstausend Meter hoch seid. Keine Spur von Brüsseler Sprotten, und wenn's hier wo Tee gibt, dann hab' ich ihn noch nicht gesehen. Aber bleiben Sie schön still, Onkel möchte mit Ihnen sprechen!« Mit wiegenden Hüften schlenderte sie nach vorn und verschwand durch die Cockpittür.

Jetzt konnte Bond nichts mehr überraschen: auch nicht Goldfinger in der Uniform eines BOAC-Kapitäns! Sie war ihm etwas zu groß, er hatte die Kappe fest auf den Kopf gedrückt, schloß die Cockpittür hinter sich und kam durch den Gang heran.

Grimmig sah er auf Bond nieder. »Nun, Mr. Bond, das Schicksal will, daß wir das Spiel zu Ende spielen. Aber diesmal haben Sie keine Karte mehr im Ärmel. Ha!« Ärger und Respekt sprachen aus seiner Stimme. »Mit Ihnen habe ich tatsächlich den Bock zum Gärtner gemacht!« Er schüttelte langsam den großen Kopf. »Warum habe ich Sie am Leben gelassen! Warum habe ich Sie nicht wie ein Ungeziefer zertreten! Ja, Sie haben mir geholfen, damit hatte ich recht. Aber es war Wahnsinn, dieses Risiko einzugehen, jawohl, Wahnsinn!« Er wurde ruhiger. »Und jetzt sagen Sie mir eines, Mr. Bond: Wie haben Sie das gemacht? Wie haben Sie Verbindung aufgenommen?«

Bond sagte gleichmütig: »Wir werden uns darüber unterhalten, Goldfinger, aber erst, wenn diese Fesseln weg sind, und ich eine Flasche Whisky Bourbon, Eis, Soda und ein Paket Chesterfield habe. Und wenn Sie mir gesagt haben, was ich wissen will. Sie haben recht, meine Lage ist ungünstig oder scheint es zumindest zu sein. Ich habe also nichts zu verlieren, und wenn Sie etwas aus mir herauskriegen wollen, dann nur zu meinen Bedingungen.«

Goldfinger blickte ernst zu Boden. »Aus Respekt vor Ihren Fähigkeiten habe ich nichts dagegen. Fakto, läute nach Miss Galore, mach ihm die Fesseln auf und setz dich ihm gegenüber! Hinten im Flugzeug kann er keinen Schaden anrichten, nur dem Cockpit darf er nicht nahe kommen! Nötigenfalls bringst du ihn um, aber ich möchte ihn lieber lebend ans Ziel bringen, verstanden?«

»Arrgh.«

Fünf Minuten später hatte Bond, was er wollte. Er goß sich einen Whisky ein, während Goldfinger in dem Sitz schräg gegenüber wartete. Bond nahm seinen Drink und nippte daran. Eben wollte er einen tiefen Schluck tun, als er etwas sah. Vorsichtig, damit das unten angeklebte Papier sich nicht löse, stellte er das Glas ab, zündete sich eine Zigarette an, griff erneut danach, nahm die Eiswürfel heraus und legte sie in den Eiskübel zurück. Dann trank er so viel von dem Whisky, daß die Worte durch den Boden des Glases lesbar wurden. Sie lauteten: »Ich halte zu dir. XXX. P.«

Bond wandte sich um, machte sich's bequem und sagte: »Also, Goldfinger, zunächst, was geht hier vor, wo haben Sie dieses Flugzeug her, und wohin fliegen wir?«

Goldfinger kreuzte die Beine und starrte den Gang entlang. Dann begann er im Plauderton: »Ich bin mit drei Lastwagen bis in die Gegend von Kap Hatteras gekommen. Einer davon enthielt meinen persönlichen Goldschatz, in den beiden anderen waren meine Fahrer, Reservepersonal und die Gangster. Da ich außer Miss Galore keinen von ihnen brauchen konnte, behielt ich nur die wichtigsten Leute des Personals, zahlte die anderen aus und setzte sie nach und nach auf dem Weg ab. An der Küste hielt ich an einem verlassenen Ort mit den vier Gangsterführern eine Besprechung ab, nachdem ich Miss Galore unter einem Vorwand bei den Wagen gelassen hatte. Ich erschoß dann alle vier in meiner üblichen Art – eine Kugel für jeden. Jetzt waren wir sechs Männer, eine Frau und das Gold. Ich charterte ein Flugzeug nach Newark, New Jersey, wobei ich das Gold als Bleiplatten für Röntgenaufnahmen deklarierte. Dann fuhr ich allein nach New York, von wo ich über Funk mit Moskau sprach und das Mißlingen der ›Operation Großer Schlag‹ durchgab. Gesprächsweise erwähnte ich dabei Ihren Namen. Meine Freunde, die Ihnen ja bekannt sein dürften« – Goldfinger blickte Bond scharf an – »laufen unter der Bezeichnung SMERSH. Sie kannten den Namen Bond und sagten mir das Nötige. Nun war mir vieles klar. Da SMERSH sich an Ihrer Person interessiert zeigte, faßte ich jenen Plan, dessen Ausführung Sie jetzt erleben. Ich gab mich als Ihren Freund aus und erfuhr so, für welchen Flug Sie gebucht hatten. Drei meiner Leute waren früher bei der Luftwaffe und meinten, es wäre nicht schwierig, dieses Flugzeug zu fliegen. Der Rest war nur mehr Kleinarbeit: durch kalten Bluff, Theaterspielen und eine gewisse Gewaltanwendung erhielten alle BOAC-Angestellten in Idlewild, die Besatzung und die Passagiere die nötigen Spritzen, von denen sie sich jetzt erholen werden. Wir tauschten die Kleider, das Gold wurde verladen, Sie wurden per Tragbahre hinausgeschafft. Dann bestieg die neue Besatzung samt Stewardess die Maschine und flog ab.« Goldfinger hob die Hand. »Natürlich gab es kleine Schwierigkeiten. Man sagte uns, wir sollten Rollbahn Alpha zur Startbahn vier nehmen, und das gelang uns nur, indem wir einer KLM-Maschine folgten. Die Routine von Idlewild war nicht leicht zu meistern, und wir müssen etwas ungeschickt und unerfahren gewirkt haben. Aber mit Selbstsicherheit, starken Nerven und schroffem, einschüchterndem Auftreten, Mr. Bond, setzt man sich rasch über die Beamtenmentalität der kleinen Angestellten hinweg. Der Funker sagte mir übrigens, daß man uns bereits sucht. Man hat schon angefragt, bevor wir noch aus dem Ultrakurzwellenbereich von Nantucket heraus waren. Dann suchte uns das Fernwarnungsnetz auf Kurzwelle. Das hat mich weiter nicht gestört, wir haben genügend Treibstoff. Von Moskau haben wir schon Landeerlaubnis für Ost-Berlin, Kiew oder Murmansk. Unsere Route wird vom Wetter abhängen. Sollte es noch Schwierigkeiten geben, dann werde ich sie über Sprechfunk beilegen. Niemand wird so rasch ein wertvolles BOAC-Flugzeug abschießen. Die allgemeine Verwirrung wird uns helfen, und sind wir erst weit genug über Sowjetterritorium, dann verschwinden wir natürlich spurlos.«

Seit Bond die Einzelheiten der »Operation Großer Schlag« kannte, schien ihm nichts mehr unmöglich, was mit Goldfinger zusammenhing. Der Diebstahl dieses Stratocruisers war nicht unerhörter als Goldfingers Methoden des Goldschmuggels oder gar der Erwerb des Atomsprengkopfes. Goldfinger war ein Künstler, ein Wissenschaftler des Verbrechens.

»Und nun, Mr. Bond vom britischen Geheimdienst, was haben Sie mir jetzt zu sagen? Wer hat Sie auf mich angesetzt? Wie haben Sie meinen Plan verhindert?«

Bond sagte Goldfinger nicht die ganze Wahrheit. Er erwähnte nichts von SMERSH und dem »Briefkasten«, er sagte auch nichts über den »Homer«, der den Russen vielleicht unbekannt war, und schloß mit den Worten: »Sie sehen also, Goldfinger, daß Sie nur ganz knapp davongekommen sind. Wäre mir in Genf nicht Tilly Masterton dazwischengekommen, Sie säßen jetzt in einem Schweizer Gefängnis und sähen Ihrem Abtransport nach England entgegen. Sie unterschätzen uns Engländer. Wir sind vielleicht langsam, aber wir kommen. Glauben Sie wirklich, in Rußland sicher zu sein? Wir haben auch von dort schon Leute herausgeholt.«

9

Hoch über der weiten, mondbeleuchteten Wolkenlandschaft dröhnte die Maschine dahin. Die Lichter waren gelöscht, und Bond saß ruhig in der Finsternis, schwitzend bei dem Gedanken an das, was er zu tun vorhatte.

Vor einer Stunde hatte das Mädchen ihm sein Dinner gebracht. In der Serviette war ein Bleistift verborgen gewesen. Nach ein paar kessen Bemerkungen für Faktos Ohren war sie gegangen. Bond hatte einige Bissen gegessen und ziemlich viel Whisky getrunken, wobei seine Phantasie fieberhaft nach einer Gelegenheit suchte, eine Notlandung in Gander oder sonstwo in Neuschottland zu erzwingen. Sollte er als letzten Ausweg Feuer legen? Oder den Einstieg aufreißen? Beides schien undurchführbar und selbstmörderisch.

Einer von Goldfingers Helfern, derselbe, den Bond vom Kartenschalter her kannte, ersparte ihm weiteres Kopfzerbrechen. Er kam heran und grinste zu Bond hinunter: »BOAC betreut Sie gut, nicht? Mr. Goldfinger meint, Sie könnten auf schlechte Gedanken kommen, und da soll ich Sie im Auge behalten. Also lehnen Sie sich nur zurück und genießen Sie den Flug, ja?«

Bond nahm keine Notiz von ihm, und der Kerl ging nach hinten.

Irgend etwas ging Bond im Kopf herum, es hing mit dem Aufreißen der Tür zusammen! Wie war das doch damals, 1957, mit dem Flugzeug über Persien gewesen? Bond saß und starrte abwesend auf die Lehne des Vordersitzes. Ja – so könnte es gehen! Das war denkbar! Er schrieb innen auf die Serviette: »Ich tue mein Bestes. Schnall dich fest. XXX. J.«

Als das Mädchen das Tablett holen kam, ließ Bond die Serviette fallen, hob sie auf und reichte sie ihr. Dabei hielt er ihre Hand fest und lächelte in ihre forschenden Augen. Während sie sich nach dem Tablett bückte, küßte sie ihn rasch auf die Wange und sagte ironisch im Weggehen: »Ich werd' von dir träumen, Süßer!« Dann verschwand sie im Anrichteraum.

Bald danach hatte sich Bond entschlossen, wie er vorgehen würde. Er hatte alles überlegt. Das Messer aus dem Schuh steckte unter seiner Jacke, das längere Ende des Sicherheitsgurts schlang sich fest um sein linkes Handgelenk. Nun brauchte sich Fakto nur mehr vom Fenster abzuwenden. Daß er einschlief, war kaum zu erwarten, aber ein wenig bequem würde er sich's schon machen. Bond ließ das im Vorderfenster sich undeutlich spiegelnde Profil nicht aus den Augen, aber Fakto saß weiter stur unter dem Leselicht, das er vorsorglich hatte brennen lassen, und starrte zur Decke, den Mund leicht offen und die Hände auf den Armlehnen in Bereitschaft.

Eine Stunde, zwei Stunden. Bond begann zu schnarchen, regelmäßig, schwer und, wie er hoffte, hypnotisch. Faktos Hände lagen jetzt im Schoß. Der Kopf sank ihm auf die Brust, wurde hochgerissen und blieb nun, in bequemerer Lage, vom Fenster abgewandt.

Bond achtete darauf, daß sein Schnarchen regelmäßig klang. Faktos Wachsamkeit war schwer zu täuschen – eher kam man an einer hungrigen Dogge vorbei. Zentimeterweise beugte Bond sich auf seine Fußballen vor und schob dabei die Hand mit dem Messer zwischen die Wand und Faktos Sitz. Jetzt war er dort! Jetzt zielte die nadelscharfe Dolchspitze mitten auf den Quadratzoll Plexiglas, den er treffen wollte! Bond umkrampfte das Ende seines Sicherheitsgurts, nahm den Dolch etwas zurück und stieß zu.

Er hatte keine Vorstellung von dem, was beim Durchstoßen des Fensters passieren würde. Aus den Zeitungsmeldungen über den Fall in Persien wußte er lediglich, daß es den am Fenster sitzenden Fluggast aus der Druckkabine gesaugt und in die Luft hinausgewirbelt hatte. Aber nun löste sein Dolchstoß ein so phantastisches Aufheulen, ja Aufbrüllen der Luft aus, nun wurde er mit solcher Gewalt gegen Faktos Sitzlehne gesaugt, daß es ihm den Gurt aus der Faust riß. Über die Rückenlehne hängend, war er Zeuge eines Wunders: Faktos Körper schien der heulenden, schwarzen Öffnung entgegenzuwachsen! Krachend fuhren Kopf und Schultern durch den Rahmen, und dann zog es den Koreaner langsam, stückweise wie Zahnpasta und mit schrecklichem Pfeifen hinaus in die Schwärze der Nacht. Schon war er bis zum Gürtel draußen, doch seine starken Hinterbacken blieben noch stecken. Aber dann gab es einen Knall, die Hinterbacken waren durchgerutscht und die Beine verschwunden wie aus der Pistole geschossen!

Dann ging die Welt unter. Zugleich mit dem entsetzlichen Zerklirren des Geschirrs in der Anrichte stellte sich der Riesenvogel auf den Kopf und raste im Sturzflug hinunter. Das letzte, was Bond wahrnahm, ehe ihm die Sinne schwanden, war das heulende Kreischen der Jets und der gespenstische Anblick der durchs offene Fenster sausenden Läufer und Polster. Verzweifelt umklammerte er den Sitz vor sich, und unter sengenden Lungenschmerzen brach sein sauerstoffhungriger Körper zusammen.

Das nächste war ein harter Fußtritt in die Rippen und Blutgeschmack im Mund. Bond ächzte. Wieder trat jemand gegen seinen Körper. Unter Schmerzen erhob er sich zwischen den Sitzen auf die Knie und sah wie durch einen roten Vorhang nach oben. Alle Lichter brannten, und die Kabine stand unter dünnem Nebel. Der plötzliche Druckverlust hatte die Luft unter den Taupunkt gebracht. Das Gebrüll der Jets durch das offene Fenster war gigantisch, und die Haut brannte in dem eisigen Orkan. Goldfinger stand über ihm, das Gesicht in dem gelblichen Licht nicht mehr menschenähnlich. Aus seiner reglosen Hand starrte der kleine, automatische Tod. Nochmals holte er aus und traf. Wut stieg in Bond auf. Er packte zu und drehte dem anderen fast den Fuß aus dem Knöchel. Goldfinger brüllte auf und krachte auf den erzitternden Boden, Bond sprang in den Laufgang und warf sich auf ihn. Ein Schuß verbrannte ihm das Gesicht, aber schon stieß sein Knie in Goldfingers Leib, schon preßte seine Linke sich auf den Revolver.

Und dann wurde Bond zum Berserker: mit Fäusten und Knien stieß er hinein in den sich wehrenden Körper und hämmerte mit der Stirn wieder und wieder mitten in das glitzernde Gesicht unter sich. Nochmals kam schwankend der Revolver hoch, und fast gleichgültig fegte er ihn mit der Handkante zwischen die Sitze, wo er mit metallischem Aufschlag liegenblieb. Goldfinger umkrallte jetzt seine, er Goldfingers Gurgel. Tief, tiefer, noch tiefer bohrte Bond seine Daumen in die Schlagader, stieß atemringend sein ganzes Gewicht nach. Nur jetzt nicht auslassen, ehe der andere tot war! Schon wechselte das schweißnasse Mondgesicht die Farbe, schon trat durch die Sonnenbräune ein bläuliches Rot, schon begannen die Augen zu flackern! Und dann lockerte sich Goldfingers Griff, seine Hände fielen zurück, die Zunge hing ihm aus dem offenen Mund, und tief aus den Lungen stieg ein schreckliches Gurgeln. Bond setzte sich rittlings auf den reglosen Rumpf und löste, einen nach dem anderen, die verkrampften Finger.

Aufseufzend ließ er sich auf die Knie gleiten und stand langsam auf. Benommen blickte er umher. Neben der kleinen Kombüse hing Pussy wie ein Wäschebündel in ihrem Sitzgurt. Weiter unten lag, mitten im Gang ausgebreitet, der Wächter, Arm und Kopf grotesk abgewinkelt. Da er ohne den haltenden Sicherheitsgurt gewesen war, mußte ihn das plötzliche Absacken der Maschine gegen das Dach geschleudert haben.

Bond fuhr sich übers Gesicht. Erst jetzt spürte er das Brennen an Handflächen und Wangen. Müde ging er wieder auf die

Knie und suchte nach dem kleinen Revolver. Es war ein .25er-Colt. Er zog das Magazin heraus: noch drei Patronen und eine in der Kammer. Er tastete sich zu dem Mädchen, knöpfte ihr die Jacke auf und befühlte ihre Brust. Herzflattern. Er schnallte den Gürtel los, legte sie flach, mit dem Gesicht nach unten, auf den Boden und kniete sich über sie. Nach fünf Minuten Wiederbelebungsversuchen begann sie zu stöhnen. Er ließ sie liegen, erhob sich, ging den Gang zurück und zog dem toten Wächter die geladene Luger aus dem Schulterhalfter. Auf dem Rückweg sah er in den Trümmern der Anrichte eine heilgebliebene Flasche Whisky hin und her rollen. Er hob sie auf, entkorkte sie und setzte sie an den Mund. Es brannte wie ein Desinfektionsmittel. Er machte sie wieder zu und ging nach vorn. Einen Augenblick blieb er vor der Pilotenkabine stehen und überlegte. Dann, einen Revolver in jeder Hand, drückte er auf die Klinke.
Fünf Gesichter drehten sich ihm im blauen Skalenlicht zu, die Münder waren schwarze Löcher, die Augen weiß. Der Lärm war hier schwächer, es roch nach Angstschweiß und Zigarettenrauch. Bond stand breitbeinig da, die Revolver zitterten nicht. Er sagte: »Goldfinger ist tot. Wer sich rührt oder nicht gehorcht, wird erschossen. Flugzeugführer, Ihre Position, Richtung, Höhe und Geschwindigkeit?«
Der Pilot schluckte, ehe er sprechen konnte. »Sir, wir sind etwa achthundert Kilometer östlich von Goose Bay. Mr. Goldfinger sagte, wir würden so knapp als möglich vor der Nordküste aufs Wasser gehen. Wir sollten uns dann in Montreal treffen und zurückkommen, um das Gold zu bergen. Wir fliegen durchschnittlich vierhundert Kilometer und sind sechshundert Meter hoch.«
»Wie weit können Sie in dieser Höhe kommen? Da verbraucht sich doch der Treibstoff viel rascher!«
»Jawohl, Sir. Ich schätze, bei dieser Höhe und Geschwindigkeit reicht es noch für zwei Stunden.«
»Geben Sie mir ein Zeitsignal.«
Der Navigator sagte rasch: »Gerade hatte ich eins von Washington, Sir. Fünf vor fünf. In einer Stunde wird's hell.«
»Wo liegt Wetterschiff Charlie?«
»Etwa fünfhundert Kilometer nordöstlich, Sir.«

»Und Sie glauben, bis Goose Bay durchzukommen?«
»Nein, Sir, uns werden hundertfünfzig Kilometer fehlen. Wir können nur die Nordküste erreichen.«
»Gut. Nehmen Sie Kurs auf Wetterschiff Charlie. Funker, rufen Sie es und geben Sie mir das Mikro!«
»Jawohl, Sir.«
Während das Flugzeug eine große Kurve beschrieb, horchte Bond auf die Geräusche und Gesprächsfetzen aus dem Verstärker über seinem Kopf. Dazwischen vernahm er leise die Stimme des Funkers: »Seestation Charlie. Hier Speedbird 510. G-ALGY ruft C wie CHARLIE, G-ALGY ruft CHARLIE, G-ALGY ...«
Eine scharfe Stimme platzte dazwischen: »G-ALGY geben Sie Position, G-ALGY geben Sie Position. Hier Flugüberwachung Gander. Notruf. G-ALGY ...«
Ganz leise kam London durch. Eine aufgeregte Stimme begann zu schnattern, aus allen Richtungen kamen jetzt Stimmen. Bond konnte sich vorstellen, wie überall die Peilungen koordiniert wurden, wie Männer unter starken Lampen an Diagrammen arbeiteten, Telefone abgehoben wurden, dringende Stimmen über die ganze Welt miteinander sprachen. Das starke Signal von Gander überlagerte alles andere: »Wir haben G-ALGY geortet, auf etwa 50 Nord zu 70 Ost. Alle Stationen Funkstille. Vorrang. Ich wiederhole, wir haben Peilung auf G-ALGY ...«
Plötzlich kam die ruhige Stimme von C wie Charlie herein. »Hier Seestation Charlie, wir rufen Speedbird 510, Charlie ruft G-ALGY, hören Sie mich? Speedbird 510 bitte kommen!«
Bond steckte den kleinen Revolver in die Tasche und nahm das Mikrophon. Er drückte den Sprechknopf und sprach ruhig, wobei er die Mannschaft im Auge hielt.
»C wie Charlie, hier ist G-ALGY-Speedbird, gestern abend in Idlewild gekapert. Ich habe den Schuldigen getötet und die Flugtüchtigkeit durch Beschädigung der Druckkabine reduziert. Halte die Mannschaft mit Revolver in Schach. Zu wenig Treibstoff für Goose, schlage daher vor, daß wir so nahe an Ihnen wie möglich notwassern. Bitte um Leuchtfeuerreihe.«
Eine neue, kommandogewohnte Stimme, vielleicht die des Kapitäns, kam aus dem Äther: »Speedbird, hier C wie Charlie.

Verstanden! Wer spricht, ich wiederhole, wer spricht dort? Bitte kommen!«
Grinsend dachte Bond an die Sensation, die seine Worte hervorrufen würden. Er sagte: »Speedbird an C wie Charlie. Hier britischer Geheimagent Nummer 007, ich wiederhole 007! Whitehall-Radio wird bestätigen, ich wiederhole, kontrollieren Sie bei Whitehall-Radio! Kommen!«
Eine erstaunte Pause trat ein. Dann meldeten sich von überall Stimmen. Eine Kontrollstation, wahrscheinlich Gander, jagte sie aus dem Äther. C wie Charlie kam wieder: »Speedbird, hier C wie Charlie alias Erzengel Gabriel. Okay, ich rufe Whitehall. Leuchtfeuer geht in Ordnung, aber London und Gander wollen noch Einzelheiten . . .«
Bond unterbrach: »Tut mir leid, C wie Charlie, aber ich habe hier fünf Mann vor der Spritze und kann nicht Konversation machen. Geben Sie mir nur die Meeresbedingungen, dann blende ich aus bis zur Notwasserung.«
»Okay, Speedbird, verstanden! Windstärke zwei, lange, ruhige Dünung, keine Sturzwellen, Sie müßten durchkommen. Ich werde Sie bald im Radar haben und bleibe auf Ihrer Welle. Haben hier Whisky für einen und Handschellen für fünf bereit, viel Glück, kommen!«
»Danke C wie Charlie, geben Sie noch eine Tasse Tee drauf, ich habe ein hübsches Mädchen an Bord. Hier Speedbird, Ende!«
Bond drehte ab und gab das Mikro dem Funker. Er sagte: »Also Vorsicht, und sehen wir zu, daß wir hier lebend herauskommen! Sobald wir aufs Wasser niedergehen, öffne ich die Außentür. Wer bis dahin durch die Cockpittür kommt, wird erschossen, klar?«
Hinter Bond erklang die Stimme des Mädchens: »Sie können den Mann zurückrufen und zwei Whisky verlangen. Vom Tee bekomm' ich immer Schluckauf.«
Zwei Stunden später lag Bond in einer warmen Kabine auf Wetterschiff Charlie und hörte verträumt eine Frühsendung aus Kanada. Verschiedene Körperteile taten ihm weh. Er war im Flugzeug ganz nach hinten gegangen, hatte das Mädchen mit über dem Kopf verschränkten Armen auf einen Sitz knien lassen, sich selbst von hinten über sie gezwängt, ihren in der

Schwimmweste steckenden Körper fest in die Arme geschlossen und sich gegen die Rücklehne des Vordersitzes gestemmt. Sie gab eben ein paar nervös-schlüpfrige Bemerkungen über diese undelikate Stellung von sich, als der Bauch des Stratocruisers mit hundertsiebzig Sachen auf den ersten Dünungsberg aufschlug. Das riesige Flugzeug machte einen Sprung und krachte dann in eine Wasserwand. Der Aufschlag hatte den Rumpf zerschlagen, die Goldlast im Gepäckraum riß ihn vollends entzwei, und Bond und das Mädchen wurden in die eisige, im Schein der Leuchtfeuer rot erstrahlende Dünung geschleudert. Halbbetäubt trieben sie in ihren gelben Schwimmwesten, bis das Rettungsboot sie aufnahm. Zu diesem Zeitpunkt schwammen nur mehr wenige Wrackteile an der Oberfläche. Die Flugzeugbesatzung mit drei Tonnen Gold um den Hals war längst zum Grunde des Atlantik unterwegs. Das Boot suchte noch zehn Minuten lang, als aber keine Körper an die Oberfläche kamen, gab man es auf und knatterte im Scheinwerferkegel auf die alte Fregatte zu.
Dort hatte man sie empfangen, als kämen sie aus dem Königshaus oder vom Mars. Bond hatte die wichtigsten Fragen beantwortet, dann war es für seinen müden Kopf zu viel gewesen. Jetzt lag er da, genoß die Ruhe und die Whiskywärme, und dachte nach, warum sich Pussy Galore wohl unter seinen und nicht unter Goldfingers Schutz begeben hatte.
Die Verbindungstür zur Nachbarkabine öffnete sich, und Pussy trat ein. Sie trug nichts außer einem grauen Fischerjersey, dem unten gerade ein Zentimeter zur Schicklichkeit fehlte. »Die ganze Zeit fragt man mich, ob ich eine Alkoholabreibung will, und ich sage die ganze Zeit, wenn einer mich abreibt, dann sollst du mich abreiben. Ja, und da bin ich jetzt«, schloß sie etwas linkisch.
Energisch sagte Bond: »Pussy, mach die Tür zu, zieh diesen Sweater aus und komm ins Bett. Du wirst dich noch erkälten.«
Wie ein folgsames Kind gehorchte sie.
Sie lag in Bonds Armbeuge und blickte zu ihm auf. Und gar nicht im Gangsterton fragte sie: »Wirst du mir nach Sing-Sing schreiben?«
Bond sah in die dunkelvioletten Augen, die nun nicht mehr hart und befehlend waren. Er beugte sich und küßte sie leicht.

»Man hat mir erzählt, du magst nur Frauen«, sagte er.
»Ich hab' bis jetzt noch keinen wirklichen Mann getroffen.« Ihre Stimme war wieder hart. »Ich bin nämlich aus dem Süden. Weißt du, was sie dort von einer Jungfrau sagen? Das ist ein Mädel, das schneller rennen kann als ihr Bruder. In meinem Fall war der Onkel schneller, ich war erst zwölf. So was ist nicht schön, James, das kannst du dir doch denken.«
Bond lächelte in das blasse, schöne Gesicht. »Weißt du, was du brauchst? Eine Kur bei mir.«
»Das wär' schön!« Sie blickte auf den leidenschaftlichen, eher grausamen Mund, der über dem ihren wartete, langte hinauf und strich die schwarze Haarsträhne zurück, die Bond ins Gesicht hing. Ihre Blicke trafen sich.
»Und wann fängst du damit an?«
Bonds Rechte glitt langsam über ihre festen, muskulösen Schenkel und den zarten, schlanken Leib hinauf. Leise sagte er: »Jetzt.«

Ian Fleming

Ian Fleming, geboren am 28. Mai 1908 in London als Sohn eines Bankiers, studierte in München und Genf Psychologie. 1933 ging er für die Nachrichtenagentur Reuter als Korrespondent nach Moskau. Während des Zweiten Weltkriegs war er hochrangiger Verbindungsoffizier beim britischen Geheimdienst. Ab 1953 schrieb er seine James-Bond-007-Romane, die auf Anhieb zu Welterfolgen wurden und, verfilmt, ein Millionenpublikum begeisterten. Am 11. August 1964 starb er im Canterbury Hospital nahe London.

Die bei Scherz erschienenen 007-James-Bond-Romane:

Casino Royale
Countdown für die Ewigkeit
Leben und sterben lassen
Du lebst nur zweimal
Der goldene Colt
Goldfinger
Der Hauch des Todes
Im Angesicht des Todes
Im Dienst Ihrer Majestät
007 James Bond jagt Dr. No
Liebesgrüße aus Athen
Liebesgrüße aus Moskau
Moment mal, Mr. Bond
Mondblitz
Octopussy
und andere riskante
Geschäfte
Sag niemals nie
Der Spion, der mich liebte

Die James-Bond-Filme mit Sean Connery:

James Bond jagt Dr. No 1962
Liebesgrüße aus Moskau 1963
Goldfinger 1964
Feuerball 1965
Man lebt nur zweimal 1966
Diamantenfieber 1971
Sag niemals nie 1984

James-Bond-Filme mit Roger Moore

Leben und sterben lassen 1973
Der Mann mit dem goldenen Colt 1974
Der Spion, der mich liebte 1976
Moonraker – streng geheim 1978
James Bond 007 – In tödlicher Mission 1980
James Bond 007 – Octopussy 1982
Im Angesicht des Todes 1984

Deutschsprachige Schauspieler in 007 James-Bond-Filmen

Ursula Andress	James Bond jagt Dr. No
Lotte Lenya	Liebesgrüße aus Moskau
Gert Fröbe	Goldfinger
Karin Dor	Man lebt nur zweimal
Curd Jürgens	Der Spion, der mich liebte
Klaus-Maria Brandauer	Sag niemals nie

Rex Stout

Rex Stout, geboren am 1. Dezember 1886 in Noblesville, USA, hat sich nach eigener Aussage in etwa 30 verschiedenen Berufen versucht, bis er genug Geld beisammen hatte, um in der Welt herumreisen zu können. Sein erstes Buch schrieb er Ende der zwanziger Jahre in Paris.
1932 begann er, Detektivgeschichten zu schreiben, und sein erster Nero-Wolfe-Roman (*Die Lanzenschlange*) erschien 1934. Mit der Detektivfigur des rundlichen, bequemen, biertrinkenden und orchideenzüchtenden Nero Wolfe wurde Rex Stout weltberühmt. Er wollte, wie er selbst einmal sagte, einen Detektiv agieren lassen, der in allem das genaue Gegenteil der gängigen Kollegen war.
Rex Stout starb 1975 – Nero Wolfe erweist sich bis heute als unsterblich.

Von Rex Stout sind erschienen:

Abendmahl mit Nero Wolfe
Blutige Blaubeeren
Heikle Gäste
Der Gute-Nacht-Krimi mit
  Nero Wolfe
Nero Wolfe in Montenegro
Die Sünden der Väter
Tod in zwei Raten
Das tönende Alibi
Verworrene Fäden
Verwünschte Geschichten
Die zerbrochene Vase

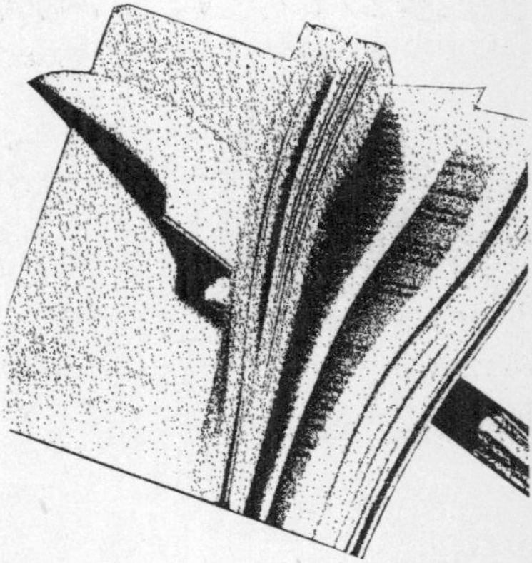

EDGAR WALLACE
ORIGINA
ungekürzt – neu überset

Edgar Wallace, geboren am 1. April 1875 in Greenwich als unehelicher Sohn eines Schauspielers, schlug sich zunächst als Laufjunge und Zeitungsverkäufer durch. Er nahm am Burenkrieg teil und arbeitete dann als Reporter in Südafrika, später als Korrespondent der *Daily Mail*.
Sein erster Krimi – *Die vier Gerechten* – erschien 1905. Insgesamt schrieb er 173 Romane und 17 Dramen. Als der wohl erfolgreichste Krimi-Autor aller Zeiten 1932 in Hollywood starb und seine sterblichen Überreste per Schiff nach England gebracht wurden, läuteten alle Glocken Londons (ungeachtet der 150000 Pfund Schulden, die jedoch innerhalb von zwei Jahren getilgt werden konnten).
Seine zum großen Teil auch verfilmten Krimis, von denen noch heute über eine Million Exemplare jährlich verkauft werden, erscheinen original und ungekürzt im Scherz Verlag.

Von Edgar Wallace sind erschienen:

A. S. der Unsichtbare
Die Bande des Schreckens
Der Banknotenfälscher
Bei den drei Eichen
Die blaue Hand
Der Brigant

Der Derbysieger
Die Diamantenbrosche
Der Diamantenfluß
Der Doppelgänger
Die drei Gerechten
Die Drei von Cordoba
Ein gerissener Kerl
Der Engel des Schreckens
Der Frosch mit der Maske
Das Gasthaus an der Themse
Die gebogene Kerze
Geheimagent Nr. 6
Das Geheimnis der gelben Narzissen
Das Geheimnis der Stecknadel
Das geheimnisvolle Haus
Die gelbe Schlange
Das Gesicht im Dunkel
Großfuß
Der grüne Bogenschütze
Der grüne Brand
Gucumatz der Allmächtige
Hands up!
Der Hexer
In den Tod geschickt
Das indische Tuch
Der Joker
Louba, der Spieler
Mary Ferrera spielt System
Die Millionengeschichte
Neues vom Hexer
Penelope an Bord der Polyantha
Der Rächer
Richter Maxells Verbrechen
Der rote Kreis
Der Safe mit dem Rätselschloß
Die Schuld des anderen
Der schwarze Abt
Der sechste Sinn des Mr. Reeder
Die seltsame Gräfin
Der Teufel von Tidal Basin
Töchter der Nacht
Die toten Augen von London
Die Tür mit den 7 Schlössern
Turfschwindel
Überfallkommando
Der Unheimliche
Die unheimlichen Briefe
Das Verrätertor
Die vier Gerechten
Der viereckige Smaragd
Zimmer 13
Der Zinker